Entschuldige aber ich habe deinen Hut auf

Erzählungen

ZUM GELEIT

Beim vorliegenden Buch handelt es sich um einen Band mit zweiundzwanzig in sich abgeschlossenen Erzählungen unterschiedlicher Länge. Erzählt werden Geschichten aus der ostdeutschen Vor- und Nachwendezeit von unspektakulären Menschen in alltäglichen Situationen, die plötzlich außer Kontrolle geraten. So ist von einem Mann die Rede, der sich während des politischen Umbruchs seiner Ehefrau heillos entfremdet und auf der Suche nach der verlorenen Zuwendung glaubt, einem schweigsamen Leidensgefährten wiederzubegegnen. Von einem jungen Paar, das sich auf eine Bootsfahrt über die Havelseen begibt und eine scheinbare Normalität in der Abnormität des geteilten Deutschlands lebt. Von einer jungen Lehrerin, die sich aus Verzweiflung über den ihr aufgezwungenen Lebensplan dem Alkohol verfällt und dabei einen früheren Kommilitonen nicht aus der Verantwortung entlässt. Von einer Komponistin, die dem Staatssicherheitsdienst der DDR zu verdanken hat, dass sie ihren Job an einem Klubhaus verliert, worauf sie an der neuen Unsicherheit ihres Lebens zu verzweifeln droht. Von einem berühmten Kammerchor, der in Jugoslawien auf eine Frankreichtournee vorbereitet werden soll und wegen der egoistischen Tat einer Sängerin in Gefahr gerät, mit einem Schlag alle seine Errungenschaften zu verlieren ... und von vielen anderen mehr.

Doris Claudia Mandel

Entschuldige aber ich habe deinen Hut auf

Erzählungen

Bibliografische Information der Deutschen Nationalbibliothek: Die Deutsche Nationalbibliothek verzeichnet diese Publikation in der Deutschen Nationalbibliografie; detaillierte bibliografische Daten sind im Internet über http://dnd.dn-b.de abrufbar.

Impressum

Doris Claudia Mandel, Entschuldige aber ich habe deinen Hut auf. Erzählungen

Foto auf den Umschlagseiten, Gestaltung und Satz: Doris Claudia Mandel. Das Titelfoto zeigt die Skulptur »Awakening« (»Il Risveglio«) von Sewald Johnson im Quartiere XXXII. Europa, dem früheren Stadtviertel Esposizione Universale di Roma (EUR) in Rom, Italien.

TWENTYSIX – Der Self-Publishing-Verlag

Eine Kooperation zwischen der Verlagsgruppe Random House und BoD – Books on Demand

2. korrigierte und erweiterte Ausgabe (Erstausgabe bei epubli, Berlin, 2012)

Herstellung und Verlag: BoD – Books on Demand, Norderstedt

Copyright: © 2016 by Doris Claudia Mandel, Halle (Saale)

ISBN: 9783740714956

Printed in Germany

Doris Claudia Mandel

Entschuldige aber ich habe deinen Hut auf

Erzählungen

26 | TWENTY SIX

BANDREISSER

Als Franz ein Kind war, legten ihm seine durch die Zumutungen dreier deutscher Staaten und einer russischen Besatzung geschulten Eltern nahe, er solle vermeiden, fremden Kreaturen, Tieren wie Menschen, fest in die Augen zu blicken, man wisse nie, was geschehe, wenn sich die Gegenüber provoziert fühlten statt fixiert. Umso mehr wunderte es ihn wenig später an den Montagabenden während der Zirkelstunden in der Station junger Tierfreunde, dass sich eines der geheimnisvollen weiblichen Arbeitsgemeinschaftsmitglieder gegen alle Regeln darum bemühte, ihn mit Blicken festzunageln. Das Unglück nahm seinen Lauf, als auch Franz für einen Moment den Rat seiner Eltern außer Betracht ließ, denn er vermochte sich dem Zauber der fremden erdfarbenen Mandelaugen nicht zu entziehen. Nach den montäglichen Unterweisungen an den Axolotl, die sie Axel und Lotte tauften, pflegten Franz und das Mädchen, das er in ferner Zukunft Frauchen nennen würde, auf der gerade erst erbauten F 91 gemeinsam heimwärts zu radeln, wobei sie zwar angehalten waren, auf die vielen Schlaglöcher zu achten, aber trotzdem immer öfter Gelegenheit fanden, einander näherzukommen, sei es kraft der Wechselreden, die er ihr und sie ihm über den Lenker hinweg zukeuchte, sei es wegen einer wackligen Schlussleuchte, die ein Vergehen war und deshalb gerichtet werden musste. Schließlich verschlug es Frauchen in die Bezirksstadt, wo es in einem Büro für Rationalisierung und Neuererwesen die Stempel säubern lernte. Franz hingegen sah sich gezwungen, in die Diesterwegkaserne zur Nationalen Volksarmee einzurücken. Ein tüchtiger Wehrdienstleistender wurde nicht aus ihm, wohl auch, weil sich die Vorgesetzten von seiner fatalen Angewohnheit, bei der Entgegennahme von Befehlen die Augenlider zu senken, auf die Schippe genommen fühlten.

Erst Jahre darauf — längst war Franz mit dem niedrigsten aller möglichen Dienstgrade aus der soldatischen Tretmühle entlassen — traf er, von einem Kongress der Bandreißer heimkehrend, kurz hinter Prag im Karlex zufällig das Frauchen wieder, das aus dem Urlaub in der Malá Fatra kam. Franz wagte ein Blinzeln und fand, er fühle sich, obwohl noch unterwegs, schlagartig heimisch. In dem dämmrigen Abteil, in dem nur die Notbeleuchtung eingeschaltet war, verabredeten sich die beiden für ein Treffen an den nächsten Tagen oder Wochen. Frauchen bestand darauf, von Franz in der Bezirksstadt besucht zu werden, zumal Franz noch immer in dem Kaff bei seiner inzwischen verwitweten Mutter hauste, die ihre Hand über ihn hielt, in einer schrägwandigen, neun Quadratmeter engen Mansarde unter dem Dach. Die Vorstellung, nun in der Nähe jener Felder, auf denen er berufshalber aus den Stangen der Königsweide flache Bänder für die Böttcher spleißte, eine Person zu haben, bei der er wenigstens zeitweise unbewacht einen Unterschlupf würde finden können, bereitete Franz ein stilles Vergnügen. An einem Montag nach Feierabend reiste er mit einem eigenhändig umbänderten Butterfässchen zum Verschenken in die Bezirksstadt und fand den zweiten Hinterhof mit einiger Mühe. Ohne mit der Wimper zu zucken, führten die beiden ihre Fahrradlenkerwechselreden von der F 91 fort, als wären sie darin nie unterbrochen worden. Stunde um Stunde brachten sie damit zu, ohne zu bemerken, wie die Kerzen niederbrannten. Schließlich zog die Frau die Tagesdecke vom Bett, wobei sie sich vornüber beugte. Ein erstes Mal fiel Franz ihr breites Becken auf, das ihn befremdete. Er würgte den aufsässigen Gedanken ab und kürte einen Schlager aus der Musiktruhe, in dem es hieß, jemand hätte jemanden tausendmal berührt und tausendmal sei nichts passiert und dann plötzlich doch, zu ihrer Partnerschaftshymne. Da waren sie dreißig, und ihre Republik war es auch.

In Frauchens Haushalt lebte seit seiner Geburt ein rothaariger Kater, europäisch Kurzhaar, der nicht umhin konnte, in dem Neuzugang einen Rivalen zu erkennen. Dem Tier, von seinem Frauchen der Fellfärbung wegen Der Rote genannt, blieben die Freuden eines freien Jagdlebens außerhalb der vier Wände verwehrt. Darum ließen sich Begegnungen zwischen dem einen und dem anderen Männchen schlecht vermeiden. Zumeist mündeten sie in einen Rangordnungskampf, der sich an beiden Fronten in Fauchen und Zischen austobte. Allerdings war der felis catus schlau genug, die physische Überlegenheit seines zweibeinigen Gegners anzuerkennen und sich, wenn es hart auf hart kam, im Rückwärtsgang unter dem Plüschsofa zu verkriechen. Diese Siege waren die einzigen, die Franz in einem Duell je errungen hatte. Doch trotz solcher Genugtuung, oder gerade ihretwegen, hasste er die Bestie mit dem zänkischen Buckel wie nichts sonst auf der Welt.

Kaum war die Frau im Gefolge einer turnerischen Übung auf dem blau gestrichenen Küchenstuhl in andere Umstände gelangt, flüsterten ihr wohlmeinende Freundinnen aus dem Büro für Rationalisierung und Neuererwesen die Angst vor einer heimtückischen Krankheit ein, die von Haustieren, namentlich Katzen, auf Schwangere und von den Schwangeren auf die Leibesfrucht übertragen werde. Frauchen, außer sich vor Angst, weinte viel und zitterte und mied das Tier. Fortan übernahm es Franz freiwillig, wenn auch widerständlerisch, die ätzend nach Ammoniak stinkende Katzenkiste zu säubern. Zwar wusch er sich nach einer jeden Verrichtung die Hände mit Arztseife, doch verweigerte sich ihm seine Frau standhaft, indem sie behauptete, es gebe trotz aller Reinlichkeit nicht nur die Bedrohung durch Den Roten, sondern auch die durch jene Sporentierchen von den Weidenstangen, die in Franzens Haaren nisteten. Sie schmiedete wohl auch Pläne für eine Abtreibung aus Sorge, ihr Kind könnte blind zur Welt kommen. Aber Franz, der die Ohrenbläserei der Einflüsterinnen mit einer Handbewegung abtat, wenngleich nur, um niemandem Recht geben zu müssen, machte seinem Frauchen dann doch wieder Mut mit seiner abgeklärten Bandreißergelassenheit.

Beider Sohn kam, soweit es sich einschätzen ließ, gesund zur Welt. Nur dass er seine Augen viel eher öffnete als die

Neugeborenen sonst, beunruhigte den Vater. Mit einem Schlag änderten sich daheim die Vorzugsrechte. Von jenen Orten, an denen der pausenlos schreiende Plagegeist zwischengelagert war, blieb Der Rote ausgesperrt. Der Kater lernte jedoch rasch, sich den veränderten Gegebenheiten anzupassen, auf die Türklinken zu springen und sie, die Vorderpfoten als Hebel auf dem Griff, mit dem Gewicht seines Körpers nach unten zu drücken, so dass die Schlösser aufsprangen und ihm die verbotenen Wege öffneten. Als Franz etwa zur selben Zeit an dem Tier vergrößerte Pupillen wahrzunehmen meinte wie bei einem Kokser, gewöhnte er sich an, alle Türen abzuschließen, sobald er aus dem Haus ging. Als er es einmal vergaß und gottlob noch vor Frauchen von dem kurzen Einkauf heimkehrte, bot sich ihm unerwartet ein denkwürdiges Bild: Kind und Kater hockten einander stumm, beinahe gelangweilt, Auge in Auge gegenüber und dachten nicht im Entferntesten daran, eines dem anderen an die Gurgel zu gehen.

Das Klo in der zugigen Hinterhofwohnung lag auf halber Treppe, dem einzigen Ofen, der in dem Stübchen stand, einem so genannten Berliner Ofen, igelten sich die Kacheln ab, und anstelle eines Küchenherdes nannte die Kleinfamilie lediglich ein zweiflammiges Elektrokocherchen ihr Eigen, bei dessen Inbetriebnahme jedes Mal sämtliche Sicherungen herausflogen, so dass die Versuche, den Inhalt des Windeltopfs zum Sieden zu bringen, in unschöner Regelmäßigkeit scheiterten. Wie eine schleichende Vergiftung kroch mit dem beginnenden Herbst in Franz die Furcht empor, sein Sohn könnte unter solchen misslichen Umständen über den Winter Schaden nehmen. Obwohl er nicht zu den Vorzeigemalochern seines Kollektivs gehörte, entschloss er sich zu einer Tat, die so bizarr war, dass ihm der Gedanke daran nachts vor dem Einschlafen den Atem verrenkte: Er trat, gesenkten Lids, vor seinen Vorgesetzten hin und erbat Beistand. Was er nicht zu hoffen gewagt hatte, geschah. Der große Vorsitzende verschaffte ihm eine Dreiraumwohnung. Ein bisschen Glück war natürlich auch dabei. Die Wohnung gehörte zum Kontingent der Bandreißer-produktionsgenossenschaft und war soeben frei geworden, weil ihr eigentlicher Mieter von einer Dienstreise nach Hetlingen in der Haseldorfer Marsch nicht nach Hause zurückgefunden hatte. Der Elfgeschosser mit Franzens erster eigener Wohnung stand außerhalb der Altstadt auf einer Brache, die im Laufe der Zeit mit weiteren Elfgeschossern bebaut werden sollte. So einsam, nahezu verloren, wirkte das Haus wie ein Obelisk in der Lehmwüste. Wenn Franz von nun an nach getanem Tagwerk mit der Straßenbahn anreiste, an der Haltestelle Industrietor ausstieg, die Straßenschuhe mit den Gummistiefeln tauschte und bei Regen und Wind und Sonne und Schnee quer über den Acker marschierte, zwei Kilometer weit oder mehr, wies ihm der rechteckige Turm mit den Lichtern hinter den Fenstern den Weg, und er fühlte sich selbstverliebt wie ein Eroberer von Neuland. Abends hörte er mit Frauchen den Wind um die scharfkantigen Winkel des Hochhauses heulen wie ein Rudel Wölfe. Dann weinte Frauchen wieder. Ach, Gott, wie oft hatte Franz sein Frauchen nun schon weinen hören?

In der alten Wohnung hatte der Rote gleich nach Franzens Auftauchen in allen erreichbaren Ecken Duftmarken gesetzt gehabt, um die Grenzen seines Reviers abzustecken, weswegen jene Bücher, die in den untersten Regalreihen lagerten — darunter bedauernswerterweise auch das Volksbuch vom deutschen Handwerk — noch Jahre später muffelten wie die nahegelegenen Chemiewerke bei bedecktem Himmel. Nach dem Umzug in den Lehmwüstenobelisk begann er ostentativ mitten in die Stube zu pinkeln statt in seine Klokiste mit der Katzenspreu. Ein Wunder, dass Franzens und Frauchens Sohn unbeschadet dessen prächtig gedieh. Noch bevor er hätte eingeschult werden können, war er vom Vater im Schachspiel nicht mehr zu schlagen, die Eröffnung galt als seine besondere Stärke. Auch auf der Viertel-, dann auf der halben Geige machte er höchst bemerkenswerte Fortschritte. Eine Guarneri, die er begehrte, war für seine Eltern freilich nicht erschwinglich.

11

Franz behalf sich mit einem Exemplar aus dem Vogtland, das ein in Pension gehender Orchestermusiker preiswert abgab. Um das Instrument vor den pestilenzialischen Unflätigkeiten des Katers in Sicherheit zu bringen, hing er es in ein Gestell an der Betonwand des Kinderzimmers, das er aus Haselnussholz und geschälten Bandstockweidenruten gebastelt hatte.

An demselben Wochenende gab es im Fernsehen einen merkwürdigen, wenn nicht gar befremdlichen Bericht. In der Metropole eines der wenigen Paktstaaten, in die zu reisen den Bürgerinnen und Bürgern seiner Republik noch vergönnt war, es handelte sich wohl um Prag, hoben, ja: warfen, Eltern ihre Kinder über die pfeilspitzen Pfähle von Eisenzäunen, die zum Garten einer noch viel ausländischeren Botschaft gehörten, bei der es sich dem Augenschein nach um die bundesdeutsche handelte. Franz glaubte, Nachbarn aus dem Neubauviertel zu erkennen. Um nicht allzu fest hinsehen zu müssen, schaltete er die Glotze aus. Auf die Straße, wie Frauchen und Sohn, um für einen freien Zugang zu Guarneris Geigen zu kämpfen, ging er nicht. Auch die umzäunten Gärten von Botschaftsvillen übten auf ihn keinerlei Anziehungskraft aus. Eher schämte er sich für die anderen. Dass das Land, in dem er aufgewachsen war, verschwand, zumindest von den Plänen und Karten, stimmte ihn traurig, wohl auch ein bisschen besorgt, jedoch blieb ihm nichts anderes übrig, als den Sachverhalt zur Kenntnis zu nehmen. Er fand nicht, dass eine derart übertriebene Maßnahme nötig gewesen wäre, zumindest nicht seinetwegen. Zu Franzens Kummer entschloss sich der Sohn, die Geige am Weidengestell im Kinderzimmer hängen zu lassen. Der Computer, den anzuschaffen sich der Vater wenig später überredet sah, kam ihn zwar entschieden billiger als einst das Musikinstrument, doch indem der Metallklotz unaufhörlich elektrische oder weiß der Teufel was für welche Vibrationen aussandte, kitzelte er, ein neuer Feind, den umso destruktiveren Geist des Katers. Bald miefte es in der Wohnung wie in den Raubtierkäfigen des städtischen Zoos. Als Frauchen eines Abends beim Einsetzen der Dämmerung mit dem kläglich maunzenden Tier auf dem Arm im Flur stand und, von Trotz gestählt, kundtat, es schaffe jetzt Den Roten nach draußen, und zwar auf immer und ewig, gab es Franz einen Stich im Magen, was ihn erstaunte. Verlegen blickte er zu Boden, als suchte er nach etwas, unterließ es jedoch, gegen den Gewaltstreich einzuschreiten, was ein Leichtes gewesen wäre. Von jener Stunde an öffnete er an einem jeden Abend beim Einsetzen der Dämmerung das Fenster der Küche, um in den Hof hinab zu lauschen und das verzagte, helle Quäkestimmchen zu vernehmen. Vergebens.

Im Frühjahr darauf saß Franz auf der Straße. Bandreißer brauchte niemand mehr. Die Bänder für die Fässer fertigte man inzwischen aus Plaste, die jetzt Plastik hieß. Franz zögerte, zum Arbeitsamt zu gehen, wohl weil es in der ehemaligen Diesterwegkaserne untergebracht war. Angesichts des immer knapper werdenden Familienbudgets konnte sich Frauchen nicht enthalten, die abgeklärte Bandreißergelassenheit ihres Mannes zu beklagen. Erst als sie begann, putzen zu gehen, um zu ihrem spärlichen Gehalt als Sonderbeauftragte für die Abwicklung des Büros für Rationalisierung und Neuererwesen ein paar Kröten hinzu zu verdienen, fasste Franz sich ein Herz und katzbuckelte beim Amt. Sein Sohn, der seit kurzem Betriebswirtschaft studierte, zählte bereits nach dem ersten Semester zur Elite seiner Fakultät. Franz hätte stolz auf ihn sein können, insofern er in der Lage gewesen wäre, noch so etwas wie Stolz zu empfinden. Statt bei seiner Frau zu liegen, strich er des Nachts durch den Stadtpark, einen Beutel mit Katzenfutter in der Hand, auf der fruchtlosen Suche nach einem Quäkestimmchen. Bald erkannten ihn die streunenden Tiere schon von weitem. Schnurrend kamen sie angeschwänzelt und schuffelten ihre Flanken an seinen Waden. Er mästete die Kreaturen mit billiger Fertignahrung aus der Dose. Manchmal, wenn ihn die Traurigkeit besonders heftig überfiel, übte er im Beisein seiner Lieblinge das Stöckebasten, wie man das Entrinden der langen Weidenruten nennt. Mit seinem Franz wurde es dem Katzenvolk nie langweilig.

Nur wenige solcher Nächte brauchte es, und seine Frau setzte ihn vor die Tür. Von heute auf morgen sah sich Franz, dem die erneute Hilfe seines früheren Vorsitzenden versagt blieb, behördlich genötigt, mit einer Achtzigjährigen in einer der letzten übrig gebliebenen Teilwohnungen zu hausen, bei gemeinsamer Nutzung der Toilette, die wenigstens nicht außen auf halber Treppe lag. Allerdings sammelte seine Mitbewohnerin über die Woche ihre fäkalischen Abfälle in Zellophanbeuteln, um sie an den Sonntagnachmittagen batterieweise ins Klobecken zu stopfen. Sobald er auf der Suche nach dem Quäkestimmchen ein paar Tage lang abwesend gewesen war, fand Franz bei seiner Rückkehr den Lokus von erdbraunem Wasser überschwemmt vor, auf dem die luftdicht verpackten Kotwürste schaukelten wie kleine Boote.

Die Verhandlung über die Ehescheidung ging friedlich und schiedlich über die Bühne, zumal Franz keine Ahnung davon hatte, dass sein Frauchen inzwischen mit dem Ex-Vorsitzenden der Bandreißerproduktionsgenossenschaft, zu dem sie putzen gegangen war, Tisch und Bett teilte. Die Hoffnung, wenigstens sein Sohn würde zu ihm halten, erfüllte sich nicht. Immer, wenn Franz ihn einlud, zum Bratwurstessen am Imbissstand in der Galgenbergschlucht oder zum Heimspiel von FC Blau-Weiß 98, wo man in der zweiten Halbzeit ins Stadion durfte, ohne bezahlen zu müssen, schützte er mit falschem Zungenschlag vor, für Prüfungen pauken zu müssen oder epidemisch erkrankt zu sein.

In Betracht ziehend, dass Franz einst einen der Natur verbundenen Beruf ausgeübt gehabt hatte und sich eine Umschulung nicht mehr rechnete, beorderte ihn das Arbeitsamt in den Stadtpark, wo er mit einer Handvoll Schicksalsgenossen seines fortgeschrittenen Alters die Grünanlagen vom Unrat entmisten sollte. Man händigte ihm eine orangefarbene Weste aus, die von zwei silbernen Streifen umringelt war. Sie erinnerte ihn daran, dass er im Kindesalter die Männer mit den dicken Brillengläsern, die dergleichen trugen, für Idioten gehalten hatte. Er und die anderen klaubten mit einer Art großer Scheren und Spieße den Müll von Wegen und Wiesen und konfiszierten die Schabefleischreste und Fischköpfe, die zweifellos für die streunenden Katzen bestimmt waren. Ein paar der Brocken ließ Franz stets liegen, wie aus Versehen. Sobald er sich unbeobachtet wähnte, schob er sie mit der Fußspitze heimlich unter immer denselben Haselnussstrauch, in den hinein er mit spitzen Ohren horchte. An einem nebligen Montagvormittag bückte er sich ächzend nach einer durchfetteten Tüte mit Resten von Kräppeln, die jemand weggeworfen hatte, der seinem Sohn verdammt ähnlich sah. Da entdeckte er, wie in dem Haselnussstrauch eines der Tiere zusammenzuckte. Es schien zu scheu, sich ganz zu zeigen, steckte aber neugierig seine rosarote Nase durchs Gestrüpp. Franz ließ das Kräppelpapierknäuel fallen. Komm, sagte er sanft und schlug mit der flachen Hand einladend auf den Oberschenkel, komm, Roter, komm!

DIENEN

Am ersten Tag, in der ersten Stunde, die sie dort zubrachten, hatte man sie in einen großen, graugrünen Saal mit verhängten Fenstern geführt. Später erfuhr er, dass es der Filmvorführungsraum gewesen war. Lange saßen sie auf den kugelschreiberbekritzelten Holzbänken, warteten auf irgendetwas, von dem sie nicht wussten, was es war, von dem sie lediglich ahnten, dass es kommen musste, eine Ansprache vielleicht, oder ein Befehl, vielleicht endlich eine Bewegung irgendwohin. Noch spürte er nicht die Angst, die bereits auf ihn lauerte hinter den Übergardinen auf seiner zukünftigen Stube, im Radioapparat des Klubraums, auf dem Tellerrand beim Mittagessen im Speisesaal. Aber schon wirkte alles trostlos. Wohl deshalb fragte er sich, warum er auf dem Weg hierher einen Schlager gepfiffen hatte. Der Straßenbahn entstiegen, zwei Stationen eher, als es nötig gewesen wäre, den Beutel mit den wenigen Habseligkeiten geschultert, hatte er eine Schnulze gepfiffen, die ihm zufällig in den Kopf gekommen war. Ein lustiges Tralala, das alle die mahnenden Worte übertönte, die ihm nachflogen wie krächzende Krähen. Was sich in seinem Leben bislang begeben hatte — und viel war es nicht gewesen — lag hinter ihm als schmaler Schatten bei der Biegung des Flusses, den er so frei und weit wie an diesem Tage noch nie hatte einsehen können. Von den Hügeln des Ufers her war er in die Stadt gelangt, zwischen die ersten Reihenhäuser. Er war an die Ampel-Kreuzung gekommen und hatte sich sofort erinnert, in welche Richtung er gehen musste. Schon nach wenigen Minuten war er auf die stacheldrahtbekränzte Ringmauer gestoßen und dahinter auf die Kaserne mit den hundert in Reih' und Glied ausgerichteten Fenstern — schwarze Augen, die ihn wissend angestarrt hatten, und unter ihnen hindurch war er in den schwarzen Schlund des Eingangsportals marschiert wie durch das Tor zur Hölle, das zum ewigen Schmerz führt, ihn aber nur in ein Vestibül geleitete, wo es nach Bohnerwachs und Leder roch und ein bisschen nach dem Muff feuchter Gemäuer. Im Kinosaal, den er nur mit Mühe gefunden hatte, fühlte er sich endgültig fremd unter all den anderen, die ihm ihre breiten Nacken vors Gesicht schoben und sich nassforsch miteinander bekannt zu machen begannen, als träfen sie sich auf dem Bolzplatz. Nach einer Weile kamen Uniformierte herein und setzten sich vorne an die Tische, die an der Rampe unterhalb der kleinen Bühne in einer langen Reihe aneinandergefügt waren. Die Männer zogen große Papierbögen aus ihren Aktenmappen und begannen, Namen vorzulesen und Zahlen aufzusagen. Endlich kam Bewegung in den Saal. Vorne bei den Tischen fügte sich ein vielgliedriger Lindwurm, der in sanften Windungen durch den Seitengang bis hin zu den Flügeltüren wuchs. Er wurde als einer der letzten aufgerufen, überreichte mit klopfendem Herzen seinen Ausweis und bekam zwei Zahlen genannt, die er sich zu merken hatte. Ihm wurde befohlen, sich gemeinsam mit einem Dutzend anderer in den Gang neben die Sesselreihen zu stellen und zu warten. Nach einer Ewigkeit baute sich vor ihnen jemand auf, von dem er schon bald wissen würde, dass es ein Unterführer war. Der hielt die Beine leicht gespreizt, in Hüfthöhe die Daumen hinter das braune Koppelleder geklemmt und den Kopf ein wenig in den Nacken gelegt, als wolle er im nächsten Augenblick unvermutet mit seiner Nase zupicken. Zackig machte er kehrt und stiefelte los, die Neuen ihm hinterher durch die verwirrend futuristische Ineinanderschachtelung von Fluren, Treppenaufgängen und pförtnerlogenähnlichen Glaskästen, durch einen Schleier von stumpfem Braun und Graugrün, bis sie zu der Stube kamen. Jetzt erst, als er das Blechschild über der Tür sah, wusste der Bursche, was die zwei Zahlen bedeuteten, die er sich hatte merken müssen. In der Tür stand ein Mann, der sein Stubenältester werden würde. Wegen seiner dunklen, tief in den Höhlen liegenden Augen und den langen, spindeldürren Extremitäten glich er einer Spinne. Der Neue würde ihn also »Spinne« nennen.

Das Bett konnte er sich nicht aussuchen, genauso wenig wie seine Zimmergenossen. Das obere gleich links neben der Tür war bereits für ihn reserviert, am Pfosten des Stahlgestells klebte ein schreibmaschinenbetippter Papierstreifen mit seinem Namen. Später bemitleidete er sich oft wegen dieser verhängnisvollen Zuteilung, denn der andere Ankömmling, ein Maurer und Boxer, kräftig wie ein Bernhardiner, der unter ihm schlief, hatte es in Zukunft beim allmorgendlichen Bettenbauen einfacher als er, weil er aus dem Stand an jeden Zipfel seines Bettlakens herankam, während der Bursche, wollte er in die hintersten Winkel seiner Schlafstelle langen, immer erst auf einen Stuhl klettern musste oder, unter dem Protest des Maurers, auf die Kante der unteren Pritsche.

Nachdem er aus der Bekleidungs- und Ausrüstungskammer zurückgekehrt war, auf den ausgebreiteten Armen Drillich, K 1, K 2, Käppi, Stahlhelm, Koppel, Unterwäsche lang, Sportzeug, Socken gestapelt, an den seitab gestreckten Zeigefingern zwei Paar Stiefel bei den Laschen aufgefädelt, erklärte ihm der Unterführer von vorhin, der immer noch oder schon wieder die Daumen hinter das Koppel gesteckt hielt, wie er seinen Spind einzuräumen hatte, nämlich »auf Kante«, und wie das berüchtigte »Päckchen« gebaut werden musste. Abends vor dem Zapfenstreich hatte er fortan einen Stuhl neben seinem Bett zu postieren, auf dessen Sitzfläche er, nach strengem Reglement geordnet, Unterwäsche, Socken und Drillich mit sauberer Kragenbinde zu legen hatte, so gefaltet, dass die Kanten der Kleidungsstücke mit denen des Stuhlholzes abschlossen, und auf dieser Dekoration musste, zusammengerollt, das Koppel liegen, das wiederum das Käppi in seiner Mitte umschloss wie eine sich windende Schlange ihre Beute. Das war das »Päckchen«. Es widerte ihn an. Es machte ihn bange. Es war zu nichts anderem nütze als dazu, seinem Besitzer zu helfen, sich im Falle eines Alarms binnen kürzester Frist ankleiden zu können, auch im Finstern. Er begann, sich vor allem zu fürchten, was mit Nacht und Düsternis zu tun hatte. Er wollte nicht, dass es überhaupt je Nacht würde oder Alarm gäbe. Wenn er im ersten Monat, während dem er noch zum Ausbildungszug gehörte, abends mit dem Falten und Legen und Zupfen und Rollen seines Päckchens beschäftigt war, kroch in ihm die Angst hoch wie der Schüttelfrost bei einer Grippe, als spürte er den UvD mit der Trillerpfeife im Mund schon hinter sich stehen und tief Luft holen und »AUSBILDUNGSZUG – ALAAARM!« schreien, und wenn er kurz vor dem abschließenden Stubendurchgang ins Bett kroch, zuckten die Muskeln seiner Arme und Beine, als wären sie von elektrischen Stromstößen getroffen, und dann konnte er mit dem Zucken nicht aufhören, weswegen er immer lange keinen Schlaf fand. Sogar aufs Klo zu gehen, traute er sich eine Zeit lang nur ausnahmsweise, in Sorge, ihn könne ein Einsatzbefehl genau in dem Augenblick treffen, da er hilflos war.

Am ersten Abend war es, lange nach dem Beginn der Nachtruhe, als die Spinne offensichtlich glaubte, er und der Boxer schliefen bereits. In Wirklichkeit starrte er mit großen Augen sehnsüchtig auf den Vorhang am Fenster und lauschte den Motorengeräuschen nach, die von der unweit der Fliederwegkaserne in die Innenstadt führenden Straße, auf der entlang er an jenem Morgen von zu Hause her gekommen war, zu ihnen herein drangen, gedämpft wie durch ein Filter. Da fragte die Spinne, die, wie der Bursche bald erfahren würde, achtundzwanzig Jahre alt und der älteste unter allen Wehrpflichtigen der Kompanie war, in stubenelterlicher Besorgnis den anderen Alten auf der Stube, den mit der Brille, der unaufhörlich Faxen machte und Grimassen schnitt, weswegen ihn der Bursche insgeheim »Clown« taufte, wie sie es schaffen könnten, den spacken Neuen durchzubringen, diese halbe Portion, und der Clown entgegnete, dass sie es damit schwer haben würden. Das versetzte dem Burschen einen Stich durch die Brust. Niemals zuvor hatte er Angst davor haben müssen, etwas nicht zu schaffen. Immer war ihm alles, wie seine Mutter zu sagen pflegte, zugeflogen. Anders als auf dem Weg in die

Truppenunterkunft betrachtete er sein Zuhause auf einmal als etwas endgültig Verlorenes, das, da er es noch besessen hatte, schön gewesen war und auf eine beruhigende Art vertraut, als etwas das man ihm weggenommen hatte, ohne dass er sich dagegen hätte wehren können. Ihm fiel seine kleine Katze mit dem verschrumpelten Blutohr ein und er spürte, wie ihm die Augen zuquollen.

Bald nach der Vereidigung auf dem zugigen Appellplatz, bei der sie auf einen Wink hin im tausendstimmigen Männerchor markig ein »-AG -OSSE -AL« zu skandieren gehabt hatten, was bei den Zaungästen, zumeist Familienangehörigen, den Eindruck erwecken sollte, als hätten sie ihrem obersten Chef ein kerniges »Guten Tag, Genosse General!« entgegengeschleudert, sah man sich gezwungen, den Anwärter wegen einer Fischschuppenhaut, die ihm angeboren war, und trotz vieler Ermahnungen, sich endlich zusammenzureißen und öfter an die frische Luft zu gehen, innendiensttauglich zu schreiben. Ein beschönigendes Wort, das ihm eine Tauglichkeit bescheinigte, ohne ihm die viel wichtigere Untauglichkeit zuzusprechen, nämlich diejenige für den Außendienst. Ausschlaggebend war wohl der Anblick jener klaffenden Risswunden an seinen Händen gewesen, die immer dann entstanden, wenn er erst mit dem kalten Leitungswasser im Waschraum und anschließend mit dem Frost des Winters in Berührung kam — aufgeplatzte Fleischfugen, auf deren Grund sich die weißen Knochen der Fingergelenke erspähen ließen. Die Spinne, die im Zivilberuf Grafiker war und in einem Atelier unterm Dach beim Stab arbeitete, für den er aus rotem Stoff und langen Leistengestellen Transparente fertigte, sprach beim Politoffizier vor. Er kenne einen, der spiele Klavier, habe Abitur und ernähre sich von Marmelade. Sein Wort hatte Gewicht, wohl auch, weil er seinem Dienstgrad nach zwar nur ein Unterwachtmeister war, seiner Dienststellung nach jedoch Leutnant hätte sein können. Schon ab der nächsten Woche war der innendiensttaugliche Neue angewiesen, die Wandzeitung im Klubraum zu bestücken und mit dem Chor der Anwärter aus dem ersten Diensthalbjahr zweistimmige Lieder einzubimsen (»Mein Mädel hat einen Rosenmund«).

Als man in Polen den Ausnahmezustand ausrief, erhielt er den Befehl, seine Stube tagsüber zum Büro umzurüsten, denn weil zu erwarten stand, dass die Truppe von jetzt auf gleich in Alarmbereitschaft versetzt werden würde, sollte er seine Arbeitskraft ganz auf die politische Agitation richten und kämpferische Artikel für die polizeiinterne Zeitschrift verfassen. So ließ es sich nicht vermeiden, dass ihn immer häufiger die Unterführer heimsuchten, ohne besonderen Grund, wie sie behaupteten, aber dessen ungeachtet beinahe regelmäßig. Sie setzten sich ihm gegenüber an den einzigen Tisch in seinem Stubenbüro, so dass er ihnen nicht ausweichen konnte, machten kein Hehl daraus, dass sie ihn um den Trick mit der Fischschuppenhaut und um seine Beziehungen zum Politoffizier beneideten, weil sie selbst es sogar dann nicht geschafft hatten, vom Dienst frei zu kommen, wenn sie eine ganze Dose Butter in einem Rutsch aufgefressen hatten, um eine Blinddarmreizung auszulösen, und dann zwangen sie ihm Gespräche auf, die er nicht mochte, weil sie ihn zu etwas verpflichteten, was ihn nichts anging. Er war aus der Bedrängnis des Exerzierens, Schießens, Sturmbahnlaufens und der Nahkampfausbildung auf seine Stube geflohen wie andere vielleicht in den Maschinenpark oder in die Küche, und nun schnürte dieselbe Fessel gerade dort wieder seine Kehle zusammen. Sie machte ihm das Herz klopfen vor Wut darüber, dass sie ihn nicht in Ruhe ließen mit ihren Geschichten über Arschlöcher von Vätern, die von ihnen in den Geräteschuppen gesperrt worden seien, und von Weibern mit Titten, so groß, rund und straff wie Medizinbälle.

Am Vormittag nach der Frühjahrsinspektion kam wieder einer dieser Unteroffiziere, sein Gruppenführer, ein kleiner Mensch, der sich immer duckte und den Rücken krümmte, so dass es aussah, als hätte er einen Buckel. Der schmale Kopf, das

Gesicht mit dem fliehenden Kinn, hing wie angeklebt zwischen den Schultern, die er immer ein wenig nach vorn geneigt hielt. Er sprach mit einer klaren Kinderstimme, näselnd, aber in Sätzen, deren Glieder daher geschlängelt kamen wie die eines Tausendfüßlers. Seine Bildung war mäßig, seine Haltung nachlässig. Beides gab in der Kompanie Anlass zu Spott. Für einen Moment hatte es den Anschein, als wollte Buckelchen bloß ein wenig tratschen, was daraus zu schließen war, dass er das Zimmer zögerlich betrat, dann aber öffnete er wie nebenher einen Spind, entdeckte vorgebliche Unregelmäßigkeiten, blickte angewidert zu dem mit beschriebenem Papier überhäuften Tisch, hinter dem der Bursche saß und, im Schreiben gestört, verärgert aufsah, und riss schließlich, ohne ein Wort gesagt zu haben, Trainingsanzüge, Sportzeug, Handtücher, Uniformen und Stiefel aus den Fächern, warf sie, vor Anstrengung und Eifer keuchend, auf den Fußboden, worauf er schweigend verschwand. Gleichmütig stand der Anwärter vom Tisch auf und sammelte die Utensilien ein. Er schob in die Turnhemden die schmalen Pappstreifen zurück, damit sie beim Knick glatt auf Kante lagen, wenn er sie übereinander stapelte. Sein Wertfach mit den Noten und den Fotos von seiner Katze Mauzi verschloss er jetzt. Er dachte, es gäbe nur noch eine einzige, unendliche Bewegung in seinem Leben, einen zähen Kreislauf von Aufbauen und Zerstören und wieder Aufbauen und wieder Zerstören, als ob es sich um ein Naturgesetz handelte.

Im Gegensatz zu ihm berührten den Clown solche Gemeinheiten nicht. Wenn er, während er seinen Vorgesetzten gegenüberstand, seine Brille absetzte und sich dabei sein Gesicht verkniff, wusste niemand einzuschätzen, ob er wegen seiner Kurzsichtigkeit Grimassen schnitt, oder weil er frech grinste. Dann lachten die meisten vorsichtshalber, sogar die Offiziere, damit sie sich keine Blöße gaben. Als der Clown einen Kreismeisterpokal in Form eines mit Gravuren verzierten Metalltellers, den er ein paar Stunden zuvor im Querfeldeinlaufen für die Bereitschaft, das heißt für fünf

Kompanien, gewonnen hatte, über den Flur scheppern ließ, indem er ihn senkrecht stellte, schnell um seine Achse drehte und austrudeln ließ, bis er mit dem Rand krachend auf die Steinfliesen schlug, schob der Chef der Schützenkompanie bloß kurz seinen Kopf hinter der nächsten Mauerecke hervor und drohte, als er erkannte, wer der Auslöser des Krachs war, lediglich mit dem erhobenen Zeigefinger. So wie der Clown hätte der Bursche sein mögen. Aber er war nicht so, ganz und gar nicht. An ihm glitten die Launen der anderen nicht ab wie an einem polierten Metallteller. Er gehörte zu jenen verlorenen Kindern, deren Eltern seit dem Ende des Kriegs schwiegen und stillhielten, um nicht nachträglich noch aufzufallen. Seiner Mutter war er von einem der wenigen alten Männer gemacht worden, die das Gemetzel übrig gelassen hatte, einem u. k. geschriebenen Hänfling, der ihr kein Mann und ihm kein Vater sein konnte und der ihm keine Beachtung schenkte. Ängstlich hatte sich seine Mutter mit ihrem Kontrollwahn an ihren Sohn gesaugt wie ein achtarmiger Krake. In seiner Klasse an der Penne war er der einzige Junge ohne Moped gewesen und davon, wie man es anstellte, sich eine eigene Wohnung zu besorgen, hatte er noch immer keinen blassen Schimmer. Manchmal trug er ein bisschen Trotz mit sich in der Kehle herum, wenn er befürchten musste, sich vor den anderen zu verraten in seiner Ahnungslosigkeit.

An der Innenseite ihrer Stubentür in der Kaserne hing, mit Reißzwecken festgepinnt, ein handgeschriebener Dienstplan für die Reinigung. Nie hatte der Bursche zu bemängeln gewagt, dass der Name der Spinne auf dem Papier gar nicht erst auftauchte. Auch der Clown, dessen Name pro forma eingetragen war, drückte sich regelmäßig, mit Billigung der Spinne. Der Hierarchie der Dienstgrade entsprach eine inoffizielle Hackordnung. Die aus dem dritten Diensthalbjahr nannten sich Entlassungskandidaten, kurz E. K., und beanspruchten solche Vorrechte wie die Spinne, diejenigen aus dem zweiten Diensthalbjahr hießen Vize und pochten auf die halben Privilegien, während dann erst, am unteren Ende der Rangfolge, die Pieper kamen, die so gerufen wurden, weil sie die Tage, die ihnen in der Kaserne blieben, zählten, indem sie Bandmaße, die sie in den aufgeschlitzten Bäuchen piepsender Gummitiere versteckten, Zentimeter um Zentimeter abschnitten, je einen Zentimeter für jeden Tag. Der Bursche war ein Pieper, auch der Boxer. Darum blieb die ganze Arbeit an den beiden hängen, weil sie Pieper waren. Immer zu den Wochenenden musste die Stube gesäubert werden. Die Fenster putzten sie mit klarem Wasser, Lappen und Zeitungspapier, denn flüssiger Glasglanz war verboten. Das dauerte natürlich, und es dauerte vor allem dann lange, wenn sie Ausgang hatten und in die Stadt gehen wollten. Oft geschah es, dass, nachdem sie soeben den Fußboden blankgewienert hatten, die Spinne hereinkam, um etwas von der Pritsche herunterzuholen oder auf sie zu legen, und sich im Hinausgehen, nicht immer mutwillig, aber manchmal eben doch, beim Standfuß auf der Hacke, beim Spielfuß auf der Spitze drehte, wobei dort, wo die Spitze sich drehte, das Sohlenleder des Schuhs einen viellinigen Kreis ins Wachs schrammte, der wie gedrechselt aussah und durch simples Überbohnern trotz Aufbietung aller Kräfte nicht wieder herausgeschliffen werden konnte. Aber auch zwischen dem Burschen und dem Boxer gab es eine Rangfolge, die sich nach und nach eingeschlichen hatte. Einmal, als der Bursche nach einer Besprechung abends als letzter zurückkam, sah er seine Kameraden um den Tisch beim Fenster sitzen und Kuchen mampfen. Der Boxer hatte ihm seine Weihnachtsstolle aus dem Spind gestohlen, die ein Geschenk seiner Mutter gewesen war.

Nach und nach hatte sich das Unbehagen überall im Blut des Burschen verteilt, sodass er es nicht mehr loswurde. Die Bettlaken, die frühmorgens faltenlos über die Holzkante zu ziehen waren, ekelten ihn an wie einst die weißen Schürzen seiner Kindergärtnerinnen, die in seinen Träumen Gummischürzen waren. Das Klo mit dem eingetrockneten Schleim grauer

Wichsflecken an den Wänden und auf dem Fußboden reizte ihm die Magenschleimhaut. Das Zumessenmarschieren fand er so widersinnig, dass er glaubte, darüber verrückt werden zu müssen.

An einem der ruhigeren Tage, an dem ein Teil der Kompanie zu einem Manöver ausgerückt war, schlich wieder einmal der bucklige Gruppenführer in die Stube. Der Anwärter machte sich darauf gefasst, gleich wieder seinen Spind einräumen zu müssen, doch Buckelchen setzte sich ganz friedlich ihm gegenüber an den Tisch. Sein Mund stand blöde offen und zeigte noch weniger Kinn als sonst. Er sagte leise, das von vor ein paar Tagen tue ihm leid. Fast versagte ihm die Stimme. Der Anwärter tat, als mache er sich Notizen zu einem Zeitungsartikel. Zögerlich flocht Buckelchen mit seiner Kinderstimme ein, er habe sich doch immer alle Mühe gegeben und abends bis spät noch am Küchentisch gesessen, die Lampe runtergezogen. Aber immer hätten ihm alle gesagt, er solle wegbleiben. Nirgendwo hätten sie ihn gebrauchen können außer hier. Der Anwärter, der wieder den Ansatz von Trotz in seiner Kehle spürte, fragte den Oberwachtmeister, warum er ihm das erzähle und ob er nicht sehe, dass er zu arbeiten habe. Da verzog Buckelchen nach ein paar Sekunden ungläubigen Staunens die Mundwinkel und trollte sich.

Während der nächsten Wochen glaubte der Anwärter zu beobachten, dass Buckelchen noch krummer ging als vorher. Außerhalb des Dienstes schien er einem jeden auszuweichen. Er mied die heimlichen Treffs, auf denen nach Dienstschluss Skat gedroschen und, sobald auf dem Kompanieflur nur noch die Notbeleuchtung brannte, geschmuggelter Doppelkorn getrunken wurde. Nur einmal begegneten einander ihre Blicke flüchtig, als Buckelchen seine Gruppe zum Politunterricht antreten ließ.

Durch Zufall entdeckte der Clown die Striemen, die dem Buckelchen quer über den Rücken liefen. Rote Ströme erst jüngst wieder zusammengewachsenen Fleisches, koppellederbreit. Bei der Normüberprüfung auf dem Sportplatz hatten alle wegen der Hitze darauf verzichtet, sich mit Turnhemden zu panzern. Lediglich der Gruppenführer wollte darin eine Ausnahme machen.

»Willst wohl deine Unschuld nicht verlieren?«, flachste der Clown und zog dem Unterführer aus Jux den Dress über die Schultern.

Der Anblick beschäftigte den Clown mehr, als er anfänglich eingestehen mochte. Ein paar Nächte lang legte er sich in einer kleinen Seitenflucht des Kompanieflurs auf die Lauer. Die Nische befand sich vis-à-vis des Zimmers, in dem neben dem Buckelchen auch jener Hauptwachtmeister untergebracht war, der den Burschen am ersten Tag in Empfang genommen hatte. Im stillschweigenden Einverständnis mit den Wachtmeistern vom Dienst, die er mit je einer Schachtel Salem Gelb bestochen hatte, hockte der Clown stundenlang auf den Fußbodenfliesen und fror, während er Buckelchens Tür nicht aus Augen ließ.

Nie zuvor war der Anwärter so sehr im Einklang mit der Gewalt gewesen wie in jenem Augenblick, als sie sich von ihm weg richtete und ihn zu einem Gerechten stempelte. Es machte sich erforderlich, auf den Verdacht des Clowns hin Buckelchens Stubengenossen, den besagten Hauptwachtmeister, unter Druck zu setzen. Als ihn die mehrheitlich gewählte Abordnung herausgeklopft hatte aus seinem sicheren Führerbunker, zeigte er sich in seiner Lieblingspose. Die Beine leicht gespreizt, in Hüfthöhe die Daumen hinter das Koppelleder gesteckt, den Kopf ein wenig in den Nacken geneigt, so als wolle er im nächsten Augenblick unvermutet mit seiner Nase zupicken. Lässig wartete er ab. Nach einer Weile sagte der Clown:

»Schönes Koppel.«

Er stippte seinen Zeigefinger auf das blanke Metallschloss. Das hielt ein braunes Koppel zusammen, wie es nur Offiziere und Berufsunterführer tragen durften, die Koppel der anderen waren schwarz, zumindest die für die Ausgangsuniformen.

Der Mann war das, was man in der Truppe einen Zehn-Ender nannte, weil er sich auf zehn Jahre verpflichtet hatte. Einer von der Sorte, die im Politunterricht von Kriegskunst redeten. Sein Koppel war gepflegt, fast ohne Risse und glänzte wie poliertes Linoleum.

»Nimm's ab!«, sagte die Spinne.

Als sich der Hauptwachtmeister immer noch nicht rührte, stießen ihn die Deputierten mit ihren Fäusten gegen den Brustkorb, worauf er in seine Stube zurücktaumelte. Bis ins Mark erschüttert im Glauben, gegen solche Angriffe gefeit zu sein, tat er, was man von ihm verlangte, und klinkte den Haken am Koppelschloss auf. Die anderen zogen einen engen Kreis um ihn. Einer schloss die Tür von innen, ein anderer stand draußen Schmiere.

»Ihr wisst, dass der Kompaniechef mein Kumpel ist«, sagte der Zehn-Ender.

»Unserer auch«, erwiderte der Clown und nahm seine Brille von der Nase, woraufhin er sein Gesicht verzog, als ob er feixte.

Der Boxer ergriff das Koppel und schwenkte es in kühnen Schleifen dicht vor dem Kopf des Hauptwachtmeisters.

»Ihr könnt mir nichts beweisen«, sagte der Zehn-Ender, ohne dass ihm bereits irgendetwas vorgeworfen worden wäre.

»Schau'n wir mal«, sagte die Spinne.

Sekunden später traf den Zehn-Ender das Koppel am Hals. Der Mann hob den angewinkelten Arm vors Gesicht und stürzte, nach Luft ringend, zu Boden. Der Clown steckte seine Brille in die Drillichjacke und sagte:

»Das war erst der erste.«

Der Zehn-Ender richtete sich im Knien auf und wollte, indem er sich am Tisch abstützte, in den Stand gelangen, als ihn der Riemen ein zweites Mal traf, diesmal quer über den Scheitel. Erneut ging er auf die Bretter.

»Hört auf, ihr Idioten!«, schrie er.

Diesmal war aus seiner Stimme die nackte Angst herauszuhören. Auf allen Vieren kroch er zum Waschbecken. Außer den Offizieren war er der einzige, der auf der Stube ein Waschbecken besaß. Er riss das Handtuch, das daneben hing, vom Haken, um es sich an die Platzwunde zu pressen. Er zitterte, wie noch vor kurzem der Anwärter jedes Mal vor dem Einschlafen gezittert hatte. Dann lehnte er sich erschöpft an die Wand, die Beine von sich gestreckt. Einen weiteren Versuch aufzustehen, unternahm er nicht. Er sagte, er kapituliere allein vor der Übermacht. Dann ließ er sich dazu herab zu gestehen, wie er das Buckelchen, wenn es vom Dienst zurückkam, erst immer dreimal hatte anklopfen und betteln lassen: »Bitte, bitte, lass' mich ein, bin nur ein armes Pieperschwein!«. Wie er ihn abends auf allen Vieren unter den Tisch hatte kriechen und bellen lassen. Wie er ihn einmal auf dem Bett nackt hatte Walzer tanzen lassen nach Musik vom Plattenspieler. Wie er ihn schließlich verdroschen hatte mit dem Koppelriemen, demselben den der Boxer jetzt in der Hand hielt.

»Warum?«, fragte die Spinne.

Verblüfft blickte der Zehn-Ender zu ihm auf. Er hielt diese Frage wohl für abwegig.

»Sieh ihn dir doch mal an!«, sagte er.

Noch in der Nacht führte man den Hauptwachtmeister weg. Fürs erste in den langgestreckten Barackenbau bei der Wache am Haupteingang, wo auch der Clown einsaß, der lamentierte, dass es für ihn allmählich eng werden könnte, denn wenn das so weiterginge mit dem Karzer, müsste er nachdienen. Ein paar Tage später brachte man den Zehn-Ender in einem unförmigen Kastenwagen, der dunkelgrün war und vergitterte Fenster hatte, nach Schwedt ins Militärgefängnis. Schwedt war immer das Synonym für Militärgefängnis gewesen. Mit ihm hatte man ihnen Furcht eingeflößt. Immer hatte es einen gegeben, der einen von denen kannte, die dort gewesen waren, und hinter vorgehaltener Hand flüsterte, dass diejenigen, die von dort zurückkamen, nicht mehr dieselben wären wie vorher. Das Häuflein Mensch, das vor der Tür des Wagens auf dem Appellplatz stand, während es darauf wartete, weggeräumt zu werden, war ungekämmt und trug die nun schulterstückslose Uniformjacke salopp aufgeknöpft. Ein letztes Mal wandte sich der Zehn-Ender der Fliederwegkaserne zu, die Beine leicht gespreizt, die Daumen in die leeren Gürtellaschen gesteckt, den Kopf ein wenig in den Nacken geneigt. Er wirkte wie einer, der trotz alledem Recht behielt. Der Anwärter beobachtete ihn vom Fenster seiner Stube aus. Er hatte die Gardine zurückgeschoben und war für einen Augenblick versucht, dem Delinquenten ein Zeichen zu geben.

Nach Abfahrt der Grünen Minna tigerte der Anwärter stundenlang in seiner Stube auf und ab. Ein paar Mal lehnte er seine Stirn an eine der kahlen Wandflächen. Er warf sich auf das Bett, was tagsüber untersagt war, um wieder aufzustehen, noch bevor er an das Verbot hätte denken können. Dann öffnete er das mannshohe Fenster und betrachtete den leeren Appellplatz unter sich wie von einem Schlossbalkon aus. Die Feuerwache, zu der er verdonnert war, ging ihn nichts an. Er sagte im Medpunkt, er hätte Kopfschmerzen, weil er wusste, dass sie ihm die nicht würden nachweisen können, und ließ sich erneut dienstuntauglich schreiben. Am Abend kickte er der Spinne die Flasche aus der Hand, als der ihm die Vita-Cola wegtrinken wollte. Der braune Sud ergoss sich über die Bettdecke. Als die Spinne fluchend und wie angeschossen von seinem Lager aufsprang, konnte der Anwärter zum ersten Mal aus vollem Halse lachen, ohne sich gleichzeitig vor Angst in die Buchsen zu pieseln. Später posierte er im Waschraum vor dem Spiegel. Er reckte den Oberkörper und spreizte die Beine leicht. Dann steckte er die Daumen hinter das Koppel und begutachtete die Wirkung.

Ich wuchs in einer Genossenschaftssiedlung auf, die aus jenem Jahr stammte, in dem der Eiserne Gustav mit seiner Pferdedroschke in Paris Einzug hielt. In jenem Haus, in dem ich schließlich achtundzwanzig Jahre zubrachte, lebte auch meine Mutter von Geburt an. Ihr Vater, mein Großvater, war kurz nach dem Krieg an einer Bleivergiftung krepiert, der Berufskrankheit der Schriftsetzer und Metteure. Er hatte zu denen der alten Schule gehört, die es verstanden, die Größe der Lettern ohne Hilfsmittel im Viertelpunkt-Abstand abzuschätzen. Wahrscheinlich deshalb pflegte seine Tochter zu betonen, sie stamme aus gutem Hause. Seit sie als Revisorin einer Produktionsgenossenschaft die Alleinverdienerin unserer Familie war, galt ihr Naserümpfen der Nachbarschaft, einem Sammelbecken ungebildeter Maurer und Spitzendreher.

Ein Bad besaßen wir nicht, statt dessen eine hochklappbare Wanne aus Zink, für die es in der Küche eine Nische mit Stoffvorhang gab. Auch eine Waschmaschine gehörte bis in die Sechziger nicht zu unserem Haushalt. Stattdessen stand im Keller ein riesiger Bottich, der sich mit Kohle beheizen ließ. Dennoch wäre es falsch zu behaupten, dass uns die technische Revolution links liegengelassen hätte. Immerhin hatten sich meine Eltern nach langem Zögern einen Kühlschrank zugelegt, der seinen Strom allerdings über einen von meinem Vater montierten Schutzkontaktstecker bezog, was zur Folge hatte, dass man jedes Mal, wenn man die Kühlschranktür öffnete, einen — wenn auch schwachen — elektrischen Schlag abbekam. Außerdem besaßen wir neben einer Radiotruhe mit eingebautem Plattenspieler auch zwei Fernseher, einen für Schwarzweiß und einen für Farbe. Meine Mutter wurde nicht müde zu versichern, sie habe das Farbgerät einzig zu dem Zweck angeschafft, ihrem fünfundzwanzig Jahre älteren Ehemann, meinem Erzeuger, die Langeweile zu vertreiben. Mein Kaiserwilhelmvater, der mich, so alt wie er bei meiner

Geburt war, nicht hatte haben wollen, strafte mich Zeitlebens mit Missachtung. Bei jedem meiner kläglichen Versuche, ihm Einzelheiten seiner Biografie zu entlocken, damit ich mich nicht länger verlassen fühlen musste, schwieg er. Auch meine Mutter hatte er nicht wirklich haben wollen. Vielmehr hatte sie ihn einer anderen ausgespannt. Nach dem Krieg war die Konkurrenz unter den Frauen groß und mein Vater einer der wenigen Männer, die überlebt hatten. Seit er sich dann aber bei einem Arbeitsunfall in den Fünfzigern mehrere Rückenwirbel gebrochen hatte und nur eine lächerliche Unfall- und Invalidenrente von einhundertzwölf Mark im Monat bezog, war es aus mit der Herrlichkeit. Mein Vater fläzte von früh bis spät im Bademantel, den er über seinem Stützkorsett trug, auf dem Sofa vorm Wohnzimmertisch, um Konsum-Rabattmarken in ein Oktavheft zu kleben und in die Röhre zu glotzen. Dabei paffte er Zigarren, bis die Luft in der winzigen Stube blau war. Vorzugsweise rauchte er solche der Marke »Sprachlos«. Das ist kein Witz, die Sorte hieß wirklich so. Die Packung kostete zwei Mark vierzig. Das war das vielleicht minderwertigste Zeug, das mein kleines Land zu bieten hatte. Wenn meine Mutter aus dem Büro nach Hause kam und unvermittelt in der Nebelwand aus Zigarrenschmauch stand, verlor sie jedes Mal die Beherrschung und fluchte drauflos wie ein Kesselflicker, was meinen Vater aber nicht zu beeindrucken schien.

Der Farbfernseher stand neben der Vitrine, in der meine Eltern hinter dem seinerzeit noch intakten Schauglas die Bücher der deutschen Klassiker in sogenannten Volksausgaben parat hielten, wohl wissend, dass es sich geschickt hätte, sie allesamt gelesen zu haben. Dort gab es auch ein Schubfach, das einen dünnen, scharfgratigen Silberlöffel beherbergte, dem die kaum noch leserliche Inschrift »Dem Ersten Sieger im 1.500-Meter-Lauf 1919« aufgeprägt war. Eine von meinem Vater im Alter von einundzwanzig Jahren errungene Trophäe, die noch sechzig Jahre später immer einmal wieder den Weg ans Licht der Öffentlichkeit fand, wenn es galt, einen der höchst seltenen

Besuche mit Schnurren aus der Vergangenheit zu unterhalten, ein ansonsten völlig nutzloses Ding. Das Monstrum von Farbflimmerkiste — insofern mich nicht alles täuscht das erste seiner Art auf dem ostdeutschen Markt — kam aus der großen Sowjetunion und hieß »Raduga«, was, ins Deutsche übersetzt, »Regenbogen« bedeutet. Im Grunde handelte es sich um einen verwunschenen Heizofen. Wie ich leider erst später erfuhr, hatte der Verkäufer meiner Mutter geraten, mit dem »Raduga« vorsichtshalber nur solche Fernsehbeiträge anzuschauen, die auch wirklich in Farbe ausgestrahlt wurden, während sie sich für die Schwarz-Weiß-Sendungen ein Zweit-gerät halten sollte (wobei von Interesse sein dürfte zu wissen, dass Farbsendungen damals schätzungsweise fünf Prozent des Gesamtprogramms ausmachten). Freilich hatte der Verkäufer im Zuge kombinatsinterner Anweisungen zum Schutze der Bevölkerung vor Falschmeldungen und Panik verschwiegen, dass der magische Apparat rund zwölf Stunden brauchte, um sich, sobald er vom Stromnetz abgeschaltet war, vollständig zu entladen. Weil es in der engen Stube an einem Zweitplatz und einem Zweitanschluss mangelte und mein Vater merkwürdigerweise nicht auf die Idee kam, eine weitere Schutzkontaktsteckdose anzubringen, stellte meine Mutter in unverschuldeter Ahnungslosigkeit das alte Zweitgerät, eine Schwarz-Weiß-Kiste Staßfurter Produktion namens »Patriot«, auf den »Raduga«. So hatten wir einen schönen, hohen Turm aus Echtholz und Vakuumröhren beisammen, einen patriotischen Regenbogen.

Im Verlaufe der Jahre hatte ich mich mit einem unserer anrüchigen Nachbarn angefreundet, einem Heizer, den ich gelegentlich zu mir einlud und dann, die Flasche Korn hinterm Rücken versteckt, an der Wohnung meiner Eltern vorbei die steile Treppe hinauf in mein Mansardenzimmer schleuste. Ich wusste, dass es meiner Mutter peinlich gewesen wäre, mit einem Menschen in Verbindung gebracht zu werden, geschweige denn, ihn in ihrer Wohnung zu Gast zu wissen, der doch, das sah und hörte man gleich, weit unter ihrem Niveau stand, ein Prolet vom Kohleofen, der nicht einmal ordentlich Hochdeutsch zu sprechen verstand, auf dessen Händen sich tief in die Hautfalten, sogar in die Poren, unauslöschlich Kohlenglanz und Schmierfett eingepresst hatten, weswegen er stets unreinlich wirkte mit seinen trauerberänderten Fingernägeln, ein Pelzer, wie man die Arbeiter aus den Leuna-Werken nannte, der, was beinahe noch schlimmer war, in wilder Ehe lebte und sich ein Kind hatte andrehen lassen, das nicht seines war und im Rollstuhl saß.

Wir schrieben den 4. Oktober 1978, knapp zwei Wochen, nachdem man einen Polen zum Papst gewählt hatte. zum Training meines Vereins im Stadtstadion, während man im ersten Programm aus dem mit zwölftausend Zuschauern besetzten halleschen Kurt-Wabbel-Stadion das Europameister schaftsqualifikationsspiel der Fußballnationalmannschaft gegen Island übertrug, was mich foppte. Mein Vater sah sich unsere Jungen in den blauen Trikots im »Raduga« an. Wie ich mir später habe berichten lassen, peitschte mitten hinein in den Torschuss Hans-Jürgen Riedigers zum 2 : 1 plötzlich eine grelle Stichflamme aus dem Chassis des Farbfernsehers, vor dem mein Vater voller Andacht auf der Couch saß, wohl in träumerischer Erinnerung an seine Jugend, in der er erst Mittelstreckenläufer gewesen war und später Handballer, zu einer Zeit, als man die Wettkämpfe noch im Freien austrug, auf Spielfeldern, die so groß waren wie Fußballplätze und in denen die Ergebnisse der Handballspiele denen der Fußballspiele glichen. Übrigens war auch ich Sportler. Nicht irgendeiner. Ich spielte Fußball in einem Verein der zweiten Liga, als Torwart. Nicht dass das meinen Vater veranlasst hätte, sich jemals bei mir nach zu erkundigen, geschweige denn eines unserer Spiele zu besuchen. Die Stichflamme schoss pfeifend in die Höhe, knusperte am Holzgehäuse des »Raduga«-Ungetüms, färbte sich rotgrünblau, erhitzte die in ihrer Molekularstruktur längst ermüdete Tapete in der Zimmerecke, züngelte über den Unterboden des Staßfurter Zweitfernsehers, wälzte sich, jetzt schon beleibt, in Richtung der Decke, füllte die Hülsen, sprengte die Hüllen, ergoss sich in die restliche Wohnstube, würde sich, diese niedergewalzt habend, in das restliche Haus weiterfressen, begnügte sich vorerst damit, gierig die Übergardinen zu verschlingen, schaukelte sich hoch bis auf neunhundert Grad Celsius, schickte sich an, das Wasser aller im Raum befindlichen lebenden Zellen zu verdampfen, und brachte schließlich mit glühend heißem Schlund den Mauerputz zum Bersten, der prasselnd niederrieselte, das Glas der Vitrine zum Platzen, das klirrend zersprang, und die Kabel zum Schmoren, bis die blakende Luft eindickte wie in einer Mehlschwitze.

Nach Aussagen meiner Mutter, die ausnahmsweise glaubhaft klangen, weil die Frau an ihrem Mann für gewöhnlich kein gutes Haar ließ, versuchte mein alter Herr trotz seines korsettierten Rückens gleich zu Beginn des Infernos, noch bevor das Feuer sich entfaltet hatte, den leichteren Schwarz-Weiß-Empfänger vom Regenbogen-Koloss herab zu ziehen und zum Fenster hinaus zu kippen. Doch zu seinem Leidwesen stellte er fest, dass dies zwangsläufig mit dem Verlust der Fensterscheiben einhergehen würde, weswegen er das Gerät auf der Blumenbank davor absetzte, um zuerst die Fensterflügel zu öffnen. Glücklicherweise war es bereits zu spät. Hitze und Rauch nahmen dermaßen überhand, dass er sich in die gegenüberliegende Zimmerecke unweit der Tür in Sicherheit brachte. In diesem Augenblick implodierten die beiden Glotzen. Mein Vater verlor das Bewusstsein. In derselben Sekunde rief meine Mutter zum Hoffenster hinaus um Hilfe. Vergeblich. Von den Anrainern, die angesichts des Qualms, der durchs Küchenfenster waberte, anzunehmen schienen, es müsse sich um die natürlichen Begleiterscheinungen eines nicht gänzlich gelungenen Schweinebratens handeln, wurde sie nicht ernst genommen. Sicherlich fiel dabei auch ins Gewicht, dass die letzten noch in Erinnerung befindlichen

Hilfeschreie, die vom selben Ort ausgesandt worden waren, unserer Katze Morle gegolten hatten, nachdem diese sich, um sich dem drakonischen Zugriff meiner Mutter zu entziehen, durch das spaltbreit geöffnete Küchenfenster quäkend auf den Pflaumenbaum im Hof davongestohlen hatte, der für sie die Freiheit bedeutete.

Nur einer bewertete die Färbung des Rauchs richtig: der Heizer. Er ließ daheim alles stehen und liegen und rannte hinüber zu uns. Im Keller warf er sich mit dem Gewicht seines Körpers auf den von schmierigem Dreck verteksten Schieber der Gashauptleitung, den wir am darauffolgenden Tag nur mittels eines kopfgroßen Vorschlaghammers wieder freigeklopft bekamen. An der Wasserleitung des Bottichs im Waschhaus schloss er einen zwanzig Meter langen Gummischlauch an, den er vorsorglich mitgebracht hatte, zerrte ihn über die von Rauchschwaden umwaberte Holztreppe bis in den ersten Stock hinauf, wo in der Stube zu Füßen des Feuersalamanders mein Vater betäubt lag, und befahl dem wachgeohrfeigten Alten, den Schlauch zu fassen, den Wasserstrahl dicht an Mund und Nase vorbei zu leiten und den mittransportierten Sauerstoff einzuatmen. In den Wochen und Monaten danach wurde er nicht müde, bei Korn und Pilsner von seiner Heldentat Kunde zu geben, wann immer er es für angezeigt hielt. Freilich gab es keinen Zeugen in dieser Sache, meine Mutter, die ihm seine Redseligkeit verübelte, und meinen wie immer schweigenden Vater ausgenommen.

Als man die Feuerwehren abgezogen hatte, saß meine Mutter, schwer wie eine Skulptur aus Blei, im letzten der unversehrten Drehsessel — ein attisches Klageweib, das in den Schuldspruch für das Tagesschicksal jede sonstige Unbill ihres Lebens einschloss. Der Heizer erzählte mir später, er habe für einen Moment gezögert, sich zu verabschieden, weil er grübelte, ob nicht noch etwas zu erledigen bliebe, und sei es nur, einen Satz zu sagen, aber da ihm nicht einfiel, welcher das sein könnte, sei er schließlich gegangen. Nachdem ich abgekämpft vom

Training zurückgekehrt war, meinte meine Mutter, darauf angesprochen, mit einer entweder anerkennend oder abschätzig vorgeschobener Unterlippe: »Das können sie, die Pelzer.« Aufatmend vergewisserte ich mich, dass meine Sechzehn-Quadratmeter-Mansarde von Feuer und Löschwasser verschont geblieben war. Auch mein Vater war erst kurz vorher heimgekommen. Im Kreiskrankenhaus hatte man seine Lunge untersucht. Weil ich seine Vorliebe kannte, lud ich ihn zu mir ein, damit er sich in meinem winzigen sowjetischen Kofferfernseher, einem »Junost' 603«, den ich mir vom angehäuften Leistungsstipendium und den Mugge-Honoraren im Gebrauchtwarenladen gekauft hatte, die restlichen Fußballsendungen anschauen konnte. Meinen Vater, der seinerseits erst kurz zuvor zurückgekehrt war, nämlich aus dem Kreiskrankenhaus, wo man seine Lunge untersucht hatte, lud ich zu mir ein wie sonst den Heizer. Er hockte sich neben mich vor den winzigen sowjetischen Kofferfernseher, einen »Junost' 603«, den ich mir vom angehäuften Leistungsstipendium und meinen Mugge-Honoraren im Gebrauchtwarenladen gekauft hatte, ich glaube für siebenhundert Mark. Andächtig, als ob es außerhalb des blauen Schachts, den die oszillierende Elektronenröhre 23ЛК13Б aus der Dunkelheit schnitt, keine zerstörte Wohnung gäbe und keine barmende Ehefrau in der Etage unter uns, folgte mein alter Herr den Sportschaukurzberichten des Westfernsehens über die Europameisterschaftsqualifikationsspiele des Tages, die mittlerweile in der zweiundsiebzigsten Minute der halleschen Partie angelangt waren, als Martin Hoffmann mit dem 3 : 1 den Sieg gegen Island sicherte. Quasi erst mit dem Schlusspfiff des walisischen Schiedsrichters entdeckte ich, dass mein Vater (der, da ich dies aufschreibe, schon seit vielen Jahren tot ist) einen Gegenstand umklammert hielt, so fest, dass seine Hand zitterte und die Knöchel unter der zum Zerreißen gespannten Haut weiß hervortraten. Als ich das Etwas näher in Augenschein nahm, erkannte ich im Flackerlicht des Fernsehers schemenhaft die Laffe seines Ehrenlöffels von vor sechzig Jahren, dem des Ersten Siegers im Mittelstreckenlauf. In all der Wirrniss, in all der Todesangst musste er zu allererst an diese Trophäe gedacht und sie in der größten Gefahr aus der Vitrine genommen haben, um sie vor dem Verderben zu retten.

FLAUTE

Quer im Boot liegen und sich räkeln. Die Beine über die Bordwand baumeln lassen. Schläfrig an der Sonne vorbei blinzeln. Auf keinen Fall irgendeinen Handgriff tun. Lieber brav den Mann ans Ruder lassen, der geschäftig an diesem verdammten Wartburgaußenbordmotor hantiert, der wie ein Hubschrauber in der Landephase klingt. Rammdösig die Beine anziehen wie eine Siamkatze, den Kopf heben, ihn mit einem wackligen Turm aus zusammengerollten alten Wolldecken stützen, die muffig riechen. Den Mischwäldern zusehen, die drüben am Ufer stolz und gemächlich vorbei rollen wie auf einer Panoramawalze. Gelackte Bänke auf den Stirnen kleiner Landzungen. Bootsanlegestellen von gläsernen Wochenendsiedlungen mit Terrassen. Villen mit Treppen wie aus Marmor, die ins grüne Brackwasser führen, mit betonumkränzten, sumpfigen Höfen. Mein Freund lächelt eitel, das Lächeln hält die ganzen Havelseen entlang, ein paar Kilometer in Richtung Süden, dann ein paar Kilometer in Richtung Osten bis dorthin, wo ein ausrangierter Schlepper die Zufahrt zum letzten der Kanäle versperrt.

Vor drei Tagen bin ich in der Stadt angekommen, triefend vor Schweiß. Vom Platz der Nationen aus bin ich gelaufen, weil ich, fremdelnd wie immer außerhalb meiner vier Wände, zu zeitig aus der Straßenbahn gestiegen war, in der Besorgnis, bei rasender Fahrt die richtige Haltestelle zu verpassen. An der Wohnungstür hing, mit Reißzwecken festgesteckt, ein Briefumschlag. Auf den war von der Hand meines Freundes mein Name hingeluscht. Darinnen zwei graue Pappkarrees, zwischen denen ein Zettel und ein Schlüssel. Ich stellte den Luftkoffer ab und las:

»Bin gerade dabei, dich vom Bahnhof abzuholen. Mach's dir inzwischen bequem«. In der Stube schrieb ich einen Antwortzettel und steckte ihn, bevor ich auf Erkundung in die

Stadt ging, ebenfalls an der Tür fest: »Kannst zurückkommen. Bin da«.

Das Boot gehört meinem Freund und seinem Vater. Wir haben es uns für achtzig Kilometer und neun Stunden Fahrt aus dem Ruderclub geborgt. Als wir dort auftauchten, lehnten zwei junge Männer an den Säulen links und rechts des Eingangs und schwiegen einander an. Trotz der Bruthitze trugen sie Trainingsanzüge. Auffällig ihr kurzer Haarschnitt, Fasson. Sie grüßten, indem sie meinem Freund markig zunickten und flüchtig eine Hand in die Senkrechte hoben. Im frisch verputzten Klubhaus erklärte uns ein kleiner, hagerer Mann, der hinter dem Tresen stand und ungeschickt Bier zapfte, ohne uns anzublicken, wo wir das Boot finden. Auf der ausgedörrten Wiese kratzten wir mit einem asphaltharten Handfeger ein Dutzend Spinnen von der Plane. Dann schraubten wir den schweren Außenbordmotor an der Bodenplatte fest, lichteten den Anker und ruderten, vom Steg aus, auf den See hinaus. Zurück blieb eine kleine, regenbogenfarben schillernde Benzinlache. Noch auf Höhe des Klubs ließ mich mein Freund raten, wer das vorhin gewesen sei, der Mann am Tresen. Darauf, dass es sein Vater gewesen sein könnte, kam ich nicht. Als er es mir sagte, erschrak ich ein bisschen. Ich war es von sonstigen Verhältnissen gewöhnt, förmlich vorgestellt zu werden. Sein Vater sei vor ein paar Tagen zurückgekommen, meinte mein Freund und versuchte ächzend, den Motor zu starten, indem er an einer Leine riss. Ich erfuhr, dass alle, die zurückkommen, so etwas wie einen Schonposten verpasst kriegen, zum Beispiel im Klub hinterm Tresen.

Mein Freund sitzt auf der Planke beim Heck und hat das Hemd ausgezogen. Er ist gerade dabei, sich seinen vierten Sonnenbrand in diesem Jahr zu holen. Ich liege quer im Boot, räkele mich und staune, wie schwer mir das Nachdenken fällt. Der Fahrtwind drückt die Atemluft vor der Nase weg. An der Einfahrt zum ersten Kanal kreuzen uns Ruderer in roten Dressen mit großen feuchten Flecken. Einer- und Zweierboote.

»Sowjetskaja armija«, schreit mein Freund gegen den Lärm des Motors.

Zwei Skuller jagen hinter uns her. Einer, den mein Freund überholen will, schert plötzlich aus, steuert sein Boot in die Kanalmitte und veranstaltet mit uns eine verbissene Wettfahrt, die er knapp gewinnt. Ziel ist die Brücke vor dem Wohnschiff der Wasserschutzpolizei.

Vorgestern waren wir in der Kirche, obwohl mein Freund stockatheistisch ist. Aber er fühlte sich wohl verpflichtet, mir diesen Gefallen zu tun. Wir mussten durch eine kleine Schlippe rechts neben dem zweitorigen Schlossparkeingang. Man gelangt auf einen Hof, wo ein grünspanbebuckelter Bronzejesus einem den Weg versperrt, den langhaarigen Kopf nach vorne gebeugt, die Schultern angehoben und die Arme ausgebreitet, als wolle er seufzen, dass er doch auch nichts dafür könne. Mein Freund erinnerte sich, dass er vor Monaten an dieser Skulptur einen schwedischen Touristen hatte fotografieren müssen. Als er der fremden Spiegelreflexkamera endlich Herr geworden war und den Steinsockel im Visier hatte, sei der Schwede plötzlich aus seinem Blickfeld verschwunden gewesen. Mein Freund habe verdutzt von der Kamera aufgesehen, und mit einem Male sei der Schwede wieder aufgetaucht, nur nicht unten am Sockel, sondern oben auf der Schulter der Skulptur. Die Frau vom Eingang der Kirche, die ein eingeschweißtes Informationsblatt in der Hand hielt, komplementierte uns besorgt hinaus. Eigentlich hatte ich das Orgelkonzert hören wollen, das eine Viertelstunde später beginnen sollte. Draußen fragte mich mein Freund, ob ich den Spruch gelesen hätte, der quer über der Apsis in Blattgold geschrieben stand: Den Frieden lasse ich euch, meinen Frieden gebe ich euch, nicht gebe ich, wie die Welt gibt. Ich sagte: Ja. Dort also ist Westberlin, denkt sich's zäh. Sich auf die Bordwand fläzen und genießen, wie der Fahrtwind die Haare um den Nacken rattern lässt. Ein paar hundert Meter weiter vorn der Funkturm mit seiner Bauchbinde. Jetzt ist es eine baumbestandene Insel, die mich denken lässt, dass die

Wirklichkeit nicht wahr ist. Zwischen der Insel und den Ufern mehrere Blechfässer — vermutlich die Grenze. Uns kommt ein Schubpram aus Hamburg entgegen. Der Steuermann winkt uns zu, nachdem er mit seinem Riesenkahn schon so gut wie vorbei ist. Nach der nächsten Biegung fragt mein Freund scheinheilig, ob ich ihn mal am Steuer ablösen könne.

»Nicht ums Verrecken!«, schreie ich.

Christiane habe bei solch einer Gelegenheit einmal das Boot in die Reusen gefahren. Christiane war meine Vorgängerin. Die Motorwelle habe sich in den Netzen verfangen, die Netze seien nach unten gezogen worden, und, rums, sei die Bodenplatte gespalten gewesen und beinahe auf immer und ewig im Wasser verschwunden. Auf dem Rückweg habe mein Freund die ganze Zeit den Motor festhalten müssen, und zwar so, dass die Welle ins Wasser ragte, also schräg, drei Stunden lang. Ich glaube ihm nicht eine Silbe. Kein Mensch hat so viel Kraft. Mein Freund dramatisiert gerne.

Wir kommen an einem Haus mit Sternenbanner vorbei. Mein Freund sagt, das sei die us-amerikanische Mission. Er sagt immer us-amerikanisch, nie bloß amerikanisch. Amerikanisch sei auch Mexiko. So wie diese Mission stelle ich mir kalifornische Landhäuser vor: viel Holz und weiß getüncht. Still war es auch. Terrasse mit halbrunden Korbstühlen, davor kurzgeschorener Rasen, davor Wasser, darauf wir. Über den Rasen spazierte ein Uniformierter und beugte den Oberkörper hinab, so als ob er Unrat aufsammeln wollte. Mein Freund brüllt zu mir herüber, ich solle nicht so romantisch glotzen. Also: Zunge rausstrecken. Er grinst und ruft, auf der Landseite, dem Missionsgebäude gegenüber, stehe ein Volkspolizeihäuschen.

Gestern wollten wir zum Park hinüber. Deshalb mussten wir zur Holzmarktbrücke, wo die Fähre anlegt. Dort war sie dann auch startbereit vertäut. Aber die Fährleute angelten noch am Bootssteg, zehn Meter weiter weg, versteckt hinter einem keinen Steinhaus mit Yacki-Antenne und hinter krummgerissenen

Büschen. Die Männer ärgerten sich über mickrige Fische, die sie trotzdem nicht ins Wasser zurückwarfen. Sie waren äußerst erregt über die abgefressen Köder. Manchmal entschuldigen die Angler ihr Unvermögen mit der Klugheit der Fische. Die Fähre geht nur aller halben Stunde. Als die Ablegezeit überschritten war, kam endlich jemand, der zwar nicht nach Fährbootpersonal aussah, aber wenigstens die Kette vom Steg nahm. Ein siebzehn oder achtzehn Jahre alter Bursche, der den langhaarigen Kopf ein wenig nach vorn geneigt hielt und die Schultern angehoben. Im Gehen hängte er einen Tragriemen mit einer Straßenbahnschaffnertasche über die Schulter. Er ging an uns vorbei, sagte, ohne uns eines Blickes zu würdigen, maulig Guten Tag und startete den Motor der Fähre. Zehn Pfennig pro Person. Nicht eben ein blendendes Geschäft bei sechs Fahrgästen. Dann setzte er sich neben die Seilwinde und versteinerte. Erst als der Chef kam, legten wir ab. Der Chef war ein kleiner Mann mit einem traurigen Gesicht und feingliedrigen Händen. Der Bootsrumpf vibrierte. Die Fähre trieb mit der Strömung ab und hielt auf den Steg am anderen Ufer zu, etwas flussabwärts, vom Seil wurde sie daran gehindert, ganz auszubrechen. Der Käpt'n hakte immer mal wieder mit einer Holzkralle nach. Am anderen Ufer stand ein Turm, den zu besichtigen ich meinen Freund überredet hatte. Aber das Mensch gab sich schon seit dem Frühstück mürrisch. Türme gehörten nicht zu seinem Lebensplan.

»Bin ick'n Falke?«

»Nee, nich' wirklich. Vielleicht im Geiste. Ein Falke der Weltrevolution.«

Die Fähre war vielleicht schon zehn Meter weit draußen. Plötzlich kam surrend ein Tragflächenboot angeflogen. Der Mann von der Wasserschutzpolizei machte irgendwelche Zeichen, die niemand verstand. Er streckte die Arme von sich, kreuzte sie und breitete sie wieder aus. Der Fährmann schielte angestrengt und misstrauisch hinüber. Sogar ihm schienen die Zeichen ein unentschlüsselbarer Code. Aber er konnte den

Polizisten nichts mehr fragen. Der war mit seinem Boot schon weitergezischt. Er raste jetzt mal flussauf, mal flussab. Ich überlegte, ob ich das bedrohlich finden müsste. Aber niemand sonst schien irgendetwas bedrohlich zu finden. Der langhaarige Bursche ließ wieder den Motor an, und die Fähre schob sich bedächtig am Drahtseil weiter, während der Fährschiffer noch immer am Bug stand und argwöhnisch zum anderen Ufer hinüber blinzelte, wo ein olivgrüner Barkas aus dem Wald sprang. Sekunden später standen dort zwei Polizisten und zwei Männer in Zivil auf dem Steg. Sie machten die gleichen Zeichen mit den Armen. An dem S, das sein Körper formte, war zu erkennen, wie angespannt der Käpt'n grübelte. Auch das Tragflächenboot war wieder da, es kreuzte dicht vor der Fähre. Dann drehte es bei und trieb mit abgestelltem Motor heran. Der Insasse nahm ein Megaphon und rief etwas herüber. Was, war im Motorenlärm auf der Fähre nicht zu verstehen. Der Fährschiffer war ratlos. Ohne sich umzudrehen, gab er dem Burschen mit der Hand Bescheid, den Motor zu drosseln. Inzwischen flog ein zweites Tragflächenboot durch die Havel. Es spickte seinen Schnabel in das Kielwasser von Ruder- und Segelbooten. Überall hörten wir durch Megaphone verstärkte Stimmen. Wir legten wieder am Ufer an. Der Fährschiffer warf seine Stoffmütze auf eine der Bänke. Er zündete sich eine Zigarette an. Seiner Frau, die aus dem kleinen Haus neben der Anlegestelle getreten war, rief er zu:

»Die sperren uns die Fahrt.«

Mein Freund atmete auf: Es gab eine Vorsehung, und Gott verlässt einen guten Atheisten nicht. Wieder wurde es still. Der Fährschiffer stellte sich an den Bug und spähte. Am gegenüberliegenden Ufer trafen zwei olivgrüne Pkw ein. Die Männer in Sportdressen und Trainingshosen ruderten mit einem klobigen, verdreckten Kahn den Strand entlang. Wo der Kahn auftauchte, verschwand nach und nach das bunte Treiben auf dem Wasser. Zögernd kam man der Aufforderung nach, sich an die Bootsausleihstellen zu begeben oder in den

Bereich hinter der roten Boje. Die rote Boje war von unserem Liegeplatz an die hundert Meter entfernt. Wir saßen fest. Zwei Dampfer, einer aus Richtung Westberlin, der andere von den Seen her kommend, mussten das Sperrgebiet verlassen. Wir hörten die Wellen, wenn sie an die Schiffswand platschten.

»Die haben da bestimmt was gefunden«, sagte der kleine Fährschiffer bekümmert und zeigte auf die andere Seite, wo zwei orangefarbene Bagger mit angehobenen Schaufeln reglos verharrten.

»Einundsechzig war das auch so«, warf eine spindeldürre Frau ein, deren Strohhut ihr ständig vom Kopf rutschte. »Da war ich mit 'nem Dampfer unterwegs. Man hat uns das Geld wiedergeben müssen.«

Der Fährschiffer musterte sie giftig.

»Quatsch, einundsechzig«, hielt er dagegen und spuckte seine Zigarette ins Wasser, »die haben da was gefunden, klar.«

»Vielleicht 'ne Leiche«, sagte neunmalklug ein Bursche, der sich an seinem rostigen Damenfahrrad festhielt und ständig nervös den Bremsgriff schnappen ließ.

Die Wasserschutzpolizisten gaben keine Erklärungen ab. Statt dessen glitt wieder einer von ihnen mit seinem Boot auf unsere Fähre zu und krakeelte schon von weitem, der Fährbetrieb sei vorübergehend eingestellt. Dann zeigte er uns die Breitseite und verschwand hinter den dichten Weidenzweigen am gegenüberliegenden Ufer. Der Käpt'n zuckte ergeben die Schultern. Mein Freund griff eilig nach meiner Hand.

»Und das Geld?«, fragte ich den langhaarigen Burschen mit der Straßenbahnschaffnertasche, nicht wegen des lächerlichen Betrages, sondern aus Prinzip.

Der Bursche breitete die Arme aus und sagte:

»Sie waren doch schon aufm Fluss ...«

Mein Freund zerrte mich am Arm fort. Ein Schwede auf einer Jesus-Schulter pro Jahr reichte ihm. Wir setzten uns auf eine der Steinbänke an der Uferpromenade. Auf den Bootsstegen links und rechts neben uns angelte man noch. Darüber wunderten wir uns. Aber wenn die Angler noch angelten, würde die Fähre bald wieder fahren. Schon kamen die Polizeiboote bis in Ufernähe, eine Front aus abgeschabten, kasernengrünen Plasterümpfen. Zuerst zu den Stegen. Kurzes Geplänkel. Die Angler kramten ihre Sachen zusammen und trollten sich. Jetzt schien es wirklich ernst zu werden. Danach rückten die Uniformierten ein Stück weiter, bis sie unseren Bänken in einer Linie gegenüber schwammen. Über Megaphone flog es zweimal herüber:

»Bürger, wir bitten sie im Interesse ihrer eigenen Sicherheit!«

Quer im Boot liegen und rammdösig sein. Hin und wieder gneistend die kleinen Menschen an den Ufern aufs Korn nehmen. Ein Knabe, den sie Peter und Paul rufen und der vielleicht zehn Jahre alt ist, nimmt einen Pflasterstein von der Promenade auf, tut, als müsse er ihn auf der Handfläche wiegen und wirft ihn blitzschnell zum Wasser hinunter. Er trifft den Schwan, auf den er gezielt hat, am Kopf und freut sich. Er will es noch einmal probieren, aber das Tier hat sich im Schilf verkrochen. Manchmal stellt mein Freund den Motor ab, dann will er mir nah sein. Ich krieche in seine Umarmung und genieße den Anschein völligen Stillstands. Die eigene äußere Bewegung scheint aufgehoben. Wider besseres Wissen. Es ist ja zu sehen, dass wir uns bewegen oder dass sich das bewegt, was wir für die Welt halten, bloß dass wir es nicht wahrhaben wollen. Vor dem fast reglosen Hintergrund der Bäume gleiten drüben die Reusen ganz langsam ab. Nur der Widerstand trägt uns. Aber wir spüren ihn nicht.

ENTSCHULDIGE ABER ICH HABE DEINEN HUT AUF

In der Post findet sich ein merkwürdig zerknitterter Brief. Hartmann glaubt, die Handschrift zu kennen, und fühlt sich noch im selben Augenblick unbehaglich, als ob von dem Kuvert eine Bedrohung ausginge. Tatsächlich steht Karlas Absender auf der Rückseite. Ungläubig dreht und wendet er das Schriftstück. Vor wie vielen Jahren hat er das letzte Mal Nachricht von Karla erhalten? Vor fünf? Oder sechs? Und warum gerade jetzt wieder? Er steigt die Treppe nach oben in die stickige Sechsquadratmetermansarde mit der schrägen Fensterwand, die er sein Arbeitszimmer nennt, obwohl sie nichts anderes ist als die Bruchbude, in der er zur Untermiete wohnt. Er zögert, den Brief zu öffnen, findet seine Skrupel dann aber doch zu albern und reißt den Umschlag mit dem kleinen Finger auf. Kein Datum, wie üblich. Karla fragt ihn, ob er sich an das Zigarettenetui erinnere, das sie an der Uni besessen hatte. Das braune, ganz flache, in das zehn Filterzigaretten gingen. Sie liege in einer Klinik, und dort habe man ihr alles weggenommen. Den Bruder wolle sie deswegen nicht bitten, den Vater erst recht nicht. Ob Hartmann, falls ihm zufällig etwas Ähnliches in die Hände falle, sich ihrer erbarmen und ihr so einen Apparat samt Porto auslegen könne? Oder vorbeibringen? Hartmann werden beim Lesen die Arme schwer. Er grübelt, welche seiner früheren Bekanntschaften er an Karlas Stelle um eine solche Handreichung bitten würde, nach so langer Zeit. Oder war es ein Spaß? Dass es sich um Karlas Handschrift handelte, ließ sich nicht leugnen. Das übliche wüste Gekliere, nahezu unleserlich. Karla hatte schon immer eine krakelige Schreibe mit Buchstabenhaken und -ösen, die innerhalb der Wörter widerborstig voneinander Abstand nehmen. Hier aber spießen die Auf- und Ab-Strichlinien wie Halme niedergetrampelter Grasbüschel in alle Himmelsrichtungen. Buchstaben sind dreifach, vierfach mit der Kugelschreibermine nachgezogen im verzweifelten aber erfolglosen Bemühen, sie nach irgendwelchen Schreibfehlern kenntlich zu machen. Jede Verhältnismäßigkeit in der Größenzuordnung der Buchstaben ist verloren, die einst ausschwingenden Bögen der Rundungen werden nun verunziert von Buckeln und Beulen, die ihnen eine konvulsivisch zuckende Hand geschlagen haben muss. Irrtümer — orthografische, grammatikalische, syntaktische — häufen sich, als hätte Karla all das vergessen, was ihr jemals in den Seminaren eingetrichtert worden ist.

Hartmann legt den Brief beiseite und versucht weiterzuarbeiten. Er war unterbrochen worden, als er gerade Karteikarten zu sortieren begonnen hatte. Rote mit Stichworten zur Metrik, grüne zur Kategorie Raum, gelbe zu dem, was er »voluntatives Potential« nennt. Bald wird ihm klar: Er sortiert gar keine Karteikarten, sondern Fotos: Karla in Schwarz-Weiß. Die Hochzeitsgesellschaft ihrer Freundin. Er. All das ein paar Jahre zuvor. Alberne Papphüte mit Krepppapierfransen über vom Schnaps und vom Lachen feisten Wangen. Karla, in einer Totale, an der hinteren Stirnseite der Festtafel mit abgewandtem Blick, die Hände unterm Tisch. Eine Polonaise mit Hartmann als wieherndem Zugpferd, das seine geflickten Zähne ins Blitzlicht bleckt. Karla, Gitarre spielend, ausnahmsweise im Kleid. Gitarre spielende Frauen in Kleidern findet Hartmann unpassend. Karla und er, Schulter an Schulter gelehnt, singend, wohl eher grölend. Karla ist, was man, ohne viel nachdenken zu müssen, ‚hässlich‘ nennt. Sie hat ein kantig geschnitztes Gesicht mit kleinen, trüben Wasseraugen und schmalen, verkniffenen Lippen. Die Haare trägt sie kurz und lieblos abgeraspelt, so dass ihr die Strähnen wild über die Ohren hängen. Einmal erzählte sie Hartmann, wie sich in dem Viertel, in dem sie mit ihren Eltern wohnt, ein Vergewaltiger herumtrieb. Von ihrem Bruder habe sie sich einen breiten Gürtel geborgt, daran sei eine Lederscheide genietet gewesen, in der ein Hirschfänger gesteckt habe. Sie habe wie ein Kerl ausgesehen mit dem Ding und sich unantastbar gefühlt, auch im Dunkeln.

»Voluntatives Potential« ist grüne Kacke. Hartmann hat

seinem Doktorvater, dem wohl selbst keine gezielten Vorstellungen von dem eignen, was bei seiner Fischerei im literatursoziologischen Sumpf herauskommen soll, von heute auf morgen die ersten Früchte seiner wissenschaftlichen Exerzitien vorlegen müssen, wahrscheinlich, weil irgendeine Revisions-Kommission Rechenschaft verlangte. Dabei ist das herausgekommen, ein aufgeblasenes Kauderwelsch. Seine deduktiven Verrenkungen findet er lächerlich. Dass sie ihm dabei helfen könnten zu erklären, wie Lyrik funktioniert, bezweifelt er, aber vielleicht können sie verhindern, dass er wegen erwiesener Faulheit von der Uni fliegt. Zumindest hat sein Doktorvater nun keinen Grund mehr zu meckern, mehr noch, zu Hartmanns Verblüffung hält er den Einfall für »originär«. Hartmann räumt Zettelkasten und Karteikartenkiste weg und verschließt sie im Schreibtisch.

Irgendwann hatte sich Karla entschlossen, nicht an der Uni zu bleiben, entgegen den Bemühungen ihrer Professoren aus dem Oberseminar, sie anzuwerben. Alle waren der Auffassung, dass sie sich aus freiem Willen zu diesem Schritt entschlossen hätte, unter der Voraussetzung, dass es so etwas wie einen freien Willen überhaupt gibt. Hartmann erfuhr es auf einem Umweg an einem der Abende, an denen die Studenten auf der sogenannten Etage beieinander hockten, dem Architektenfehltritt an der Fahrstuhlhinterseite des Studentenwohnhochhauses im Weinbergviertel. Karla hatte Rotwein spendiert, der eigentlich als Bowlenwein ausgewiesen war und pur auch genauso schmeckte, die Flasche für drei Mark. Sie bezog ihn aus ihrer Heimatstadt in der Oberlausitz, wo er, man muss schon so sagen: hergestellt wurde, vermutlich industriell. Man trank ihn mit demselben Gleichmut, mit dem man alles trank, was in irgendeiner Weise mit Alkohol versetzt war. Wie üblich sang Karla zur Gitarre jenes Lied, durch das sie über den kleinen Kreis ihrer Seminargruppe hinaus berühmt geworden war:

»Ich bin nicht gebor'n in der Gosse,

Mein Vaterhaus hatte Niveau.
Wir hatten im Stalle fünf Rosse,
Drauf ritt man sonst nirgendwo.
Einst lernte Klavier ich zu klimpern,
Hab nie nach den Männern geschaut,
Doch später, da lernte ich ... hm-ta-ta —
Mich haben die Männer versaut!«

Nachdem sie das Lied in ermüdenden Unendlichkeitsschleifen wiederholt hatte, setzte sich Karla neben Hartmann auf den schaumstoffgepolsterten Stahlrohrstuhl. Sie sagte, sie hätte eine Entdeckung gemacht. Die Osterinseln wären von den Wikingern besiedelt gewesen. Hartmann hielt sich fein zurück. Er kannte das schon. Ihre ideé fixe. Sie schließe das, sagte sie, aus den Sagen, in denen es hieß, die Vorfahren der Insulaner stammten aus dem Osten. Außerdem gäbe es dort Schriftzeichen, die auf dem System der ganz alten Runen beruhten. Inschriften, die zeilenweise wechselnd sowohl von rechts nach links als auch in umgekehrter Richtung verliefen oder ohne Absatz in Schlangenlinien, wobei dann die Hälfte der Runen zwangsläufig auf dem Kopf stünde. Diese merkwürdige Art der Zeilenführung hätte sie immer verwundert. Nun aber scheine sich ihre Theorie zu entwickeln, sagte sie. Karla hielt in der Aufregung ihr Glas schief und verkippte Wein auf die Tischplatte. Sie hätte eine Übereinstimmung festgestellt zwischen einer sehr alten grönländischen Rune mit einem Zeichen von den Osterinseln.

»Wenn die Sache dermaßen auffällig ist«, sagte Hartmann, »kann ich mir nicht vorstellen, dass andere nicht auch schon auf den Gedanken gekommen sind.«

»Sie ist nicht auffällig, schon gar nicht dermaßen«, sagte Karla und starrte ihn an, vielleicht eine halbe Minute lang, ohne mit den Wimpern zu zucken.

Dann ging sie beleidigt und setzte sich neben die Paskoweit. Zu einem der früheren Geburtstage hat Hartmann von der

Paskoweit ein Windspiel aus dünnblättrigem Messing geschenkt bekommen — einen Drudenfuß, der die bösen Geister bannen soll, welche auch immer. Von jeher war sie besorgt um das Seelenheil ihrer Kommilitonen. Hartmann hörte die beiden ihre Gläser aneinander stoßen. Manchmal trinkt Karla Bier, das sie mit einem Tauchsieder oder auf den Heizungsrippen erwärmt. Er ekelt sich vor einer solchen Brühe, obwohl sie schneller betrunken machen soll. Karla behauptet, warmes Bier besänftige den Magen. Dass sie Probleme mit dem Magen gehabt haben könnte, ist Hartmann nie aufgefallen. Außer natürlich, sie kotzte nach den Nächten auf der Etage ihr Bett voll. Aber das taten fast alle. Während die beiden Frauen einander zuprosteten, soll die Paskoweit als erste erfahren haben, dass Karla nicht an der Uni bleiben wolle, angeblich wegen ihres Vaters.

Hartmann hat zu keinem Zeitpunkt daran geglaubt. Er glaubt auch jetzt nicht daran. Karla ließ sich außerhalb der Universität nicht denken. Sie war die Atmosphäre, aus der sie ihre Atemluft bezog. In der Semesterpause zwischen dem ersten und zweiten Studienjahr hatte die Studentenschaft ein sogenanntes Ferienlagerpraktikum zu absolvieren gehabt. Bei der Tauglichkeitsuntersuchung entdeckte der Vertragsarzt an Hartmann einen Fußpilz. Den hatte er sich beim Studentensport im Stadtbad eingefangen. Fußpilz sei übertragbar, berichtigte ihn der Arzt, als sein Patient behauptete, er sei ansteckend. Trotz des Mankos ließ er Hartmann, auf sein flehentliches Bitten hin, mitfahren nach Mecklenburg, denn widrigenfalls hätte er das Praktikum nachholen müssen zu einer Zeit, die ihm dann vielleicht nicht mehr so genehm gewesen wäre und mit Leuten, die er nicht kannte. Freilich war ihm wegen der ärztlichen Intervention verboten, im See, an dem das Lager stand, zu baden. Ertrinkende Kinder hätte er nicht retten dürfen, aus hygienischen Gründen. Auch Karla war ans Lager gekettet. Sie stand »zbV«, zur besonderen Verwendung. Man liebte den Militärjargon, vor allem in Lagern, und seien es Ferienlager. Für

Karla war, als man die Kinder aufteilte, keine Mädchengruppe übriggeblieben, und eine Jungengruppe durfte sie nicht übernehmen, in dieser Hinsicht war man heikel. Hartmanns und Karlas Dienst bestand fortan darin, diesen oder jenen Teller abzuwaschen, während sich die anderen am Strand tummelten. Mittels zweier Drahtbesen ritzten sie Rillenmuster närrischer Säuberlichkeit in die Sandkuhlen vor den Zehnmannzelten. Oder sie sammelten Reisig für das wegen der Waldbrandgefahr nicht genehmigte Lagerfeuer. In ihrer reichlich bemessenen Freizeit spielten sie Federball. Allerdings sagten sie Badminton dazu, was dem Ganzen eine mehr sportliche Note verlieh. Sobald die Insassen des Camps sonnenbrandgeschüttelt vom Strand heimstrauchelten, fanden sie die beiden süchtig ins Spiel versunken vor und begafften fassungslos das wilde Treiben. Erzieher und Erzieherin schmetterten einander die Bälle zu, als wollten sie sich gegenseitig guillotinieren. Sprangen mit heldisch empor gerissenem Schläger, um die steilsten Lops abzufangen. Tauchten nach Stoppbällen weg in der offenkundigen Absicht, sich durch den Sand zu wühlen. Wendeten die Lende korkenziehergleich, eine cross geschlagene Rückhand zu parieren. Beifall auf offener Szene. Zum Schluss lag sich das Team ausgelaugt aber berauscht in den Armen, ohne zu wissen, wer wen stützte und ob überhaupt.

Hartmann hält Karlas Briefe in einem Fach versteckt, das er sein Geheimfach nennt. Es ist zwar abschließbar, aber wenn man wollte, könnte man es mit einer Nagelschere aufbrechen. Die Ablage gehört zu einem selbstgebastelten Regal, das einmal das Oberteil eines Schreibsekretärs gewesen ist. Zum ersten Mal fällt Hartmann auf, dass Karlas Briefe die einzigen sind, die er jemals vor der Welt verschlossen gehalten hat. Einer steht auf der Rückseite eines von Kinderhand beschrifteten und mit »Berichtigung« betitelten DIN-A4-Blattes mit blauen Linien. Sie hat ihn, wie sie widerständlerisch betont, während des Pädagogischen Rats verfasst und beklagt sich darin, dass sie, statt zur Lehrerin befördert, zur Schulspeisengeldeintreiberin und Hofpausenmilchflaschenverteilerin degradiert worden sei, während sie gleichzeitig in ihres Vaters Firma die Aktendeckel abstaube. Wahrscheinlich hat Hartmann diesen Brief ebenso wenig beantwortet wie alle anderen. Was hätte er auch schreiben sollen? Trotzdem lud Karla ihn ein zweites Mal zu sich ein. Diesmal ging es ihr nicht um eine Hochzeit, was man hätte bemerkenswert finden können. Sie hegte die Absicht, mit ihren Schülern aus den höheren Klassen eine Reise durch die Gefilde der deutschen Lyrik zu unternehmen und wünschte sich, wie sie sagte, Hartmann als den Experten herbei, der auch in der Lage war, den Jugendlichen den Unterschied zwischen einem lyrischen und einem epischen Text zu erläutern, ohne dass sie dabei über die Bänke gingen. Der Tonfall ihres Briefes wirkte kläglich. Sie bäte ihn nicht, wenn sie in ihrer Gegend jemanden von vergleichbarem Talent kennte, ließ sie ihn wissen. Wohin hatte sich Karlas kantige Burschenstimme verkrochen? Das selbstbewusste lausitzische R, das sie mit der Zungenspitze tief im Rachen rollt? Ihr strenger Blick hinter der Sozialversicherungsbrille? Sie fände es peinlich, schrieb sie, wenn er ihre Bitte in die falsche Kehle bekäme. Da brachte sie ihn überhaupt erst auf den Gedanken. Hartmann sagte ab. Oder sagte er ihr nicht ab und überging das Schreiben schweigend? Ihm war beim besten Willen nicht möglich, zu ihr zu fahren. Er hatte seine eigenen Belange zu regeln. In Ungarn wartete seine Freundin, die er sich oder vielmehr die sich ihn beim Internationalen Hochschulferienkurs geangelt hatte, darauf, dass er mit ihr die neue Wohnung einrichtete. Nicht nur, dass sich alle Aktivitäten, die mit dem Einrichten neuer Wohnungen in Verbindung standen, dortzulande ebenso schweißtreibend entwickelten wie bei ihm daheim, nein, obendrein empfand Hartmann die blanke Idee von der Einrichtung einer gemeinsamen Wohnung mit jemand anderem als angsteinflößend wegen der einengenden Endgültigkeit des Resultats, weswegen er ganz und gar mit sich beschäftigt war.

Die Fotos liegen kreuz und quer auf dem, was Hartmanns Teppich sein soll. Sie müssen ihm heruntergefallen sein, als er Zettelkasten und Karteikartenkiste wegschloss. Er sammelt sie auf und pustet den filzigen, flusigen Staub weg. Das letzte der Bilder, die er aufnimmt, zeigt, wie Karla und er die Fingerkuppen ihrer vorgestreckten Hände aufeinander tippen. Hartmann erschreckt über die Vertraulichkeit der Geste. Sicherlich ein Spiel. Welches? Er weiß es nicht mehr. Es gab verschiedene Spiele an jenem Hochzeitsabend, die meisten davon fand er so verklemmt wie die Fräuleinratgeberbücher aus den zwanziger Jahren. ›Hochzeit‹ heißt dortzulande ›Huxt‹. Da weiß man alles. Aus heiterem Himmel entsinnt er sich eines der älteren Briefe.

»Es ist bestimmt konfus, was ich schreibe, aber ich habe Deinen Hut auf, das entschuldigt wohl einiges.«

Karla besitzt keinen Hut von ihm. Auch zu der Hochzeit hat sie keinen getragen. Er sperrt das Panoptikum weg, die ganze stinkheitere Gesellschaft. Ihr Anblick, den seinen eingeschlossen, ist ihm unerträglich. Für gewöhnlich meidet er Veranstaltungen, auf denen gelacht zu werden hat. Dass er damals sein Prinzip durchbrach, ist ihm unerklärlich. Während er sich nun doch zum Teppichroller durchringt (ein Staubsauger gehört aus Kostengründen nicht zu seinem Hausrat) und ohne sichtlichen Erfolg über die Fußmatte ratscht, beschließt er, in die Lausitz zu fahren, um sich Gewissheit zu verschaffen. Zur Not kann das Zigarettenetui als ein plausibler Anlass herhalten.

Binnen weniger Minuten hat Hartmann seine Tasche gepackt. Diesmal vergisst er sogar das Zahnputzzeug nicht. Dazu das Bündel der Briefe aus dem Geheimfach. Er sagt den Wirtsleuten Bescheid und lässt ihnen einen seiner Schlüssel da, wenn auch ungern. Die wundern sich weniger, dass er abreist, als mehr, dass er dagewesen sein soll. Die nächste Konsultation bei seinem Doktorvater, wenn man sie denn so nennen und nicht ehrlicherweise als das bezeichnen will, was sie wirklich ist: ein Besäufnis, bei dem er als der Benjamin den Laufburschen zu spielen und den Schnaps heranzukarren hat, findet erst in drei Wochen statt.

Als ihn Karla das erste Mal zu sich eingeladen hatte, wegen der Hochzeit, erwartete er, auf eine alleinstehende Villa zu treffen, denn schließlich ist ihr Vater Unternehmer. Stattdessen geriet er per Straßenbahn in eine Vorstadtsiedlung mit glatten Reihenhäusern. Ein mehrstöckiger, walmdächriger Bau für sechs Familien, unweit der Endhaltestelle. Nebenbei eine Kaufhalle, die verloren, von eingetrockneten Schlammsuhlen umsäumt, die Vorhut bildete für einen sich mählich heranschiebenden Betongletscher. Den Grund für seine Anwesenheit fand er folkloristisch. Bei ihm zu Hause, bei den Ostfalen, sind Tischherren nicht üblich. Dort kommen einzelne Damen auch so zurecht, zumindest als Gäste bei Hochzeiten. Hartmanns Logis verstärkte den befremdlichen Eindruck. Er schlief auf einer sogenannten Russenliege, einem federstraff mit Stoff bespannten Stahlrohr-Klappbett, das dermaßen schmal und leicht war, dass er befürchten musste, nachts mit ihm umzukippen, wenn er sein Gewicht aus Versehen an den Rand verlagerte. In dem Verschlag auf dem Speicher war es wüstenheiß. So oft es ging, floh er nach unten in die Stube, wo die Luft ein wenig kühler war. Dort saß, egal zu welcher Tageszeit, Karlas Vater hemdsärmelig auf der Couch vorm Tisch und stempelte Karten. Zwischen den Hosenträgern hervor quoll sein beachtlicher Schmerbauch. In einer der Ecken beim Fenster stand ein Eigenbau-Hometrainer. Hartmann fragte bei der erstbesten Gelegenheit, was das für Karten seien, die da bestempelt wurden. Karlas Vater nahm eine in die Hand und zeigte sie ihm. Mit dem Nagel des kleinen Fingers seiner anderen Hand strich er über die Zeilen.

»Hier oben«, sagte er mit einer vor Schwäche rauchig belegten Stimme, »das ist der Name des Produkts — Sie kennen's nicht. Darunter 'n paar Zahlen — die sagen Ihnen nischt. Und ganz unten steht der Preis — der dürfte Sie nich' interessieren.«

»Preis wofür?«, fragte Hartmann.

»Taschen. Beutel. So was«, sagte Karlas Vater. »Die Firma gehört mir. Man ist Privatunternehmer. Allerdings bleibt einem, privat zu unternehmen, nicht mehr viel außer Bankauszüge lesen und Etikette bestempeln.«

Er reichte seinem Gast einen Packen der Pappschilder, die er auf dem Vertiko ablegen musste. Dann fasste er in Hüfthöhe mit beiden Händen die Lederriemen, die Hartmann zuerst für Hosenträger gehalten hatte. Auf seinem Rücken waren sie über Kreuz gespannt, unter dem Tisch entlang führten sie bis zu den Schäften der Halbstiefel, wo sie festgenietet waren. Das Leder zwischen den Fäusten, begann der Alte, mit den Armen zu leiern, wodurch er die Riemen auf die Fäuste wickelte. Das Leder straffte sich. Jetzt schwenkte er die Arme wie Kranausleger. So bewegte er die Stiefel. Das Fleisch in ihnen war offenbar tot. Karlas Vater erinnerte an einen Marionettenspieler, nur dass er sich selbst an den Strippen hielt. Er schaffte es, die Füße parallel nebeneinander zu postieren, und half in Kniehöhe mit den Händen nach. Schließlich stützte er beide Arme auf die Tischplatte. Ächzend wuchtete er sich hoch. Als er stand, packte er links und rechts die vorstehende Holzkante, die Daumen obenauf. Sein ganzes Gewicht lag auf den Ballen der Hände. Dann machte er Kniebeugen. Er schlotterte am ganzen Leib vor Anstrengung, den Körper über den Oberschenkeln zu halten. Der Sinn des Lebens erschöpfe sich darin, Kniebeugen zu machen, keuchte er zwischendurch.

Über die Fußgängerbrücke an der Leninallee gelangt Hartmann zum Bahnhof. Der steht eingerüstet. Man schält ihm die Plastehülle wieder ab, mit der man ihn zwanzig Jahre zuvor drapiert hat. Quadratfeldweise wie beim Memory-Spiel wird die Vergangenheit sichtbar, die schön sauber ist, weil sie vor den Verunreinigungen der Zeitläufte geschützt war. Entgegen der paskoweitschen Behauptung soll Karla sich anfänglich darum bemüht haben, einen Platz im Keller zugewiesen zu bekommen. Keller nennen sie die Arbeitsräume ihres Wissenschaftsbereichs, weil sie sich, durch eine Panzertür vor der

Außenwelt abgeschirmt, im Kellergeschoss eines der Haupt-
gebäude auf dem Campus verbergen. Soziologen, und seien
es solche der Literatur, sind Geheimnisträger. Ihr Tun hat den
Ruch potentiellen Hochverrats. Aber es gab keine Planstelle für
Karla. Angeblich, auch das ist eine Behauptung der Paskoweit,
habe Karla daraufhin Jahr um Jahr auf ein Zeichen von Hartmann gewartet, im Besonderen hatte sie gehofft, er setzte sich,
als man jüngst eine Befragung auf dem Lande durchführte,
die so aufwendig war, dass man etliche Hilfskräfte anheuern
musste, für sie ein. Wie kommt sie auf diese Schnapsidee?,
denkt Hartmann. Welche Macht unterstellt sie ihm? Welches
Interesse? Zu allem Unglück sickerte kurz danach durch, dass
es wohl auch mit Karlas Aspirantur nichts werden würde, ihre
Schule klemmte sich nicht dringlich dahinter, die Direktion
wollte auf lange Sicht hin nicht eine Lehrerin verlieren, deren
Schüler ihr samt Ranzen bis ans Krankenbett nachrennen.

Der Zug kommt ausnahmsweise pünktlich aus Eisenach
und wird nach Leipzig weiterfahren. Dort muss Hartmann via
Dresden/Görlitz umsteigen. Er ergattert sogar einen Sitzplatz.
So mitten in der Woche, am helllichten Tag und fernab vom
Wechsel der Durchgänge in den Ferienlagern scheint bei der
Deutschen Reichsbahn die Fahrgastfrequenz erträglich. In
Leipzig hat er eine Stunde Aufenthalt. Er kauft sich in einer der
MITROPA-Imbissstuben oben an der Bahnsteighalle einige
Flaschen Bier und drei Wackelmänner mit Weinbrand. Erst will
die Verkäuferin nichts herausrücken, denn es sei noch nicht
neun, und Alkohol gebe es erst ab neun und keine Sekunde
früher, doch dann sagt Hartmann:

»Qu'est-ce qu'il y a?«

Da feixt die Frau und reicht ihm den Kram diskret in einer
Papiertüte. Lektüre beschafft er sich nicht. Er hat zu Hause
die Hälfte des Waldes in seiner Tasche verstaut, den er für seine Dissertation benötigt, und Karlas Briefe sind auch noch
da. Allerdings liest er nicht. Die Erinnerungen überfluten
ihn wie Fieberschübe. Die Gegenwart blendet sich aus sei-

nem Bewusstsein aus. Nicht nur die Gegenwart, auch die Wirklichkeit. Wie die Fotos zeigen, muss es vorgekommen sein, dass er im Überschwang und als ihr offizieller Tischherr Karla kurz bei den Händen hielt. Er hat er keinerlei Vorstellung davon, warum das geschehen sein könnte. In Vorbereitung der Polonaise? Oder ist das Foto gestellt? Gefälscht? Man hat nie darüber gesprochen. Man hat wohl auch nie darüber geschwiegen. Gegen drei Uhr in der Frühe waren sie vom Fest zurück und wieder daheim gewesen. Karla flüsterte, ab heute werde sie das Vaterunser zur Nacht sprechen, auf Gotisch, mit Wulfilas Zunge. Hartmann fand das ziemlich durchgeknallt, was sie ihm wohl anmerkte. Sie betete ihm vor:

»atta unshar þu in himinam,

weihnai namo þein.

gimai piudinassus þeins.

wairþai wilja þeins

swe im himina jah ana airþai.«

Hartman stand mit offenem Mund da und hielt sich für einen Eindringling. Nach einem halbherzigen Gutenachtgruß verkroch er sich auf den dunstigen Speicher mit dem lächerlichen Sicherheitsschloss am Staket. Die einzige Sehnsucht, die ihn beschlich, war die, in der Nacht nichts aufs Klo zu müssen, das drei Stockwerke tiefer lag. Den darauf folgenden Mittag gab es mit Knoblauch bestrichenen Hammel und Speckbohnen. Karla hatte gekocht wie immer, seit ihre Mutter tot ist, war also schon Stunden auf den Beinen, ihre Augen rot umrändert vor Müdigkeit. Sie konnte nicht wissen, dass er sich vor Hammel ekelt. Sie tat ihm Leid, doch er ließ sich nichts anmerken.

»Nach dem Krieg stand man da mit Nischt, sagte Karlas Vater, als hätte Hartmann den Tisch niemals verlassen. Aber man brauchte was zum Essen. Also hat man sich bewegt, 'ne Firma gegründet, Puppen hergestellt, mit durchschlagendem Erfolg. Sogar 's Deutsche Amt für Mess- und Warenprüfung wurde aufmerksam. Die Arme meiner Puppen wüchsen nicht organisch aus dem Körper wie beim Menschen. Logisch.

Wir hatten sie einfach an den Rumpf genäht. Das ist beim Menschen selten der Fall. Es gäbe aber eine Norm. Bei den Men-schen? fragte ich. Nein, bei den Puppen, sagten die. Über Nacht hieß es: Entweder die Firma umrüsten oder die Konzession verlieren. Also rüstete man um. Nähmaschinen hatte man, Stoff auch, darum fing man an, Einkaufstaschen zu machen. Bis heute.«

Karla seufzte ermattend.

»Solange 's die Menschheit gibt, wird sie Einkaufstaschen brauchen«, sagte der Vater umso nachdrücklicher. »Firmen von meiner Sorte hat's in unserer Stadt nur noch zwei. Der eine macht Campingbeutel, der andre Damenhandtaschen. Der Rest ist verstaatlicht. Wir drei sind zu winzig dafür. Manchmal ist es gesünder, zu den kleinen Leuten zu gehören.«

Karla kaute, schluckte aber nicht. Je mehr Gabelladungen sie in den Mund schaufelte, desto dicker quollen ihre Wangen auf. Hartmann spürte ihren Blick auf seiner Stirn, als wäre er plasmatisch und ließe sich greifen. Er vermied es, zu ihr hin zu sehen.

»Früher«, sagte Karlas Vater mit fettigen Lippen, »war in dem Haus 'ne Druckerei. Der Inhaber, 'n alter Kumpel von mir aus der HJ-Zeit, hat nach dem Zusammenbruch keine Lizenz mehr gekriegt. Seine Maschinen sind nicht demontiert worden, die Militäradministration wollte ihre Befehle drauf drucken. Aber mein Kumpel hatte sich inzwischen aus'm Staub gemacht. Das Ganze geriet in Vergessenheit. Um dreiundfünfzig herum wollte er die Maschinen plötzlich abholen lassen. Von drüben aus teilte er mir kurz und bündig mit, er beabsichtige, den Fußboden herauszuheben. Geld spiele keine Rolle. Natürlich war mir mein Fußboden inzwischen lieb und teuer geworden, und ich betete, dass mir die Tortur erspart bliebe. Gott ließ mich nicht im Stich. Mein Kumpel wurde wegen Unterschlagung und Steuerhinterziehung verhaftet. Geld spielte eben doch 'ne Rolle. Darum steh'n die Maschinen immer noch da. Wissen

Sie, sagte er und beugte sich seitlich über, so dass seine Lippen beinahe Hartmanns Ohrläppchen berührten, man müsste im Büro, an der Vorderfront vom Haus, das Fensterkreuz rausreißen. Dann ließen sich die Maschinen mit 'nem Kran hinunter hieven. Bloß — wer soll das beaufsichtigen?«

Im zweiten Zug liest Hartmann endlich ein bisschen in dem Wissenschaftsgeschwätz herum, um sein forschungsstudentisches Gewissen zu entlasten. Die durch die kleineren sprachlichen Einheiten auf der Ebene der sogenannten Mikrostruktur des Werkes übermittelten Komplexe werden gemäß leitender Kompositionslinien in umfassendere Einheiten integriert. Sein Doktorvater hält ihn für eine Begabung. Er hält sich für einen Dünnbrettbohrer. Besser so, als anders herum. Je mehr Sekundärliteratur er in sich hineinfrisst, desto mehr verblödet er. Je mehr er in den Bibliothekskatalogen gezielt nach Schlagwörtern kramt, desto häufiger findet er Titel, in denen sie enthalten sind, per Zufall, und dann zumeist im Antiquariat. Karla ist entschieden begabter als er, daran besteht kein Zweifel. Kurz nach seinem Besuch bei ihr hat sie sich zwei Querstraßen neben der Wohnung ihres Vaters ein Zimmer genommen, um dem alten Herrn im Ernstfall nahe zu sein. Ernstfall sei freilich immer. Einmal habe er sich einen Nerv eingeklemmt. Das müsse ihm wahnsinnige Schmerzen verursacht haben. Deswegen habe er die Nächte im Sitzen zugebracht. Karla sei auch nicht zur Ruhe gekommen. Aller zwei Stunden habe sie aufstehen müssen, um dem Vater die Medizin zu verabreichen. Wenn es ganz schlimm war, habe sie gleich nebenan im Sessel gedöst. Mehrere Male habe sie den Bereitschaftsarzt holen müssen. Einer von denen habe unglücklicherweise Schmerzzäpfchen verschrieben, die sie nicht kannte. Schon am Tag darauf sei es ihrem Vater schlecht gegangen, man hätte befürchten müssen, dass er den Abend nicht erlebt. Er habe kaum zu sprechen vermocht und die Augen nicht mehr aufbekommen. Ihr Bruder lebe zwar auch in der Stadt, aber sie sei nun mal die Tochter. So komme es, dass sie in manchen Monaten gerade ein halbes Dutzend Mal in ihrer eigenen Wohnung übernachte. Dort sähe es aus wie in einer Rumpelkammer. Auch in Vaters Firma habe sich eine ganze Menge Ramsch angesammelt, mit dem sie nichts anzufangen wüsste.

In der Nähe des Bahnhofs, wo es eine Ladenstraße gibt, die von den Einheimischen Boulevard genannt wird und offiziell nach einem tschechischen Stalinisten benannt ist, sucht Hartmann nach einem Tabakladen. Er hat Glück und findet einen, der auch Zigarettenetuis anbietet. Ein braunes, ganz flaches, ist allerdings nicht darunter. Karla wird es verkraften. Wenn er sich recht entsinnt, will sie nicht ein gleiches, sondern nur ein ähnliches. Dann entdeckt er, dass es erstaunlicherweise Blumen zu kaufen gibt, und er besorgt einen Strauß. Er hat keine Ahnung, warum er das tut. Karla macht sich nichts aus dem Gestrüpp, jedenfalls war das früher so. Obendrein haben Männer, die Frauen Blumen mitbringen, meist ein schlechtes Gewissen. Über den Einfall muss er lachen. Wie beim ersten Mal fährt er mit der Straßenbahn vom Bahnhof aus hinaus zum Weinhübel. Die Wohnungstür ist nicht abgeschlossen. Von jenseits des Flures hört er, nachdem er trotzdem artig geklopft hat, ein mutloses »Nur Mut!«. Er tritt ein und tastet sich an der tapezierten Wand vorwärts. Die Dunkelheit rührt daher, dass überall die Rollos heruntergelassen sind. Ihm schlägt die abgestandene Luft entgegen wie ein Brett. Karlas Vater liegt in der Stube auf der Couch, neben sich auf dem heruntergeleierten Stubentisch das Telefon, ihm zur Seite ein beschrifteter Zettel. Er scheint Hartmann erwartet zu haben. Ohne sich zu ihm umzudrehen, entschuldigt er sich dafür, dass er ihn im Liegen empfängt.

»Wieso wussten sie, dass ich das bin?«, fragt Hartmann.

»Ich wusste es eben«, entgegnet der Alte mit einer Stimme, die noch schwächer klingt und mit noch mehr Rauch belegt ist als bei Hartmanns erstem Besuch.

Als seine Augen sich an das Dämmer gewöhnt haben, erkennt Hartmann die kleinen Haufen Geschirrs überall, wie Maulwurfshügel. Ihm fällt auf, dass der selbstgemachte Hometrainer fehlt. Da wird ihm wieder unbehaglich, beinahe wie in dem Moment, als er auf dem Brief den Absender erkannte. Er will irgendetwas tun, um sich abzulenken, zum Beispiel die Blumen unterbringen, aber er weiß nicht, wo. Der Vater klappt einen müden, steifen Arm herum, bietet ihm vage Platz an und kümmert sich nicht um irgendwelche Blumen. Hartmann legt das Bukett auf dem Vertiko ab wie damals die bestempelten Karten und fragt gar nicht erst nach einer Vase. Dann landet er in genau dem Sessel, der ihm auch schon beim ersten Mal vorbehalten gewesen war. Karlas Vater enthebt sich noch immer der Mühe, sich ihm zuzuwenden. Hartmann hört ihn in die Stille schniefen. Aus irgendeiner der Nachbarwohnungen ist der blecherne Lautsprecherton eines Fernsehapparates zu vernehmen, eine Volksmusiksendung. In der Stube riecht es muffig nach urinklammem Stoff und vertrocknenden Essensresten. Jetzt fragt Hartmann doch:

»Wo ist Karla?«

»Wo soll sie sein? Auf der Altenburg.«

»Heißt so die Klinik?«

»Wie kommen Sie darauf?«

»Ich soll ihr was mitbringen.«

Der Vater stößt ein kurzes Geräusch aus, das ohne weiteres ein bösartiges Lachen sein kann. Hartmann getraut sich nicht weiterzufragen. Offensichtlich ist es unverzeihlich, nicht zu wissen, was die Altenburg ist. Er fragt, ob er ein Rollo lüpfen dürfe und lässt, nachdem Karlas Vater ein Grunzen hat vernehmen lassen, das er für Zustimmung erachtet, einen Spalt Licht und Luft in die Stube. Seine Arme baumeln an ihm herab wie Fremdkörper, und er denkt an die Puppen, die der Alte vor dreißig Jahren zusammengenäht hat.

»Da«, sagt Karlas Vater und zeigt hinter sich auf das Blatt

Papier, das zwischen zwei Tellern mit eingetrockneten Gemüse-resten liegt. »Das hat sie der Paskoweit geschickt und die mir.«

Hartmann nimmt den Brief und macht sich widerwillig daran, das vertraute Buchstabengestrüpp zu entwirren:

»Hab gesterrn meine Entglassung bekommen. Ungeeignet für den Beruf. Du siehst sicher an meiner Schrift, das ich vom wenigstens ablenkenden Klavierspülen nicht abgefunden hab. Bloß dann rücken die an, machen mir Vorwürfe, alle, und ich komme mir so mickrig vor.«

Hartmann versteht nicht. Er versteht den Text nicht und auch nicht, warum er ihn lesen sollte. Dass dieses jämmerliche Elaborat von Karla stammen könnte, will er nicht glauben.

»Was ist passiert?«, fragt er.

»Wissen Sie's wirklich nicht?«

»Woher?«

»'s muss so um die Zeit passiert sein, als sie die ganze Schule mit ihrer Reise durch die Lyrik verrückt machte, die dann nicht klappte«, sagt der Vater. »Damals hat Karla angefangen, nischt mehr zu essen und nur noch zu trinken, bis alles streikte, Magen, Leber, Bauchspeicheldrüse. Folgte die Einweisung ins Bezirkskrankenhaus, Station fünf, Inneres. Von da an aß sie wieder. Milchsuppe, Zwieback, so was. Danach ging's ab in die Klapsmühle, für ein Vierteljahr, den heißen Sommer über, auf der Geschlossenen. Drei Sommermonate auf einem Hof von fünfzig mal fünfzig Metern mit zwei splittrig gesessenen Holzbänken. Den Nachbarn erzählten wir, sie wäre auf Urlaub, in Bulgarien. Kaum war sie entlassen, aß sie wieder nischt außer einer Scheibe Knäckebrot am Tag. Dazu nahm sie Schnaps und Bier, das Bier pissewarm. Alles war wie vorher. Die ganze Behandlung vergebens. Manchmal kroch sie zwei oder drei Tage hintereinander nicht aus ihrem Bau. Dann musste ihr Bruder sie holen, förmlich herauszerren. Einmal kam er zu spät. Sie lag auf dem Teppich, den Kopf im Erbrochenen. — Wissen Sie jetzt, was die Altenburg ist?«

»Das kann nicht sein«, sagt Hartmann und fühlt, dass sich ihm die Stimme zu verweigern droht. »Sie hat mir doch einen Brief geschickt. Erst vorgestern. Sie bittet mich dringend, ihr ein Zigarettenetui zu besorgen.«

Karlas Vater schweigt. Minute um Minute vergeht. Die Stille wird Hartman lästig. Er will sie abschütteln. Nach einer Weile entschließt er sich, den Packen Briefe zurück in seine Umhängetasche zu stecken. Das Papier schabt kratzend über das Schweinsleder, das Schnappschloss schlägt krachend in die Justierung.

»Bedeutet das, Sie wollen gehen?«, fragt der Alte, ohne hinzusehen.

»Ich habe Termine«, lügt Hartmann.

Der Alte scheint dem Satz nachzulauschen. Hartmann hält die Klinke in der Hand.

»Termine, das verstehe ich gut«, sagt der Vater. »Vergessen se nich Ihre Blumen!«

Hartmann ist sich für einen Augenblick nicht sicher, ob er zurückgehen und das Bukett vom Vertiko holen solle, ob es womöglich unschicklich wäre, die Blumen wieder an sich zu nehmen. Dann wird ihm klar, dass er sie nicht braucht und es ihm egal ist, was mit ihnen geschieht, und er schließt die Tür von draußen.

KLEISTISCHER VERSUCH ÜBER DIE LEIDENSCHAFT

Eines frühen Morgens, in einem Jahre gegen Ende des vergangenen Jahrtausends, erschien beim Kreisgericht Mitte einer Industriestadt in der Börde auf die amtliche Vorladung hin ein altes Ehepaar, das beabsichtigte, sich scheiden zu lassen. Die zwei, geweißt und gewitzt durch die Blendungen und Lasten ihres Zeitalters, einander verbunden bis in den Tic, beim Sprechen nervös die Kuppen von Zeigefinger und Daumen umeinander zu drehen, als zwirbelten sie zwischen ihnen das Garn ihrer Erinnerungen, würdigten sich während der fatalen Verhandlung keines Blickes. Dennoch schien den Schöffen die Ehrerbietung fordernde Haltung der Alten gewisse niedere Formen des Ehestreits als Grund für die Klage von vornherein auszuschließen. Zu des Vorsitzenden maßlosem Erstaunen jedoch brachte die Klägerin vor, ihr Gemahl setze sie wissentlich seelischer Grausamkeit aus, indem er, seinem Steckenpferd frönend, die ohnehin enge Baugenossenschaftswohnung quasi um ein ganzes Zimmer verkleinere. Wie zu erfahren war, sammelte der Alte, um deren phantasievoller Etikettierung willen, Zigarrenkisten und stapelte dieselben in einem der winzigen Räume, den sich die Frau ursprünglich als Nähstübchen hatte einrichten wollen. Da es sich bei den Sammelobjekten zum Leidwesen der alten Dame nicht alleine um jene Zigarrenkisten handele, die ihr Gatte zur Deckung seines eigenen Nikotinbedarfs leer zu rauchen pflegte, sondern auch um solche, die ihm fragwürdige Freunde und Tauschpartner von überall her, sogar aus dem Auslande, übereigneten, habe sich eine anfänglich für die Sammlerzwecke abgezweigte Ecke mit einem Regal an der Wand schon bald als nicht ausreichend erwiesen, die über Jahre und Aberjahre gehorteten Exemplare, von der Ehefrau abfällig Tütelkram geheißen, sturzsicher zu verwahren, so dass sich der alte Herr nach und nach auch der Tische, der Stühle und des Sofas bemächtigt und schließlich gar den Teppichboden mit Beschlag belegt habe, was seine Frau schließlich veranlasst habe, den sammelwütigen Irren samt Sperrholz ganz in das inkriminierte Nebengelass auszuquartieren und auf ihren Traum vom Nähstübchen zu verzichten. Jetzt aber, so rief sie elegisch aus, sei das Maß voll, da der nämliche Mensch sich erfrecht habe, aus der Anrichte in der Küche ihre Kochtöpfe und Bräter hinweg zu räumen und draußen auf dem Flur übereinander zu türmen, um statt ihrer die jüngsten seiner sperrhölzernen Erwerbungen im Schrank verstauen zu können. Angesichts dessen verliere sie endgültig das Verständnis für eine Leidenschaft, welche die anderen seiner Leidenschaften um ein Vielfaches übersteige. Sowieso dürfe ihr billig sein, was ihrem Gatten recht sei, weswegen sie ihrerseits eine Mindestanzahl an Regalen beanspruche, wenigstens aber zwei oder drei der in Mode gekommenen Setzkästen, in denen sie ihre Salzbeutel- und Pfefferstreuermenagerie wirkungsvoll zu drapieren gedächte. Auf das behutsame Zureden des Gerichtsvorsitzenden, ob er nicht doch eine Chance sehe, die vermaledeite Sammlerlust zu drosseln oder gar einzustellen, hüllte sich der Alte in trauriges Schweigen. Regungslos saß er, neben der Frau still aufs Leder gekrümmt, den Kopf schuldbewusst gesenkt und die Hände wie ein Konfirmand zwischen die Knie geklemmt, sich unter dem Joch der Anwürfe zwar duckend, aber keinesfalls beugend. Die schwierige Aufgabe, der einen etwas zu geben, ohne dem anderen etwas zu nehmen, lösten die Schöffen mit seltener Gewandtheit: Erkläre der Alte, so urteilten sie während des zweiten Termins, die Zigarrenkisten um ihrer Etikettierung willen zu sammeln, und einzig aus diesem Grunde, so solle er sich auf eben jene Teile beschränken, die für sein Vorhaben von vorzüglichem Wert seien, in Sonderheit die Deckel. Den nicht benötigten Rest der umstrittenen Sperrholzkistchen solle er ganz im Sinne seiner Gattin zu Regalen verarbeiten, die den in Mode gekommenen Setzkästen gleichkommen und ihren Platz an jenen Wänden einnehmen könnten, die auf diesem Wege von den Zigarrenkistchen befreit worden seien. Zum einen schaffe dies Raum in den Zimmern, zum anderen müsse diese Übereinkunft gleichfalls die Ehefrau zufrieden stellen, zumal sie wunschgemäß mit Eigenem versorgt sei.

SCHNECKENHAUS

Sie sieht sich gezwungen, ein paar Mal zu fragen, bevor sie das Schloss findet. Wie sich zeigt, steht es, vom Bahnhof aus gesehen, am anderen Ende des Ortes. Sie nimmt im Ostturm des Nordflügels Quartier, gegenüber dem Großen Wendelstein, in einem Zimmer, das ihr Leipziger Musikverlag, dem es gehört, ›Das Studio‹ nennt, obwohl es nachweislich keines ist, jedenfalls steht nicht einmal ein Tonbandgerät darin. Man hat es eine Etage über einer Privatwohnung mit Erker und eine Etage unterhalb eines zweiten vermeintlichen Ateliers eingerichtet. Drei doppelflügelige Fenster, eins nach Osten, zwei nach Süden, liegen in tiefen Nischen mit lateinischen Kreuzen unter den Rundbögen. Das nach Osten weist mit Blick auf die baumgruppenbesprenkelte, blaugrün-graue Niederung des Flusses Nebel, die nach Süden hinab auf den bemüht rechteckigen Schlossinnenhof mit den dreigeschossigen Bogenhallen. Vor dem Fenstergesims dunkelblaue Übergardinen. Sie mag diese Farbe nicht. In der Ecke daneben ein Stutzflügel, vielleicht anderthalb Meter lang, mit schwarzem, poliertem Schellack auf dem Korpus. Am Ostfenster ein zweibeiniger, massiver Schreibtisch aus Birnbaum, wie sie vermutet, auf den legt sie gleich die Mappe mit der angefangenen Partitur und dem Libretto. Binnen der vier Wochen, die sie während ihres Stipendienaufenthalts zur Verfügung hat, soll sie die Oper wenigstens fertig skizziert haben, damit sich der Dramaturg ein Bild machen kann. Die Uraufführung ist für die übernächste Spielzeit geplant, am Landestheater, der Termin drängt. Auf lange Sicht bietet sich für sie vielleicht die letzte Gelegenheit, auf eigene Rechnung Geld zu verdienen. Das darf sie nicht vermasseln. Vor dem Schreibtisch ein hochlehniger Stuhl, dessen Rückenpartie wie auch die Sitzfläche aus straff gespannten und vernieteten Lederhäuten besteht. Wenn sie zu alledem, nur so zum Spaß, denn es ist sonnenheller Nachmittag, die sechsstrahlige Deckenleuchte aus Messing mit den spitzköpfigen Milchglasglühlampen, die wohl Kerzen gleichsehen sollen, anknipst, wird ihr wehmütig renaissancen in der Magengrube wie unter der Schwerelosigkeit eines Luftschlosses oder im drappfarbenen Innenlicht eines elfenbeinernen Turmes.

Buchners Hand zitterte. Die vielen Zigaretten, die in den neunzig Minuten der Unterredung nacheinander zwischen den Zeige- und Mittelfingerwülsten eingeklemmt gewesen waren, hatten ihre Asche immer schon unterwegs verloren, noch bevor sie den Keramikuntersetzer erreichten, der den dreien in einer letzten Gemeinschaftlichkeit als Aschenbecher diente. Unter der Elle, in demselben leicht konvexen Bogen, den Hand und Arm zogen, wenn sie von der Schulter in einer Vorstoßbewegung steif ausgehebelt wurden, häufelte sich die schmale Spur erkaltender Glut als ein Schutzwall en miniature. Irritiert kletterte ihr Blick über die Wülste des Fleischberges. Der bis an die Grenze seiner Dehnbarkeit strapazierte Saum des Hemdpullovers war in die rettende Region der Rippenbögen hochgerutscht, wo er das nackte, rosige, schwitzende Fleisch rund um den verknorpelten Nabel der Welt preisgab. Weil er seinen Schädel aus undurchsichtigen Gründen schief hielt, hätte sich der Gewerkschaftsbonze einer erheblichen Mühe unterziehen müssen, wäre ihm eingefallen, ihr in die Augen blicken zu wollen. Indem er sich bereits halb von ihr abgewandt hatte und ihr die Schmalseite herzeigte — vielmehr das, was in einem gewöhnlichen Falle als Schmalseite zu bezeichnen gewesen wäre, versinnbildlichte er ostentativ den Abstand, den er künftig ihr gegenüber einzunehmen trachtete, insofern er ihn nicht längst eingenommen hatte. Sie, auf dem Schattenhof des Schutzwalls, duckte sich vor dem wie immer behäbig kratzenden Klang der buchnerschen Stimme, diesem von Schnaps, Nikotin und öffentlichen Rechenschaftslegungen heiser geätzten Bass, der schier unerschütterlich in seiner Verschalung aus väterlicher Selbstgefälligkeit ruhte. Kaum zu glauben, dass die erregt zitternde Hand zu demselben Menschen gehören sollte.

Als ob wie auf einem der Fresken Michelangelos ein Riss im Putz quer durch den Körper zackte und ihn spaltete. Buchner als die Seherin Cumaea, die felsenverschlingende Riesin mit den Eisenarmen, die nicht sterben will aber die ewige Jugend nicht hat und die neben sich auf dem Sitzpolster ein Buch breitet einzig zu dem Zweck, sich bramarbasierend dessen zu vergewissern, was sie doch sowieso weiß. Andeutungen geheim zu haltender Weisheiten, Rechtfertigungen noch bevor man zur Verteidigung gezwungen gewesen wäre, wispernde Beschwörungen diplomatischer Verschwiegenheiten. Buchner im raunenden Konjunktiv: Seit es seine Gewerkschaft im Werk gebe, sei ihnen ein solcher Fall von Feindschaft nicht untergekommen. Dass die Gewerkschaft von 1920 schon die seine gewesen sein könnte, bezweifelte sie energisch und sagte es auch.

Die Kühle, die zwischen den dicken Wänden ihres Ateliers im Schloss gefangen ist, lässt sie nach der Rucksacktortur auf dem Anmarsch vom Bahnhof leichter atmen. Sie steht an einem der beiden Südfenster, in einer Hand ein Glas voll lauwarmen Erdbeermostes, mit der anderen zieht sie den Vorhang zurück und blickt andächtig zum Großen Wendelstein hinüber, dessen Halbkugelkuppel mit der türmchengekrönten Scheitelöffnung im Abendlicht flammt. Der Osttrakt des Schlosses fehlt, so dass sich der Hof in Richtung der versumpften Niederung des Flusses Nebel öffnet. Die Fluchten, die an den Steinbal-lustraden der Laubengänge ihren Anfang nehmen und sich über die Geschossgrenzen der Außentürme weg schieben, dann aber keinen sinnvoll abschließenden Halt finden, viel-mehr sich vage unsichtbar hinaus ins hügelgewellte, seenge-dellte Endmoränenflachland fortzusetzen scheinen und dort verlieren, kommentieren, wie sie findet, ihren Zustand der Bit-terkeit treffend. Von ihrem Turmfenster aus entdeckt sie am östlichen Giebel des Südflügels, wo die Schlossanlage abrupt endet, an der Außenwand unterhalb der Aussichtsterrasse bloßgelegte Eingeweide — Türnischen, Türrahmenprofile, verrottende Türangeln, unverputztes Mauerwerk. Zu Zierrat verniedlichte Nützlichkeiten, die bezeugen, dass der Baumeister den Südflügel ursprünglich hatte verlängern wollen, mit dem Wendelstein als Achspunkt. Aber zwischen ihm und seinem Herzog kam es zum Krachen wegen der Kosten. Als Parr sich von seinem Vorhaben verabschieden musste (ein Drittel der Vierflügelblöcke stand vollendet), war er um ein weniges nur älter als sie jetzt ist. Und ließ einen Torso zurück. Vielleicht die Oper, denkt sie und fühlt in ihrem Rückgrat quecksilbrig die Panik hochsteigen.

Wie üblich war es im Chefzimmer heiß wie in der Sauna. Das Werk, von dem die Heizrippen des Klubhauses der Werktätigen mit Dampf versorgt wurden, pfiff auf die jüngste Energiekrise, die ohnehin nur die anderen hatten. Während Buchner erstaunlicherweise auch ihn kaum beachtete, hatte DuBois eines der Doppelfenster geöffnet, aber statt der erhofften Kühle wälzte sich in geschlossener Front der Schwefelwasserstoffgestank nach fauligen Eiern und verwesendem Fisch herein. Er kam von den Claus-Öfen herüber, in denen Schwefel gewonnen wird. Vielleicht stammte er auch aus der Schwelkokerei im zweitältesten Bau des Werkes, der noch von 1916 stammt. Wahrscheinlich sowohl von da als von dort. Sie fand es bizarr, dass zwar beinahe alle, die in dieser Gegend wohnten, über den Gestank des Schwefelwasserstoffs, der ein Atemgift ist, meckerten, wohl auch weil sie Angst vor ihm hatten, aber kaum jemandem schien klar zu sein, dass das Gas, solange es stinkt, immer noch am wenigsten gefährlich ist. Erst wenn es die Kontur seines Geruchs verliert, weil es sich, in die Atmosphäre entwichen, an der Luft mit den Resten noch vorhandenen Sauerstoffs verbündet, wird es zur wirklichen Bedrohung. Dann kann es, unter Druck, über den Öfen, Kolonnen, Essen, Filtern, Abzügen und Fackeln des Werks vieldutzendmale Feuer fangen und explodieren. Bei einer solchen Explosion würde die Kraft von achtzehntausend Pferden freigesetzt werden, innerhalb einer Zehntelsekunde.

Buchner regte sich nicht. Blasig sagte er, und meinte seine Kollegin, obwohl er die leere Kaffeetasse anredete: Nur in Anbetracht ihrer langjährigen Zusammenarbeit habe man sich zu einem Gespräch entschlossen. Im Grunde sei er unter den gegebenen Umständen dazu gar nicht verpflichtet. DuBois, als Klubhausleiter ihr eigentlicher Chef, schien sich aus dem Geplänkel heraushalten zu wollen. Er schmauchte wie üblich Tabak aus seiner mongolischen Meerschaumpfeife, dem Geschenk eines Studienfreundes aus der Moskauer Kaderschmiede. Sie hingegen rauchte ein Kraut, das auf rührend hilflose Weise zwischen trocken knisternden Deckblättern, die — wenn sie zwischen den Kuppen von Daumen und Zeigefinger gerollt wurden — rasch brachen, krümelig zu Zigarillos verdrillt war. Das alleine genügte, sie in den Augen von Männern wie Buchner herabzuwürdigen. Zigaretten rauchende Frauen waren emanzipiert, Frauen mit Zigarillos Schlampen. Vom Fenster her den summenden Dauerton des Werks in den Ohren, der dem Geräusch nicht unähnlich war, den ein Lauschapparat dem Blutkreislauf ablockt, konstatierten sie sämtlich eine verblüffende Sorglosigkeit, die sie ihren Lungen angedeihen ließen, oder eine Gleichgültigkeit allgemeiner Art, die sie über ihre Lungen hinaus träge gemacht hatte für gewisse Empfindungen, speziell für die, eine permanente Bedrohung auch permanent ernst nehmen zu müssen.

Ein kaum mit Kumuluswolken bestreuter Porzellanhimmel verspricht einen durchweg sonnigen Tag. Wegen der ungewohnten Helle ist sie schon gegen halb fünf Uhr aufgewacht, aber auch, weil sie sich zwischen den Alpträumen in quälendem Halbschlaf von einer Bettkante zur anderen gewälzt hat. Sie beschließt, der sklerotischen Müdigkeit nicht nachzugeben, sich nicht noch einmal auf die gute Schlafseite zu drehen — die rechte, die deswegen die gute ist, weil sie dort nicht ihr Herz im Ohr klopfen hört, sondern die frühe Stunde zu nutzen und aus der Stadt hinaus zu wandern, erst einmal nur ziellos ins Grüne und dann wohl doch in Barlachs Atelierhaus, das am Heidberg beim Ostufer des Inselsees steht. Bis dorthin ist es eine schöne Strecke Weges, zumal sie wenigstens schon zwanzig Minuten Fußmarsch braucht, um die städtischen Häuserfluchten hinter sich zu lassen. Doch noch bevor ihr Körper sich spannt, findet sie, wie üblich, bereits ihre erste Ausrede: Das Atelierhaus, das ein Museum ist, öffnet um neun. Jetzt, während sie sich, den zitronenaromatisierten Zuckertee aus dem Beutel glucksend im Magen, aufrappelt, ist es sechs. Schon seit Tagen drückt sie sich vor der Besichtigung. Auch diesmal dürfte es darauf hinauslaufen, denn die drei verbleibenden Stunden wird sie wie üblich mit straffem Wandern zubringen auf Wegen, die in keiner Geländekarte verzeichnet sind, weil es irgendwo hier in der Nähe Kasernen und Hangars einer sowjetischen Flak-Raketenbrigade gibt (der einhundertsiebenundfünfzigsten), die strengster Geheimhaltung unterliegen, wie jeder Einheimische weiß. Für eine Weile wird sie deshalb die Orientierung verloren und sich vom Heidberg so weit entfernt haben, dass sich eine Umkehr nicht lohnt, was natürlich jedes Mal eine Ausrede ist.

Die Schmachtfetzen, die Gewerkschaft und Klubhausleitung von ihr zu komponieren verlangten, konnte sich Buchner sonst wohin stecken. Gut gemeint sei das Gegenteil von Kunst, moserte sie, auch wenn es einer gewissen Begabung bedürfe, schwarz-weiß zu malen und trotzdem schönzufärben. Zu ihrer Verblüffung duckte sich Buchner diesmal unter ihrem Spott nicht weg. Seit Jahren hatte es immer wieder Anfeindungen gegeben. Ihre Musik sei elitär. Das Volk könne ihre Machwerke nicht nur nicht verstehen, sondern es lehne sie rundheraus ab. Solcher Tadel hatte ihr nie viel anhaben können. Ihren Kritikern fehlte es für gewöhnlich an den Argumenten des Ästhetischen, so dass sie leicht zu widerlegen waren. Oft verhedderten sie sich im Dickicht ihrer sachfremden Instant-Sprechblasen und gaben, verunsichert von ihrer eigenen Unfähigkeit, klein bei, nicht ohne die prinzipielle Notwendigkeit eines Bündnisses zwischen Arbeiterklasse und Künstlern geheuchelt zu haben. Das war auch bei Buchner nie anders gewesen, der, was seine anklägerischen Ansprüche anbelangte, zu guter Letzt immer mit leeren Händen dagestanden hatte. Aber diese Zeiten waren wohl endgültig vorbei. Ein Bündnis zwischen Arbeiterklasse und Künstlern schien nicht mehr vonnöten. Im Grunde hatte man es bereits aufgekündigt, und das, obwohl den Ideologen und Geldgebern dieses Bündnisses, also Leuten wie Buchner, die Verunsicherung aus ihrer eigenen Unfähigkeit geblieben war. Das machte die Situation so heikel. Inzwischen reichten wenige Zeilen aus der Feder eines denunziatorischen Zuträgers aus, eine nicht eben berühmte Komponistin wie sie in die allergrößten Schwierigkeiten zu bringen. In den Konzerten des hiesigen Orchesters mit so genannter zeitgenössischer Musik, so stand in dem Schreibmaschinenbrief zu lesen, den Buchner ihr triumphierend vorlegte, käme man sich vor wie im Heizungskeller einer Irrenanstalt, aber nicht wie im Festsaal eines Klubhauses der Werktätigen. Da schüfen sich abartige Empfindungen Platz einer kleinen Gruppe von Individualisten, die dem Volk ihren Rücken zuwendet. Ein von einem »besorgten Genossen« mit »sozialistischem Gruß« unterzeichnetes Ostersendschreiben. Im Grunde fehlte nur das Etikett »formalistisch«, das früher so beliebt gewesen war, aber seit zwanzig Jahren nicht mehr benutzt werden durfte. Weil sie sich fragte, was für ein Typ das war, der genau wusste, welche Begriffe nicht mehr benutzt werden durften, beschloss sie, in der Kreisstadt jener Wohnanschrift nachzuschnüffeln, die als Absender auf dem Kuvert der Verleumdung angegeben war. Zwar fand sie die Straße, eine mit Buschwindrosenhecken halb zugewachsene Sackgasse unterhalb des Bahndamms an der Strecke nach Halle an der Saale, jedoch existierte die Hausnummer nicht und auch ein Mensch des Namens war den Anrainern unbekannt. Sie vermochte ihre Enttäuschung darüber, dass die Agenten des Staatssicherheitsdienstes sich nicht einmal die Mühe machten, ihre Identität zu vertuschen, nur schlecht verhehlen. Dermaßen viel Missachtung hatte sie nicht verdient.

Auf den leidigen Brief hin war sie von DuBois einbestellt worden. Pikanterweise hatte sie bei ihrer Ankunft aus Richtung der Straßenbahn den Kunsttempel wieder einmal abgeriegelt vorgefunden. Schon von der Fußgängerampel her, die noch immer schräg stand, seit der bekiffte Jugoslawe sie mit seinem Jeep gestreift und gleich noch den Oberschenkel eines Zufallspassanten auf den hohlen Stahl geklatscht hatte, war ihr die Volkspolizeiwagenparade auf der Hauptstraße aufgefallen, und für einen Moment hatte sie gefürchtet, dass das martialische Aufgebot ihr gelten könnte. Später erfuhr sie, dass der Generaldirektor des Kombinats, liebevoll General geheißen, in den beiden Zimmern, die im Klubhaus alleine ihm vorbehalten blieben, einen Wirtschaftsvertrag mit einer österreichischen Trimethylolpropanfirma ratifizierte. Ein solcher Akt verlangte nach der Sicherheitsstufe I. Was allerdings taugt eine Sicherheitsstufe I., wenn eine wie sie Mittel und We-ge kennt, sich an der Maschine gewordenen Wichtigtuerei unerkannt vorbeizudrücken? Über den alten Lieferantenhof zum Nebeneingang, durch den Heizungskeller, vorbei am Küchentrakt, hinauf zum Erdgeschoss, dann am Boudoir des Oberkellners Willi entlang (Relikt des Standesdünkels aus der weimarrepublikanischen Bauzeit) und die Seitentreppe hinauf. Wer hier zu seinen Fürsten aufstieg, war, oben angelangt, fürs erste mit seinen Kräften am Ende und nicht imstande, einen vollständigen Satz fehlerlos hervor zu keuchen. Deshalb hatte sie sich angewöhnt, immer erst zu verschnaufen, bevor sie bei ihren Chefs anklopfte, und so hielt sie es auch diesmal. Gefasst trat sie den beiden zweitwichtigsten Menschen ihres Berufslebens unter die Augen (die wichtigsten saßen in ihrem Leipziger Musikverlag), stellte Betrachtungen über den Schwefelwasserstoff an und beobachtete den Bau der kleinen chinesischen Mauer aus Zigarettenasche. Die Tränensäcke unter DuBois Augen waren über die vergangenen Wochen dicker geworden und gelblich stumpf. Kaum zu glauben, dass die neuen Nöte ihm stärker zusetzen könnten als die alten, von denen seine Orchesterleiterin geglaubt hatte, sie hätten ihn immunisiert. Wie sie wusste, überlegte DuBois seit längerem, die Bühne seines Klubhauses — die größte Drehbühne im Bezirk, auf der schon alle erdenklichen Theater Gastspiele gegeben hatten — stillzulegen, aus Kostengründen. Weil es ihm an staatlichen Zuschüssen mangelte, verlöre er, munkelte man, einen seiner Techniker nach dem anderen. Um wenigstens den Bühnenmeister zu halten und dessen Spannemann, hatte er soeben zwei Planstellen auf Lohngruppe sieben aufgestockt, mit dem Geld aus den verlorenen Technikerposten. Noch wusste er nicht, ob das fruchtete. Er hantierte wieder über dem Ausguss im Vorraum. Sie hörte das vom Tauchsieder erhitzte Wasser in die Tassen zischen. Die Gefäße an den Henkeln haltend und ausbalancierend, kehrte er zurück, in der linken Hand auf anheimelnd kulturlose Weise das grob aufgerissene Papppaket mit den tschechischen Würfelzuckerstückchen, die in die Silhouette eines imaginären Laubbaumes gepresst und hellgrün, gelb und orange gefärbt waren. Die Brühe in den Tassen war bepolstert mit grobporigem, braunem Schaum, auf dem Steg der Porzellanwandung hafteten Krümel des durchfeuchteten Kaffeesatzes, die beim heftigen Aufgießen des Wassers nach oben geschwemmt worden waren. Sie nahm ein Stück des Zuckers, brach es, wozu sie es zwischen die Handballen klemmte, mit viel Mühe in zwei ungleiche Teile und ließ das kleinere Stück lotrecht durch den rauschenden Schaum hindurch in die Flüssigkeit platschen, wobei einige Tropfen aufgeschleudert wurden, die, länger und länger sich dehnend, einander quasi an sich selbst in den Pfuhl zurückzogen. Buchner stank wie immer nach Schnaps. Er blickte an ihr vorbei zum Fenster hinaus auf die Wipfel der Destillationskolonnen oder hinüber zu DuBois, der an der anderen Seite des Klubtisches saß. Ob sie sich zu der Sache noch äußern möchte, fragte er sie. Ob es Zweck habe, sich dazu zu äußern, fragte sie. Was das nun wieder heißen solle, fragte Buchner. Sie sage das, weil ihr das »noch« verdächtig erscheine, sagte sie. Dieses: Ob sie etwa »noch« etwas äußern möchte. »Etwa« habe er nicht gesagt, sagte Buchner. Dass der besorgte Genosse Recht habe, stehe doch bereits fest, sagte sie. Wie sie darauf komme, fragte Buchner. Sonst säße man nicht hier, sagte sie. Man sitze hier, sagte Buchner, weil es eine demokratische Gepflogenheit sei, beide Seiten anzuhören. Man wolle also einer Gepflogenheit Genügte tun, sagte sie. Was sie damit meine, fragte Buchner. Wahrscheinlich verstand er wirklich nicht. Sie beendete das Geplänkel, weil sie befürchtete, dass »beide Seiten« sich, wenn das so weiterginge, am Ende über ihre Methoden einig wären, und sagte, sie könnte Buße tun und die Mao-Bibel vertonen. Buchner erbleichte. Bevor er sich zu einer Antwort aufschwang, legte ihm DuBois beschwichtigend die Hand auf den Unterarm. Mit Mao, das war eine knifflige Sache, das hatte er in Moskau gelernt. Ich denke, sagte Buchner in mühsamer Selbstbeherrschung und blies Zigarettenrauch aus, die Fronten haben sich endgültig verhärtet. Seine Hand zitterte noch immer. Fronten, die sich verhärten, entgegnete sie, müssen vorher schon da gewesen sein. Buchner hustete. Dein Vertrag mit uns ist gekündigt, sagte er. Das kriegst Du noch schriftlich. Natürlich, sagte sie, schriftlich. Alles muss seine Ordnung haben. Der Gestank des Schwefelwasserstoffs überlappte den Gestank des Schnapses. Ihr war speiübel. Sie spürte ihr Herz bis unter die Zahnwurzeln wummern, ein paar Mal setzte es aus, immer für Zehntelsekunden, um dann mit einem derben Hieb im dreifachen Tempo wieder anzuspringen. Ihr Gehirn begann zu brausen. Die Bilder vor ihren Augen verschärften ihre Konturen wie auf absichtlich falsch fokussierten Fotografien. Ihr drohte, ohnmächtig zu werden. Sie war ohnmächtig.

Nun hat sie doch die andere Richtung genommen. Der Heidberg erinnert sie eher an die bewaldeten, sanften Rundungen Thüringens, des weiblichen Gebirges, mit den in Wellen ausschwingenden Tälern, und nur der sandige und lehmige Boden, der ihr aller drei Schritte zwischen Sandale und Fußsohle gerät, behauptet mit plattdeutscher Hartnäckigkeit das Recht auf seine Herkunft. Hierher hat Barlach sein Schneckenhaus gezogen, mit Sack und Pack, weil es zu viel Krakeel gab in Berlin, und nicht immer nur in Berlin. Eine Zeitkrankheit. Der musste er entrinnen. Wenigstens ›trachten‹, ihm zu entrinnen, wie sein Freund Däubler, »das Gebirge aus Fleisch und Geist«, gesagt haben würde. Auf den Rändern der Rinnen, die nach dem Regen von den Holzfuhrwerken dem rutschigen Boden ausgepresst worden waren und nun ausgesteift sind, balanciert sie, ein Bein im Kreis durch die Luft schwingend und die Arme wie gerupfte Flügel ausgebreitet. Es ist heiß. Auf einer Bank unter der breiten Krone einer Stieleiche entledigt sie sich ihres T-Shirts. Mit Bleistift versucht sie, Noten aufs Papier zu setzen. Das Libretto, dem sie gerecht werden muss, ist nach einer Erzählung über Barlach verfasst. Das zeigt, wie man die Skulpturen des Meisters konfisziert und einschmilzt. Wie er vom Bahnhof nach Güstrow herein nur mehr im geschlossenen Auto fährt. Wie er sich fragt, ob die Künstler bloß possierliche Kreaturen seien, die man heran pfeift, damit sie sich produzieren. Hassen werde langweilig, heißt es an einer Stelle, Verbitterung sei ein Zeichen von Kleinmut, Kämpfen unmöglich, denn die Voraussetzung einer Gegenseitigkeit in ehrbarer Feindschaft fehle. Gut für Musik. Für klangliche Eruptionen. Ob auch gut fürs Theater, weiß sie noch nicht. Vielleicht, dass sie das vertont, auch wenn sie von seiner Bühnenwirkung nicht überzeugt ist.

Sie hat sich angewöhnt, ohne Klavier zu komponieren. Dadurch, dass sie auch eine Ausbildung in Gesang hat, ist sie intervallsicher und obendrein eine geübte Partiturleserin. Aber das grelle Sonnenlicht blendet, und sie fragt sich, wie sie auf den Gedanken hatte verfallen können, ausgerechnet weißes Papier mitzunehmen. Gleich danach fragt sie sich, wie sie auf den Gedanken hatte verfallen können, überhaupt irgendein Papier mitzunehmen. Sie ist nicht in der Lage zu komponieren, nicht einmal Fingerübungen. Zum Glück wird die Sonne immer häufiger von dicken Schichten dunkler Nimbus-Wolken zugeschoben, deren Ränder ausgefranst sind. Die Amseln haben schon vor Minuten ängstlich zu kieksen begonnen, der Wind frischt auf. Da sie nun plötzlich fröstelt, klemmt sie die Papierbögen in ihre Mappe und pirscht sich, um Bewegung zu haben, an die Himbeerbüsche heran, die ringsum Feldlager halten. Das kniehohe Gras ist überraschenderweise immer noch feucht vom letzten Regen, und sie braucht keine vier Schritte, bis ihre Söckchen, die sie sich in den harten Sandalen und auf dem grobkörnigen Sand längst löcherig gerieben hat, durchtränkt sind von Wasser und Schneckenseim. Sie zieht die Himbeeren vorsichtig mit drei Fingern vom Zweig, bemüht, sie nicht zu zerquetschen, und hütet sich, genau hinzuschauen. Man schmeckt die Maden nur heraus, wenn man sich vorher mit ihnen bekannt gemacht hat. Die wenigsten der Früchte erwecken den frischgebadet perlenden und abgepipsert sanftwangigen Eindruck wie ihre Bundesgenossen auf den Glanzfotos der Kochrezeptbücher aus dem Verlag für die Frau, den meisten sind schwarze Pestbeulen gewachsen. Für die Werbefachleute ist es eine Binsenweisheit, dass man Papp-maché-Früchten immer einen kleinen Makel mitgeben muss, aufgeklebt oder angepinselt, sonst wirken sie nicht echt in der Schaufensterauslage. Die Hauptdarsteller des Staates, in dem sie lebt, wissen das nicht. Buchners Musik kann nie und nimmer echt wirken: Ihr ist kein Makel mitgegeben, außer dem einen einzigen, allumfassenden, den seiner Allumfassenheit wegen Makel zu nennen einer Gotteslästerung gliche. Ein Hunger schleicht sich heran. Wahrscheinlich, weil die Säu-re aus den Früchten ihr im Magen alle Restbestände an halb-verdautem Essen wegfrisst. Sie wühlt in der Blechbüchse nach dem belegten Brot, das sie sich allmorgendlich schmiert, bevor sie auf Tour geht. Sie beabsichtigt, den gärenden Saft aufzusaugen und mit Hilfe der Milch- und Essigsäure aus dem Sauerteig zu verestern, zu Äthyläthanat, was ohne Frage alle unliebsamen chemischen Reaktionen zum Abschluss brächte oder wenigstens zum Stillstand.

Auf sämtliche Bewerbungen, die sie nach ihrem Rausschmiss am Klubhaus und vor ihrer Abreise nach Güstrow verschickte, sind ihr Antworten verwehrt geblieben. Das war das Sonderbare: Nicht einmal Absagen hat es gegeben, sondern gar keine Antworten, als ob sie ihre Briefe nicht in den Briefkasten, sondern in einen Reißwolf gesteckt hätte. Auch der Intendant des Stadttheaters meldete sich nicht, obwohl er, den sie seit Jahren kennt, wenn auch nicht sonderlich schätzt, händeringend eine Musikdramaturgin suchte und ihr beiläufig Hoffnungen auf die Stelle gemacht hatte. Einmal, das war merkwürdig, bestellte man sie zum Werkschutzposten des Kombinats, wo ihr ein operettenhaft uniformierter Kontrollposten in Schwarzblau das Foto eines vielleicht zwölfjährigen Jungen zeigte und sie fragte, ob sie mit ihm, da er in der Gotthardstraße wohne, wo sie des Öfteren gesehen worden sei, Kontakt gepflogen hätte, was ihr sehr anzüglich vorkam. Die Gotthardstraße war die Einkaufsmeile des Kaffs und jeden Tag tausendfach besucht, auch von ihr »des Öfteren«, selbstverständlich. Ein anderes Mal, sie war übers Wochenende in den Harz gefahren, weil sie hoffte, sie könnte die Veranstalter einer Tournee ihres Orchesters, die nun abgesagt war, davon überzeugen, von einer Konventionalstrafe abzusehen, suchten zwei Zivilisten in großräumig geschnittenen Jacketts ihre Eltern heim und behaupteten, sie sei in den Westen geflohen, nahe Ilsenburg illegal über die Grenze, bei Nacht und Nebel. Die Eltern besaßen, wie so viele in dem Land, das ein Frontstaat war, kein Telefon, weswegen sich die Lüge bis zu ihrer Rückkunft hielt.

Es macht keinen Sinn, auch nur einen Gedanken an einen Zustand zu verschwenden, der sich nicht ändern lässt, und seien es die Regengüsse, von denen sie hier dreimal am Tag überfallen wird. Wenn man sich angesichts dessen nicht eine Gelassenheit anerzieht, dann wird man alle Umstände seines Lebens lästig finden und mit einer bedrückenden Verzagtheit umhergehen. In einem Mischwald aus Birken und finster verstruppten Tannen hinter Sarmstorf überschüttet sie nach brütender Schwüle, die sie hätte warnen müssen, wieder solch ein Gewitterguss. Sie denkt an heißen Tee und fühlt sich, wie Barlach von sich sagte: Ein Omnibuspferd auf der Weide. Ihre Bedürfnisse reduzieren sich auf das Allernotwendige. Sie wittert, wie ihr Eigenschaften zuwachsen, die ihr vorher fremd gewesen waren, und wie sie gleichzeitig wohlgelittene Eigenschaften verliert. Sie gerät an ein Feld voller jungen Maises, der eben erst seine kernigen Stängel, deren Blätter noch fest aufeinander gerollt sind, empor schiebt, inmitten kleiner, brackiger Tümpel, in deren Schilfrohr und Holundergebüsch sich Rehe und Feldhasen verstecken, nahe einem kreisrunden Horst, einem mit Kiefern bestandenen Endmoränenwall, dessen Sohle fuhrwagengroße, rund gewaschene Findlinge säumen und über dem Dutzende fetter Kolkraben kreisen, die in ihrer krächzenden Sprache miteinander beratschlagen, was sie von dem Eindringling zu halten hätten. Plötzlich steht sie vor einem schlecht getarnten Versteck. Es ist mit einer im Schritt zerrissenen Strumpfhose drapiert, die von einem der Findlinge zu einem zweiten gebreitet und bei den doppeltgewirkten Fersen mittels Klebebands auf dem Stein befestigt ist, so dass deren Zwickel, frei über dem Erdboden, in der sommerlich sanften Inlandbrise einher schaukelt, über die reihum verstreuten, zum Teil bereits ausgeblichenen, hastig aus Modezeitschriften herausgeschnittenen Fotos mit posierenden Mannequins hinweg und über die vier leeren Halbliterflaschen Exportpilsners, die seitab ins Gestrüpp eines Haselnussstrauchs gekullert sind. Beschämt weicht sie zurück wie ein ertappter Spanner und entdeckt, dass es sie nun doch unmerklich in die Nähe des Atelierhauses verschlagen hat. Der Wald ist menschenleer. Über der Elisabethschneise schließt sich der Himmel mit einer mausgrauen Übergardine. Die gewaltigen Gewitterwolkenmassen bauschen sich bald zu Gebilden wie schmelzenden Eisbergen, manche sehen Ambossen ähnlich. Sie sind hoch oben von sonnenbeglänzten Cirrostratusschirmen umzogen. Darunter, zwischen den knarxenden Baumstämmen, über dem kiefernadelstumpfen, dumpfen Erdboden, widerspiegelt sich das Licht wie von getriebenem Blech. Sie beschließt, in Barlachs Haus Schutz zu suchen.

Hinter der Bölkower Chaussee, eingefriedet von Zäunen und beschnittenen Schlehdornhecken, steht es unweit des Strandes, der jetzt stumm ist. Die Fichten, die, um der Baufreiheit willen, seinerzeit abgeholzt worden waren, als man den unbefestigten Feldweg zur geteerten Chaussee verbreiterte, scheinen nachgewachsen, das weiß umrandete Atelierfenster, die Glasfront, hinter der die Werkstatt liegt, ist nicht mit Tüchern verhängt wie seinerzeit oft, als die Ausflügler Sommers vom Kurhaus herüber pilgerten und darauf sannen, einen Blick auf den werkenden Meister zu erhaschen. Und doch ist es der nämliche Wald, dasselbe Haus mit den roten Klinkern, jenes Haus, von dem Barlach meinte, er müsse, um größeren Aufgaben genügen zu können, einem Apparat dienen, der die Neigung hätte, ihn zu verzehren, und so er — wie er sich hier gebettet — zu gut gebettet wäre, sollte ihn der Teufel holen. Mit einem flauen Gefühl im Magen entrichtet sie an der Kasse im Rondell ihren Obolus von einer DDR-Mark. Damit sind die Würfel gefallen. Bei einem Tagesbudget von elf Mark und zweiundzwanzig Pfennigen wie dem von heute, kann sie nicht mehr zurück, weil es ihr unmöglich ist, auch nur eine einzige müde Münze zu verplempern. Drinnen findet sich, rostfeindlich und publikumsfreundlich bemennigt, das schwere Hebegerät, das sie vom Hörensagen kennt: die stählerne Laufkatze, die sich dicht unter der Decke von einer Seitenwand zur anderen streckt und dienstbereit über eine Winde ein Seil mit wuchtigen Kanthaken herabbaumeln lässt, als könnte der Meister fünfzig Jahre nach seinem Tod noch immer jeden Augenblick herbei schlurfen, vor Herzschwäche kraftlos in den Knien, kurzatmig vom Lungenemphysem, das in der Zugluft der Werkstatt breiter und breiter sich durch die Bronchien frisst, und als würde er nach der schwanken Trosse greifen, um den zentnerschweren Holzblock, der einmal DER ZWEIFLER werden soll, aufs

Arbeitspodest zu hieven. Die schwere Technik, über die Barlach bei seiner Arbeit im gewohnten Maßstab wie im Pferdestall in der Schützenstraße noch nicht verfügt gehabt hatte, zeigt, dass er die Lebensumstände zwang, sich den Bedürfnissen seiner Arbeit zu fügen. Mir ist dergleichen verwehrt geblieben, denkt sie, den Kopf im Nacken, oder ich habe es mir aus eigenem Antrieb versagt; ich pflege im Gegenteil die Bedürfnisse meiner Arbeit nach den Lebensumständen einzurichten, die mir zugestanden werden.

Draußen fegt gespinstfein Erde auf. Kaum Licht noch, das durch die große Fensterfront des Ateliers herein dämmern könnte. Ein Linienblitz zackt plötzlich auf Mühl Rosin nieder, südlich des Sees. Die Druckwelle donnert trocken heran wie ein Wirbel mit Holzschlegeln auf einer Felltrommel. Sie schlägt erste Regentropfen gegen die Scheibe. Oder Graupel? Das Glas klirrt unter dem Aufprall. Die Aufsichtsperson, vermutlich eine bedürftige Lehrerstudentin, schrickt von ihrem Paperbackbuch hoch und schließt die doppelflügelige Glastür in der Mitte der Fensterfront. Den schmalen, geschwungenen Metallgriff drückt sie hastig gegen den Holzrahmen, die Aluminiumschiene, die an ihm vertikal entlangführt, rastet knirschend in die Versenkung im Steinholzfußboden und in das Schließblech an der Kopfseite, auf der die Oberlichter sitzen. Durch die geöffnete Tür hindurch hat die Komponistin hinaus in den Vorgarten und den efeuumwucherten Rundbau bis hinter zu den zerbrechlich schlanken Stämmen der dicht sich aneinander drängenden Fichten blicken können, jetzt hindern sie vier bis in Manneshöhe aufgestockte Reihen von Milchglasscheiben. Sie ist gefangen. Das Unwohlsein will nicht abklingen. Eine Weile versucht sie, sich einzureden, es rühre von den Waggonladungen voller Himbeeren her, die sie sich zwischen die Magenwände geschaufelt hat. Aber das ist ein Trugschluss. Sie entlarvt ihn an dem Schweiß, den er ihr austreibt. Überall wachsen perlengroße Tropfen aus flüssigem Salz. Kalt durchschauert es die Wurzelkanäle ihrer Haare, während die Kopfhaut zu schrumpften scheint, beinahe so, wie kürzlich in DuBois' Büro. Das gehorcht nicht mehr einer Gewitterschwüle. Das entspringt nicht lokalisierbar einer Angst vor den Blitzen. Oder lokalisierbar doch in dem Sinne, dass eine Beklemmung abstrahlt von den Figuren im Raum, auf deren runden, glatten Körpern die matten Reflexe der Lampen und der elektrischen Wolkenentladungen, die jäh herein fegen und die Oberfläche des starren Materials verlebendigen. Weggehauen ist alles, was an Lügen aus der menschlichen Zeit kommt, und weggehauen werden muss es, denn alles Maß ist falsch und beginnt, von den Tränen der Tragöden getroffen, zu faulen. Das ist wie byzantinische Musik. Sie ist keine Mystikerin. Und dennoch glaubt sie daran, dass Kunst die Zeit vernichtet, dass sie, die Komponistin, beim Komponieren in einer vernichteten Zeit unaufhörlich nach neuen Prinzipien der Ordnung forscht. Sie fasst mit der Linken Halt suchend nach der Mappe, die sie rechts unter die Achsel geklemmt hat, und in der sie noch genügend viel Blätter mit sich spazieren trägt für den unwahrscheinlichen Fall, dass sie von einer musikalischen Idee getroffen wird. Sie steht vor dem Sockel mit der Zweiergruppe und beäugt, das Werkzeug noch in der Hand, die Schraffur auf dem Gips. Breitbeinig sitzend, hält eine Frau ihr Kind auf dem Schoß und drückt seinen Kopf fest und beschwörend an ihre Wange, die Gesichter der beiden sind hungeralt, die Haut liegt wie pergamenten über den vorspießenden Knochen und Sehnen, die Mutter, mit der Rechten den Kopf des Kindes stützend, fasst mit der unsichtbaren Linken ein Tuch beim Zipfel, dass sie um die Häupter und Rümpfe geschlungen hält, darunter hervor ragen die Beine des Kindes wie die des Gekreuzigten, und in dem ikonenhaften Ausschnitt, den das Tuch zwischen Stirnen und Schultern frei lässt, sieht man das Kind die Hand auf die Schulter der Mutter legen und die eigene, frierend zum Kinn hochgezogene, Schulter eindrehen, so dass die höhlenhaft bergende Hülle des Tuches und die einander verschworenen Körper und die schwer wie bleiern ruhenden

Augenlider den Eindruck machen von Aufrichtung und innerer Gefasstheit in diesen Zeiten des schlimmsten Leids, von Sammlung einer Kraft aus einer Welt von Erschütterungen. Da schellt ein Telefon. Die Aufsichtsperson nimmt den Hörer auf und raunt ein Ja in die Sprechmuschel. — Paul Schurek hier. — Wer? — Schurek. — Der Lustspieldichter? — Auch, ja; moin. — Heiltler! — Ich höre, Sie hätten den schwebenden Engel entfernt, aus dem Güstrower Dom. — Jawohl! War 'ne Beleidigung für jeden Volksgenossen. — Ich bitte Sie inständig, Herr Oberkirchenrat: Überdenken Sie, ob sie ihn nicht zurückschaffen. — Warum denn das? Der wird verschrottet. — Aber der Engel ist eine ganz außergewöhnliche Plastik, direkt ins Gewölbe komponiert; so was finden Sie kein zweites Mal auf der Welt. — Mag sein; niemand wird in Ernst Barlach den Könner anzweifeln, lieber Schurek, aber seine Art ist nicht unsere Art, sein Blut nicht unser Blut; unsere Weltanschauung ist eine heroische, bei Barlach sucht man das vergebens; was er gestaltet, das ist fremd: erdversklavte Massigkeit und Freude an der Wucht, der Schwere der Materie; immer nur das Unheroische, das Leben Verneinende, Herabsinkende, Herabziehende, Deprimierende, Erdgefesselte. — Ihre Meinung in allen Ehren, Herr Oberkirchenrat ... — Ist nicht nur meine Meinung, ist die der Partei. — Trotzdem; gestatten Sie die Frage: Wie soll es weitergehen? — Ganz einfach: Kein Aufsehen; dem Barlach wird kein Haar gekrümmt; er darf weiter friedlich in seinem Häuschen sitzen; Ende.

Wohin auch hätte ich gehen sollen, denkt sie. Oder gebracht werden. Wo sonst hätte ich einen Stand. Ist es der Gleichmut der Verzweiflung oder die Furcht vor dem Versagen im Angesicht der Mistfinkerei, jetzt, da man mir alles genommen hat, sogar die Einkünfte, und sagt, ich dürfe immerhin friedlich in meinem Häuschen sitzen bleiben? Auf einmal ist ihr der Brustkorb zusammengequetscht wie in einem Schraubstock. Das kommt von dem langen Erschrecken. Das zwingt sie gebieterisch nieder mit seinen schwarzen Metaphern der Lähmung, die sie unter der stählernen Laufkatze und zwischen Wand und Milchglasscheiben gefangen halten. Hassen wird langweilig, denkt sie. Es fehlt die Voraussetzung einer Gegenseitigkeit in ehrbarer Feindschaft. Während draußen die Tropfen in den Pfützen auf dem Sandweg dicke Blasen schlagen, fällt ihr ein, dass sie sich noch eine Rückfahrkarte kaufen muss. Sobald sich der Wolkenbruch verzieht, wird sie hinaus gehen. Sie wird sich erst zum Atelier im Schloss aufmachen, dann zum Bahnhof. Nicht, dass sie schon heute nach Hause fahren wollte oder sonst wohin. Es wäre einfach nur ein gutes Gefühl, das Billet in den Händen zu halten. Aber der Gewitterguss scheint nicht aufhören zu wollen. Er hört ums Verrecken nicht auf.

ICH WILL DEN KREUZSTAB GERNE TRAGEN

Seit ihrer Landung in Skopje wurde Benda den bitteren Geschmack nicht los, der ihn an Myrrhentinktur erinnerte und mit einer Austrocknung des Gaumens einherging. Obwohl es sich offiziell um eine Reise zu Dienstzwecken handelte, hatte man ihnen keinen einzigen Dinar mit auf den Weg gegeben. Zu allem Überfluss wurden ihre heimischen Münzen, verächtlich Aluminiumchips getauft, von den hiesigen Automaten (wie sie fanden: mit einem gewissen Hochmut) sämtlich ausgespien, bevor sie eine karitative Arbeit hätten verrichten können. Darum boten sich ihnen als Waffe gegen Durst und Hitze nur noch die Wasserhähne auf den öffentlichen Toiletten des Terminals an, unter die sie immer wieder ihre Köpfe steckten, die vertrocknenden Lippen den röhrenden Hähnen entgegengereckt, die vom Haar entblößten Nacken gänsehäutig unterm kühlenden Strahl. Während sie auf den Bus warteten, der sich nun schon um zwei Stunden verspätet hatte, hofften sie, dass die Folkloregruppe der St. Kyrill-und-Method-Universität, von der sie eingeladen waren, sie wirklich bewirten werde und es sich nicht nur um ein Gerücht handelte. Erschöpft von den langen Flügen mit Zwischenhalten in Belgrad und Zagreb streckten sie sich, Schatten suchend, unter den Platanen auf dem Vorplatz des Flughafens ins Gras und mäkelten gähnend ein bisschen an der friedlichen Koexistenz herum, die sie, zweihundert Meter Luftlinie von den Zeitungsständern mit den Pornoheften entfernt, nicht mehr gar so marktgängig fanden wie noch in Berlin-Schönefeld. Wie sich dann herausstellte, wohnten sie eine Viertelstunde Busfahrt außerhalb des Stadtzentrums im Olympischen Dorf, einer Art Reihensiedlung mit sogar auch zweistöckigen Datschen aus knallroten Sattel- und Schleppdächern und krachweiß getünchten Wänden, einem Sportlertraum aus Ziegeln, Sperrholz und Pappe (auch einer Schaufel Kalk), der gewiss nicht mehr allzu lange dem Wetter und den Launen der wechselnden Bewohner trotzen dürfte.

Der Sparsamkeit halber hatte man die Duschräume nur mit einer kleinen, kiesgefüllten Sickergrube versehen statt mit einem aufwendigen und teuren Abfluss, und da diese überaus gemächlich arbeitete, sinterte jener Rest des Wassers, dem es nicht schnell genug ging, der Einfachheit halber durch die Wände der Häuser nach draußen. Ein Sommerdomizil eben, Nobleres war für ihre Gastgeber nicht erschwinglich gewesen. Von dem Plateau herab reichte der von Loggien, Galerien und Blenden gerahmte Blick bis hinab zu der langgestreckten Stadt im Dunst des Vardartales. Zweifellos eine Idylle. Doch als man einige Tage nach der Ankunft außerhalb Skopjes am Fluss Treska unvermutet auf Wildwasserkanuten aus dem Vaterlande stieß, die, ihre Berufsgeräte geschultert, stolz zum Training in Richtung des Ufers schritten, indem sie die Füße zuerst bei den Zehen aufsetzten und dann über den Spann bis zu den Ballen abrollten, und man sie fröhlich grüßte, weil man sie an dem bunten Staatsemblem auf den Trainingsjacken enttarnt hatte, und ihnen Glück und Gesundheit wünschte und was dergleichen Schnickschnack mehr gebräuchlich ist bei aufbrausender Verschwisterung, denn den Sportlern stand eine Weltmeisterschaft bevor, deretwegen sie sich hier plackten, da ballettierten die Gladiatoren des Kunstkanals trotz des dunklen osterländischen Akzents derer, die ihnen nur Gutes wollten, steifnackig weiter und stur, ohne sich, ja: ohne den Kopf, ja: ohne den Blick zu wenden, mit verschlossener Miene, als wären sie soeben durch ein Nichts geschritten, und vorbei war es mit der Idylle.

Küster, der den CANTUS CHORALIS (unzweifelhaft, nein, erwiesenermaßen einen der besten Kammerchöre Europas) leitete, seit Altmeister Trusetal wegen eines chronischen Gelenkleidens von der staatlichen Sozialversicherung das Weiterdirigieren strengstens verboten bekommen hatte (bei Zuwiderhandlung Streichung der Rentenansprüche), war seit dem Start vom Flughafen in Berlin-Schönefeld nicht müde geworden zu betonen, die bevorstehende Tournee wäre ein

Test, Makedonien als ein vermeintliches Sündenbabel vor die Sängerinnen und Sänger hin gesetzt, dem sie tapfer zu widerstehen hätten, wonach ihnen Größeres, Teureres, noch Kapitalistischeres zum Lohne winkte, nämlich Frankreich. Auf dem Schreibtisch des Ministeriums für Kultur läge bereits eine Einladung dorthin, der Sohn eines berühmten Komponisten deutscher Abstammung kümmere sich rührend, weswegen Küster angekündigt hatte, man werde gleich nach der Rückkehr die »Six Chansons« des berühmten Vaters einstudieren, Stücke von bemitleidenswerter Betulichkeit, die aber ausdrücklich erbeten waren. Noch am ersten Abend, kaum dass sie im Gemeinschaftsrestaurant des Olympischen Dorfes im Kreise ihrer Gastgeber das Begrüßungsmahl eingenommen hatten, ordnete Küster eine Zusammenkunft an, allerdings nicht um zu probieren. Zwar stand den meisten der Sinn nach anderem — sie schwitzten, ihnen dürstete, sie taumelten vor Übermüdung. Doch Küster beharrte auf seinem Ansinnen. Sie hätten mehrfachen Grund zum Feiern, sagte er (und sprach, so wie er es liebte, altertümelnd von »reichlich Ursach'«). Also trafen sie sich wohl oder übel in einer der Datschen, um, wie sich herausstellte, den Einstand des Neuen zu feiern, der zum ersten Mal mit auf Tournee ging, eines brillanten Ersten Tenors, des einzigen Sängers ohne jede musikalische Ausbildung — ein Manko, das er durch sein absolutes Gehör wettmachte. DAS GEHOER, wie Benda ihn nannte, arbeitete tagsüber als Ingenieur im Metall-Leichtbau, vielleicht hieß es auch Leichtmetallbau (seit er Benda den Unterschied voller Pathos erläutert hatte, verwechselte dieser die Bedeutungen ständig). Unbegreiflich, aber jemand hatte einheimischen Schnaps geschmuggelt, Blauen Würger, der für das Einstandsritual, das festgelegt war wie andernorts die Zelebration des Hochamts, unerlässlich war. DAS GEHOER musste beim Chorgeist SPOK auf die CEWLE schwören, sich künftig dem Regime der drei philosophischen Grundprinzipien zu beugen. Die CEWLE war eine (nach barocker Manier zu buchstabierende)

Keule und diese ein ausgedienter Küchenmörser aus Holz. Sie galt als der Talisman des Kammerchores und wurde von einem vereidigten Sänger zu jedem Auftritt auf die Bühne getragen, verborgen unter der Smokingjacke, weswegen Frauen für diese Obliegenheit von vornherein ausfielen. Fehlte die CEWLE, war für die Güte des musikalischen Vortrags das Schlimmste zu befürchten. Die Schnapsflaschen kreisten in der Runde (die wirklich eine war, denn das gehörte zum Ritual). Sogar Erna, die in der Heimat allmittwöchlich gegen 19:00 Uhr aus einer Stadt zur Probe anreiste, die 108,4 Reichsbahnkilometer vom Amtssitz des CANTUS' CHORALIS entfernt liegt, und spätabends nach der Probe, was meint: weit nach Mitternacht, dorthin zurückkehrte, ließ ein Quäntchen der brennenden Flüssigkeit in ihren Hals glucksen. Trotz ihres leichten Schwipses hielt sie sich so gut in der Gewalt, dass sie sich mit ihren Häkelnadeln nicht verhedderte. Ohne ersichtlichen Grund führte sie Benda vor, woran sie wirkte. Es waren Kreuzstäbchen. Im Schneidersitz ruhte Benda auf einer Kamelhaardecke, die er sich aus seinem Bett geholt hatte, doch als der Schnaps seine schwer verankerten Gedankenschleusen zu öffnen begann, so dass nur noch nichtkanalisierte Assoziationen aus ihm hervorfluteten, streckte er die Beine und stützte sich, zurückgelehnt, auf den Unterarmen ab, um sein Gleichgewicht einigermaßen zu halten. Der Blickwinkel von unten herauf bot alle Vorteile eines Schützengrabens. Allerdings verzerrte sich die Perspektive, die Köpfe wirkten viel kleiner als die Ärsche, und Zäpfchen, die sich gar nicht am Umtrunk beteiligte, sondern seitab apathisch auf die Sitzflächen dreier aneinandergeschobener Holzstühle flezte, schien weit entrückt und hatte die imponierende Größe von Däumelinchen. Seit ihrem Abflug aus Berlin-Schönefeld schien sie zu kränkeln. Meist lag sie irgendwo schweigend herum und zeigte keinerlei Mimik, als trüge sie eine Gurkenmaske. Bevor DAS GEHOER mit der CEWLE gesegnet werden durfte (durch Berührung der linken Schulter mit dem Stößelkopf wie bei der Schwertleite), musste er allen Alten beweisen, dass er sich den politisch-ideologischen Anforderungen jener Vereinigung, in die aufge-nommen zu werden man ihm die Ehre angedeihen lassen wollte, gewachsen zeigte, weswegen er zum Beweis seiner sittlichen Reife für jeden der zwei Hauptpfeiler der cantus-choralischen Philosophie, die DREIFACHE NEGA-TION DER BARTWICKELMASCHINE und das alles über-ragende Prinzip der KUGELUHR, wenigstens ein Beispiel aus dem Alltag zu benennen hatte (aus den, wie Küster neckisch verlautbarte, »Niederungen irdschen Jammertals«). DAS GE-HOER schöpfte Atem, und während Benda vor Ermattung kraftlos die Augenlider zuquollen, sprach er salbungsvoll: Sicher sind dir die Luftmaschen und die festen Maschen geläufig, und wir können uns jetzt der Stäbchen-Häkelei, speziell der Stäbchen-Masche zuwenden. Man unterscheidet dabei halbe Stäbchen, einfache — oder normale — Stäbchen, Doppelstäbchen, Dreifachstäbchen, Kreuzstäbchen und sogar Reliefstäbchen. Vor Benda schwankte und schwand Ernas mit einem weichen, hellen Flaum bewachsener Hals. Er suchte nach den zarten, runden Wirbeln, die sich geschmeidig über die Handarbeit krümmten, fand aber, das Ganze sähe einem hochgeschwungenen Wasserhahn ähnlich, der soeben den cantus-choralischen Chorpfiff intonierte: per Auftakt eine reine Quarte aufwärts, dann, in schnellen Achtelbewegungen, kleine Sekunde abwärts, große Sekunde abwärts, große Sekunde aufwärts, große Terz abwärts — das geheime Er-kennungssignal. Benda hörte es näherflimmern, als wäre es elektronisch hallverfremdet. DAS GEHOER mit Augen, die vor elysischer Glückseligkeit glänzten, hielt seine feisten Wangen unter Ernas Wasserhahn. Küster, der sich angewöhnt hatte, eine kleinkarierte Schirmmütze zu tragen, lachte sich halb kaputt, weil kein Wasser kommen konnte, denn er hatte mit der Hand die Lichtschranke blockiert. Aller fünf Minuten rennt er beim Zwischenstopp in Zagreb, einen Sänger nach dem anderen unter den Arm geklemmt, aufs Klo, wo er seine

Hände zauberisch der Spülung entgegen reckt, den Hähnen, den Heißlufttrocknern, und vor Begeisterung kichert. Benda will sich den Mund ausspülen wegen des bitteren Geschmacks, den er einfach nicht loswird. Doch seine Kehle bleibt trocken. Er hat das Gefühl, als reibe sich die linke Halswandung an der rechten. Dann fällt er um, ohne hinterher zu wissen, ob vom Durst oder weil ihn eine der Lichtschranken getroffen hat.

Benda schätzte, dass es durchschnittlich hundert Kilometer pro Stunde waren, mit denen der universitäre Folkloristenbus (Marke »Ikarus«, nomen est omen) über Land hetzte. Die einheimischen Betreuer beteuerten, angesichts der roquefort-grünen Gesichter um das Durchhaltevermögen der Ostdeutschen besorgt, dies sei das gewöhnliche Tempo. In Wirklichkeit sorgten sie sich um die Einhaltung der Verträge, zumal dieser Kammerchor ganz gewiss nicht der preiswerteste ih-rer bisherigen Partner war. Insgesamt vier Tage lang, die Übernachtungen eingerechnet, düste man mittlerweile alleine die Strecke Tetovo — Debar — Struga — Ohrid entlang. Mittlerweile schienen sie kurz vor Bitola angelangt zu sein. Dort, am Südwestzipfel Makedoniens, sollten sie im Volkstheater ein Konzert geben. Benda war sich nicht sicher, ob das gutgehen würde. Daran, dass der Fahrer, bevor er auf seinen Schleudersitz stieg, jedes Mal eine Flasche Bier zur Brust nahm, hatte er sich nach und nach gewöhnt, im Gegenteil glaubte er inzwischen daran, dass es für alle viel gefährlicher wäre, wenn der Mann nüchtern bliebe. Aber Benda hatte sich, ungeübt in Dingen des Hochgebirges, nicht nur leichtfertig an ein Fenster gesetzt, sondern gleichzeitig auch noch genau über das linke Rad der Hinterachse. Solange man in den Städten herumtollte, wobei die Hupe das Blinklicht ersetzte, irritierte ihn seine Position nur dann, wenn sie dem Gegenverkehr die Vorfahrt schnitten, ohne zu bremsen. Draußen auf den Serpentinenstraßen sah das schon anders aus. Die Kurven taten Benda nicht den Gefallen, mindestens so lang zu sein wie der Bus. So kam es, dass man, wenn das Fahrzeug mit dem Kühler bereits aus der

Kurve heraus trieb, mit dem Heck erst in die Kurve einbog — oder, genau gesagt: hätten einbiegen müssen, denn ein solcher Bus ist kein Bandoneon. Benda hatte es aufgegeben zu zählen, wie oft das Rad, über dem er saß, bis zur Hälfte über den Fahrbahnrand hinaus hing, wonach seine Augen wie Gummilinsen auf die schauderhaftesten Schluchten zoomten, in deren scharfzahnigen Schlünden er Wrackteile zu entdecken glaubte. Er fragte sich, ob seine miserable physische Verfassung daher rührte. Einen anderen Grund konnte er sich nicht denken. Zwar war sein Frühstück wieder einmal spärlich ausgefallen (nach dem üblichen Saufgelage vom Vorabend hatte er Joghurt für den einzigen Festkörper gehalten, von dem gehofft werden durfte, dass sein Magen ihm hold war), doch seiner Meinung nach war das Zeug gar nicht erst dort unten angekommen. Der ständige Brechreiz, den er hinunter zu würgen versuchte, musste woanders herrühren. Als er, um sich abzulenken, den Programmflyer für das bevorstehende Konzert hervor nahm und die Abfolge der Titel studierte, fragte er sich plötzlich, was sie hier verloren hatten, sie, die pinguinisierten Kreuzfahrer, die Marabus der Professorengelehrigkeit. Was hofften sie, hier zu finden, das sie nicht anderswo genauso gut würden finden können? Benda war im Gegensatz zu den anderen nicht der Meinung, dass sich die Zustände hier wesentlich von denen daheim unterschieden. Sie waren in ein Land geraten, dessen Dörfer wie die ihren geteilt, dessen Familien wie die ihren auseinander geschnitten waren, und während er angesichts der Stahlbetontürme von Skopje noch bereit gewesen war, den hiesigen Menschenschlag um seine Forsche zu beneiden, spürte er, wie ihn seine Gastgeber bemitleideten. Während eines ihrer Ausflüge, der sie bei Ohrid ins Kloster des Heiligen Naum führte, wollten sie unbedingt die albanische Grenze sehen, sie hätten sie ums Verrecken nicht missen mögen. Hoxhas Reich der Shqiptaren kam, schon wegen des Klanges, von jeher eine schmückende Rolle in der cantus-choralischen Philosophie zu, denn hier lag ihr gedachter Ursprung (schlichtweg aus Jux und

Dollerei), und das Prinzip der KUGELUHR erschien ihnen so albanisch wie nichts sonst auf der Welt. Die asphaltierte Straße von Ochrid her endete plötzlich und mündete in einen sich mehr und mehr verjüngenden Feldweg voller Sand, der zu gelben Schildern führte, auf denen rot »Achtung! Grenzlinie!« geschrieben stand. Spane, der Gitarrist aus der Folkloregruppe, der ein paar kräftige Brocken Deutsch radebrechte und deshalb zum Dolmetsch gekürt worden war, redete ihnen, bevor er sie mit sich alleine ließ, ins Gewissen, die Grenze sei, entgegen allem Anschein, gut bewacht, und die Albaner seien flink im Gebrauch der Schusswaffe. Als drei Jahre zurück der Vorsitzende des Ochrider Gebietskommitees mit zwei Freunden zum Fischen auf den See hinaus gerudert sei, um die forellenähnliche, beigefarben grundierte und rot und schwarz gesprenkelte Pastrmka zu fangen, sei unvermittelt schlechtes Wetter aufgezogen und das Boot nach Westen abgetrieben. Da habe, in Erwartung der tödlichen Schüsse vom jenseitigen Ufer, nicht Fluchen noch Beten geholfen. Im letzten Augenblick habe sich der Vorsitzende des Ochrider Gebietskommitees eines Sauffliedes entsonnen, das auch sein albanischer Kollege kennen musste, weil er es ihm Jahre zuvor auf einem Lehrgang beigebracht hatte. Er habe es, so laut er vermochte, geträllert, und allem Anschein nach habe es der albanische Grenzposten, Strophe für Strophe, durchs Telefon ins Hinterland synchronisiert. Zum Glück habe der albanische Kollege das Lied erkannt, was den verirrten Hohen Fischern zweifellos das Leben rettete.

Benda war die Anbiederei, die ihm vom Programmzettel entgegensprang, zuwider. Was Küster als Höflichkeitsgeste dem Publikum gegenüber auslegte, nämlich vier Titel eines Tonsetzers ins Programm aufgenommen zu haben, der Jugoslawe gewesen sein soll, bewies in Wirklichkeit, wie angestrengt man nach einer Rechtfertigung suchte. Jener Jacobus Gallus, der eigentlich Jakob Petzlin hieß, aber an der Mode, die Namen zu latinisieren, nicht vorbei gekommen war, hatte zwar die meiste Zeit seines Lebens in Olmütz und Prag zugebracht, aber er war wenigstens in Reifnitz geboren, im Krain. Ein Glücksumstand, der es erlaubte zu behaupten, er sei Jugoslawe, obwohl der Staat erst dreieinhalb Jahrhunderte nach seinem Tod gegründet wurde. Ein glänzendes Beispiel für die Theorie der BARTWICKELMASCHINE! Küster liebte solche intellektualistischen Spielereien. Benda las das Falzblatt mit Mühe, während im Fensterguckkasten mal Standbilder für die Helden des Partisanenkrieges (Bronze) auftauchten und mal welche der Arbeit (Kalkstein). Es bewies, dass auch ihre Gastgeber nach Gemeinsamkeiten geforscht hatten, die eine Einladung an die Ostdeutschen nachträglich rechtfertigten: In der Spalte neben dem Komponistennamen stand in kyrillisch-makedonischer Umschrift der umgelautete Originaltitel des jeweiligen Liedes zu lesen und darunter die Verdolmetschung, die Benda zumeist unfreiwillig komisch fand, zum Beispiel wenn der auch im Deutschen kaum noch gebräuchliche Stoßseufzer »wohlan« mit: »Da bidete bodri« übersetzt wurde.

Benda streckte sich auf die beiden Sitze seiner Bank lang hin, so gut es ging, den Rücken auf der einen, den Hintern auf der anderen Hälfte, die Beine angehockt, so dass die Knie spitz dem wackelnden Chassisdach entgegen ragten. Zäpfchen war als erste auf den Dreh gekommen und hatte sich noch in Skopje auf der hintersten Reihe unter dem Heckfenster breitgelümmelt, neben dem Kopf wie immer den weißen Plastebeutel mit dem, wie sie sagte, Unentbehrlichen. Seitdem pofte sie unter einer Kammgarndecke. Nur die kurz-geschnittenen Haupthaare schoben sich wippend aus dem Kopfende der Wollrolle hervor und zeigten an, dass da etwas Lebiges ruhte. Bendas Lageveränderung hatte, wie er bald bemerkte, einen verborgenen Sinn. Fortan war er nicht mehr gezwungen, in die Schluchten zu glotzen wie ein Lemming. Ihm öffnete sich der Blick in einen von Felsgraten, Baumwipfeln und Minarettspitzen durchzuckten Azurhimmel im Aluminium-passepartout. Der Fahrer knipste das Radio an. Aus einem

Minilautsprecher über Benda klirrte ein Klarinettensolo im 9/8-Takt. Häkel-Erna sprang gleich darauf an, obwohl sie gerade Notenblätter, raschelnde Fotokopien aus der einzigen Kopieranstalt der Bezirksstadt, sortierte.

»Ah«, rief sie kennerisch, »bulgarischer Rhythmus!«

Sofort fegte Küster dazwischen wie mit flammendem Schwert.

»Wirst du wohl!«, schnauzte er sie zwischen den straff gespannten Lippen hervor an. »Von wegen bulgarisch!«

Er wedelte mit den Fingern der flachen Hand vor der Stirn und war wohl mehr erschrocken als wütend. Sein besorgter Blick in die Runde, mit dem er die Weite des Niemandslandes um sich herum abmaß, war überflüssig, der kraftsportgestählte Spane fehlte im Bus, denn man schrieb Samstag, und samstags arbeitete Spane nicht - ein Prinzip, das auch Gästen zuliebe nicht gebrochen werden durfte. Spane würde den Kammerchor am Ochrid-See empfangen, am Sonntag und als reüssierender Privatmensch. Erna war eingeschnappt. Was sie auch sagte, immer fassten es alle falsch auf. Keiner mochte sie für voll nehmen. Alles an ihr schien Anlass zu Spott zu geben, wenngleich sie doch meinte, verlangen zu dürfen, dass man sie als eine Respektsperson ansah, weil sie und keine andere es war, die zu jedem Auftritt von der Stimmgabel die Töne für die Einsätze abnahm. Jetzt häkelte sie wieder, trotz der Schuckerei. Der Fahrer, der den Aufruhr hinter seinem Rücken wohl bemerkt, zumindest aber das Wort ›bulgarisch‹ annäherungsweise geortet haben musste, glaubte wohl, sich der Fremden erbarmen zu müssen und kurbelte so lange am Senderwähler, bis er eine Musik fand, die er ihrer für angemessen hielt. Dem Knacken und Rauschen und der meeresgleich anflutenden und wieder verebbenden Lautstärke nach zu urteilen, hatte er einen Sender auf Kurzwelle erwischt. Ich will den Kreuzstab gerne tragen.

Vor Jahr und Tag, in Baschkirien, als die Sängerinnen und Sänger in ihren renaissancenen, bordeauxroten Seidenkleidern und den rabenschwarzen Kellner-Smokings verloren auf der Bühne eines dörflichen Kulturhauses herumstaksten wie die Haubentaucher, während die Zuschauer, von den Schlammfeldern eintrudelnd, in Barchenthosen und Gummistiefeln misstrauisch die Klappstühle zu besetzen begannen, begriff Benda schlagartig, was bürgerliche Kunst ist und wo sie endet. Wo sie am Ende ist. Zu allem Überfluss verhöhnten sie das willige Publikum, indem sie ihren Chorgeist SPOK als den Autor eines der Titel ansagten, wissend, dass die da unten im Saal keine Ahnung von den toten ausländischen Komponisten hatten. Dass sie sich im Sar-Gebirge Vergleichbares leisten würden, stand nicht zu erwarten, obwohl sie auch hier nichts verloren hatten. Oder doch etwas: eine Zukunft, wenn auch nur eine vage. Ich will den Kreuzstab gerne tragen, / er kommt von Gottes lieber Hand. / Der führet mich nach meinen Plagen / zu Gott in das gelobte Land. / Da leg' ich den Kummer auf einmal ins Grab, / da wischt mir die Tränen mein Heiland selbst ab. Der Busfahrer konnte sich nichts dabei gedacht haben! DAS GEHOER sang mit, obwohl es sich um eine Basspartie handelte. Zum Gaudi aller stand er breitbeinig mitten im Gang und übte sich in ausladenden Schmierenposen. Er arbeitete schwer an dem Bild, das die Alteingesessenen sich von ihm machen sollten, war aber offensichtlich auf dem besten Wege, es zu schaffen. Ein Schalk hält's mit dem anderen. Benda sah nicht mehr hin. Nicht alles wollte er sich kaputtmachen lassen. Flehentlich dachte er an das, was er im Seminar gelernt hatte, nämlich wie in der Solokantate vor jener Note, unter der das Wort ›Kreuz‹ geschrieben steht, in der Partitur auch ein Kreuz hingesetzt ist als ein Erhöhungszeichen. Nach einem g-Moll-Quartsext-Aufgang folgt cis, wo ›c‹ zu erwarten wäre. Die übermäßige Sekunde spannt die Melodie wie einen Bogen an einer Sehne. Nur der Grundton der Dominante, auf den, wie man im Nachhinein erleichtert wahrnimmt, das Cis leittönig zielt, rettet das Thema vor der Verflüchtigung. Es gilt, eine Last zu tragen, und dann sogleich, sie gerne zu tragen in gutem Glauben.

Der Notenwart Wanke, aus einsichtigen Gründen mit dem Spitznamen Wampe bedacht, hatte sich auf dem Beifahrersitz niedergelassen, wie er auf Reisen gerne tat, und war auf diese Weise in die Rolle eines Ersten Offiziers geschlüpft, mit nautisch rasterndem Blick die Fährnisse von seiner Crew fernzuhalten. Er bedeutete dem Automobilisten neben sich gestenreich, dass er sich zu erfrischen wünsche und es sich angelegen sein ließe, nach einem geeigneten Rastplatz Ausschau zu halten. Niemand sonst vermochte so viel Lärm um Nichts zu machen wie Wanke, wenn sein Zeigearm gleich einem Propeller vor der Windschutzscheibe umherfuhrwerkte. Das Manöver beim Ausscheren aus der Spur kam für die Insassen des Busses dann so unerwartet, dass ihre Körper für ein, zwei Sekunden gegen die Bordwände zentrifugiert wurden. Nur Zäpfchen reagierte mit keinem Muskelzucken und schien (beneidenswert!) weiterzuschlafen. Nachwippend hielt der Bus auf einem kleinen Parkplatz. Ringsum verkarstete Gebirgskuppen, darunter Weidenhänge, über die hinweg der Wind auffrischte. Allen fröstelte, als sie, kreuzlahm, ausstiegen. Nach der trockenen Luft im Bus strömte Benda der klare Äther von draußen wie flüssiges Gas in die Höhlungen von Mund und Nase bis hinab in die Verästelungen der Bronchien. Abermals dachte er und heftiger als zuvor: Trinken! An der Felsseite des Plateaus, zwischen Zedern und schuppigen Zypressen, gab es eine überschattete, feldsteinummauerte Quelle, die über ein angerostetes Eisenrohr aus dem Berg heraus in ein kleines Basaltbecken geleitet wurde. Das Becken war ohne Abfluss, das Wasser, das rastlos über die Wandung schwappte, netzte in verschwenderischer Freigebigkeit die Steinplatten in der Felsnische und sogar den Straßenasphalt. Benda trank von der Quelle, deren eisiges Kristallwasser er in der löchrigen Schale seiner gewölbten Hände auffing. Linderung aber wollte das Nass nicht bringen. Bendas Rachen glühte wie ein aufgeheizter Ofenzug, auf dessen Schamotten die Wassertropfen verdampfen, noch bevor sie gänzlich aufgetroffen sind. Auch Wanke klagte metaphernreich und manch einer der anderen. Als wären alle von einem Bazillus befallen. Benda glaubte sogar, seine Stimmbänder erlahmen zu hören, als er dem Manager Bescheid sagen wollte, er könne an die Quelle herantreten. Er schrieb es dem Umstand mittäglicher Mattheit zu, der, wie er hoffte, in ein paar Stunden verwehen würde wie die Hitze. Komm, o Tod, du Schlafes Bruder, komm, und führe mich nur fort; löse meines Schiffleins Ruder, bringe mich an sichern Port. Durch den Choral gleichsam auf einer Treppe abwärts schritt der Busfahrer über die Straße hinweg, dorthin, wo alle Farben von der Sonne ausgeblichen waren und einem das Licht in den Ohren rauschte. Den Sängerinnen und Sängern gegenüber parkte ein griechisches Taxi, umgürtet mit Kisten und Koffern, auf dem Gepäckträger des Daches hingen zwei abgeschabte Ledersessel über den Rand wie die Stutzrohren eines Koalabärs. Das Automobil bockte, sein Kühlwasser kochte. Taxifahrer und Passagiere warteten, Taschentücher auf den Köpfen, den natürlichen — aber unter den gegebenen Umständen langatmigen — Prozess der Erkaltung ab. Alle Sieben lehnten an dem Fahrzeug und rauchten Zigaretten, die sie sich freihändig drehten. Der Busfahrer trat zu ihnen. Mitfühlend wies er auf die aufgeklappte Motorhaube mit dem Dampfpolster und schnitt eine Grimasse. Auch diesmal verlor er kein Sterbenswort. Seit man in Skopje losgefahren war, schwieg er. Der Taxifahrer breitete ratlos die Arme und schwieg seinerseits. Was hätte man dazu auch sagen sollen. Der Taxifahrer bot dem Busfahrer eine Zigarette an. Der Busfahrer beugte sich nieder, um neugierig die Aufschrift auf dem blechernen Tabaketui zu beäugen, aber dann fingerte er, eher verdrießlich, einen Glimmstängel aus seiner eigenen Pappschachtel hervor, die er in der Brusttasche des Hemdes mit sich trug. Er lehnte sich neben dem Taxifahrer ans Chassis und rauchte. Es mag, wer da will, dich scheuen, du kannst mich vielmehr erfreuen. Ein Gespinst aus Oboen, Violinen, Taillen, Violen, Cello, Fagott und Cembalo, darüber die menschlichen

Stimmen, unentschieden schwankend zwischen Dur und Moll. Zum Schluss doch eindeutig Dur. C-Dur. Ausgerechnet C-Dur, das kernige, kühne, jupiterhaft Tat und Kraft strotzende, das man wohl gerade deshalb in der Kirche verpönte, man bevorzugte das Äolische. Bachs Kantate schließt mit dem Wort JESULEIN. Das passt nicht, fand Benda. Die Fermate über dem Tonika-Dreiklang brach ab, zurück blieb statt des Klanges ein Geräusch: Das Zischen des verdampfenden Kühlwassers. Alles sonst hatte sehr still sein müssen, sehr unbeweglich, damit das zu hören war. Küster gab der Stille eine Bedeutung. Wohl weil er befürchtete, der Busfahrer könnte rauchend und wartend die teure Zeit des Ensembles verplempern, so dass man zu spät zum Auftritt käme, schritt er auf die Menschentraube am Taxi zu. Soeben hatte er — seit kurzem Kleinwagenbesitzer mit Fahrerlaubnis (noch hieß es aus Gründen mangelnden Vertrauens in die politische Korrektheit nicht wieder Führerschein) — beschlossen, die Eingeborenen mit dem ostdeutschen Trabant-Knowhow zu beglücken.

»Halt!«, rief er von weitem und auf Deutsch.

Das schneidende Kommando verfehlte seine Wirkung nicht, es war ein Deutsch, wie es den Einheimischen noch immer durch Mark und Bein blitzte. Küster hielt stur auf die Autoschnauze zu. Alles wandte sich ihm zu. Dem Taxifahrer furchten sich zweiflerisch die Augenbrauenwülste. Als Küster immer näher kam, warf der Grieche die Zigarette fort und streckte abwehrend die Hände von sich.

»Heiß!«, kreischte er, auch auf Deutsch.

Jetzt zückte Küster ein Schnupftuch, das er im Gehen aus seiner Hosentasche hervor zupfte. Der Grieche ahnte Böses. Er wagte, da er gewiss mehr um sein Auto und das Handgeld seiner Passagiere als um das Wohl des fremden Aufdringlings fürchtete, einen erneuten Einwand, diesmal in seiner Muttersprache, die den Ostdeutschen noch fremder war als das Russische, und obwohl es sich dabei ganz offensichtlich nicht um ein frommes Gebet handelte, klang das Wort doch wie in klassische Bühnenhexameter gemeißelt, so dass Küster keine Veranlassung sah, von seinem Vorhaben abzulassen. Dem Griechen blieb nichts anderes übrig, als seine Passagiere hinter dem seitlich ausgestreckten Arm wie hinter einer Schranke vom Ort der Gefahr wegzudrängen. Geduckt gingen sie hinter dem Basaltbecken der Quelle in Deckung. Nur die Stirnen und Augen lugten über den Rand, und links und rechts davon krallten sich die Waschbrettreliefs der Fingerklammern um den steinernen Sims. Inzwischen hatte sich Küster darangemacht, den Kühlerverschluss zu lösen. Seine Gefolgschaft harrte, ebenfalls halb in Deckung, aber in Nähe des Busses. Küster schraubte. Da schlug das Deckblech hoch. Küster zuckte zusammen und riss die Hand zurück. Im selben Augenblick entlud sich wie aus einem isländischen Geysir die geballte Ladung des siedenden Wassers stäubend auf den Lack. Die Wucht der Druckwelle schleuderte den Kühlerverschluss beiseite. Scheppernd fiel er auf dem Straßenasphalt nieder, rollte auf seiner schmalen Wandung ein Stück hangabwärts, drehte ein und kam trudelnd auf der Unterkante zum Liegen. Im Gänsemarsch traten die Griechen aus ihrem Behelfsbunker hervor, der Taxifahrer vorneweg. Angriffslustig hielt er den Kopf zwischen die Schultern gezogen. Der makedonische Busfahrer verdrückte sich. Die Hände in die Hosentaschen gesteckt zum Zeichen seiner Kampfunfähigkeit oder Prügelunlust, ein Lied auf den Lippen gepfiffen zum Beweis seines Unbeteiligtseins, schlenderte er in Richtung seiner Chauffeurskanzel. Küster, der nicht wissen konnte, dass für die Griechen jetzt erst die Tortur beginnen würde, obwohl sich der Geysir allmählich leersprudelte, klaubte die Blechkappe auf und wies sie vor wie eine Trophäe. Der Taxifahrer jagte sie ihm ab. Der Busfahrer hupte. Der Taxifahrer prüfte das Gewinde der Schraubkappe. Der Busfahrer hupte erneut. Der Taxifahrer fand eine Delle und zeigte sie Küster, anklagend. Dem verging endlich das Grinsen. Indem er unmissverständlich die Kuppen von Daumen und Zeigefinger aneinander rieb und gleichzeitig den Kopf schüttelte, beabsichtigte er, dem Griechen klarzumachen, dass er keinen (wie er als alter Lateiner zu sagen pflegte) nervus rerum in der Tasche trüge. Da hupte der Busfahrer ein drittes Mal und dermaßen mahnend, dass die anderen die Lage ernst zu nehmen und sich drein zu schicken begannen. Während der Busfahrer den Motor startete, beobachtete Benda von seinem Sitzplatz aus, wie der Taxifahrer, der offensichtlich keine Kanister mit sich führte, einen Bastkrug ergriff, zum Quellbecken hastete und Wasser schöpfte. Eilig, weil das Gefäß die Flüssigkeit nicht gänzlich bei sich zu halten vermochte, lief er zurück zum Wagen, übergoss den Kühler oder was auch immer mit dem aufzischenden Nass, raste erneut zu dem Becken am Felsen, füllte den Krug auf, spurtete zum Wagen zurück, wobei das herab tröpfelnde Wasser seinen Weg entlang eine grau glänzende Spur zeichnete, wechselte den Henkel des Kruges von der rechten in die linke Hand, kroch, den linken Arm so weit ausstreckend, dass ihm das Wasser nicht die Sitzpolsterung nässte, hinters Lenkrad, drehte den Zündschlüssel, tippte mit den Zehen ängstlich aufs Gaspedal, beorderte mit herrischem Kopfschleudern einen seiner Passagiere zu sich, der sich mit dem Krug zu rüsten und dessen Inhalt bei laufendem Motor in die Rippenröhren zu kippen hatte, was er mit dem Ergebnis tat, dass der Motor wieder zu qualmen und zu husten anfing. Ein Sisyphos am Felsblock. Wie er dies alles genau so und nicht anders hatte kommen sehen, war ihm deutlich anzumerken und auch seine Verbitterung darüber, vom Schicksal, das nicht mehr griechischen Ursprungs war, gar zu schlecht behandelt worden zu sein. Unterdessen fuhren die Ostdeutschen los, so behutsam es ging, und zogen eine enge Wendeschleife um den Platz. Küster verkeilte sich in den Mittelgang zwischen den Sesselreihen und betrachtete die aristotelesche Tragödie nachdenklich.

»Die lernen das nie«, sagte er.

Mittlerweile fühlten sich Bendas Schleimhäute an wie von

Salzsäure und er begann, sich Sorgen wegen des Auftritts zu machen. Man überholte einen Konvoi, auf behäbig und unaufhörlich nickenden Eseln ritten die Männer, die Frauen trotteten hinterdrein. Wampe Wanke langte über die Lehne seines Sitzes, knuffte Erna und wies selbstgefällig nach draußen.

»Hier ist die Welt noch in Ordnung«, kommentierte er.

»Wer hindert dich auszuwandern?«, fragte Erna bissig.

»So omnipotent bin ich nicht«, erwiderte Wanke.

Daraus schnitzte DAS GEHOER, obwohl zwei Meter abseits, eine Omnibus-Potenz. Die Erheiterung war allgemein, wenngleich unverbindlich wie meist. Nichts trennt die Menschen mehr als der Sex. Wer weiß, vielleicht wäre ihnen das Lachen im Halse stecken geblieben, wenn sie damals schon geahnt hätten, dass DAS GEHOER rund anderthalb Jahre später mit Barbituraten vollgestopft werden würde. Am Saufabend zu seinem Einstand, vor den Pinkelbecken auf dem Klo, hatte er Benda lallend anvertraut, er — der Statik-Ingenieur — pflege nach Abschluss einer Projektierung seine Zahlen nie nachzurechnen. Wenn er's täte, würde er durchdrehen. Da könne alles stimmen bis auf die fünfte Stelle hintern Komma, aber wenn er erst einmal anfinge nachzurechnen, sehe er Fehler, wo gar keine seien. Sprach's und pinkelte neben das Becken. Dann wurde er trotzdem verrückt, nur dass es eine Weile dauerte, wie alles im Leben.

Wegen des Staubes und Sandes mussten sie die Schiebefenster des Busses geschlossen halten. Die Luft drinnen stand zwischen den Karosseriewänden wie ein Block aus Schaumpolystyrol. Gelegentlich trommelte Splitt in kurzen, prasselnden Wirbeln über das Glas. Benda legte sich wieder flach, weil das Sitzen so anstrengte, dass es ihm den Schweiß stoßweise aus den Poren pumpte. Küster zupfte dem, den sie ihren Manager hießen, der aber Kulturreferent beim Prorektor für Gesellschaftswissenschaften an der Universität war und für die Zeit des Auslandsgastspiels ihr staatlicher Aufpasser, am Kragen des Plaste-Hemdes, über dem er sogar im Bus noch das Jackett trug, und zog ihn mit sich fort durch den Mittelgang in Richtung des Hecks. In der anderen Hand, schützend gegen die Hüfte gepresst, trug er die beiden Bände, die er nach der ersten Honorarausschüttung am Stand vor dem Handels- und Geschäftszentrum in Skopje für einen Teil seines geschmuggelten Westgeldes erworben hatte. Neunundneunzig Stellungen beim Liebesspiel, reich bebildert, mit detailgetreuen Originalfotos. Auf der Heckbank stubste Küster Zäpfchen am Knöchel. Ohne sich die Mühe des Erschreckens zu machen, ohne die Augen auch nur wenigstens einen Spalt breit freizulegen, ohne das geringste Geräusch gespielter Entrüstung — gerade so, als ob es nicht nur schliefe sondern gleichzeitig seinen Schlaf auch überwachte — zog das Mädchen die Knie an den Solarplexus und krümmte die Wirbelsäule katzenhaft, unter dem Kopf den weißen Plastebeutel mit dem Unentbehrlichen. Erst jetzt fiel Benda auf, dass sich Zäpfchen sogar während ihres Stopps an der Gebirgsquelle nicht hatte blicken lassen. Die meisten tippten auf sonnabendlichen Liebeskummer (Spane war, wie gesagt, nicht zur Hand), ein paar wenige auf Salmonellen. Küster und der Manager beglubschten, blöd vor Geilheit, die Fotos und sahen dabei Karpfen nicht unähnlich. Küster stupste mit dem Mittelfinger, dem Ichling, verzückt auf die Wiedergabe einer doppelten Analstellung (Benda war herzu getreten), die offensichtlich einiges Training im Seitverhalten voraussetzte und wohl doch eher etwas für Akrobaten war. Erna häkelte. Wichtig ist, sagte sie, ohne von irgendjemandem gefragt worden zu sein, dass das erste Kreuzstäbchen einer Reihe anders gearbeitet wird als alle weiteren. Für das erste Kreuzstäbchen jeder Reihe häkelt man zu Beginn drei Luftmaschen, die ersetzen das erste Stäbchen. Dann schlingt man den Faden einmal um die Nadel, sticht in die dazugehörige Masche ein, holt den Faden durch und häkelt ein normales Stäbchen. Danach arbeitet man vier Luftmaschen ..., drei ..., vier ... und häkelt ein neues Stäbchen auf die beiden

Maschenglieder, die sich unterhalb des Kreuzungspunktes befinden. Aber Achtung! Diese Häkelart gilt nur für das erste Kreuzstäbchen ... Wanke hatte sich wieder des Beifahrersitzes bemächtigt. Als gebürtiger Böhme war er unersetzlich. Es hatte sich herausgestellt, dass das Makedonische dem Tschechischen nicht gar so fern stand und von ihm bruchstückhaft übersetzt werden konnte. Von seinem angestammten Platz neben dem Fahrer her winkte er mit Handzeichen nach Art der diatonischen. Er streckte den rechten Daumen ab, krümmte die übrigen Finger und führte die Hand, den Daumen voran, zum aufgerissenen Mund. Durst. Schon wieder? Benda, der das in seiner Sesselburg nur per Zufall mitbekam (er hatte sich, ermattet von den pornografischen Fotos, wieder fallen lassen), schüttelte den Kopf. Er führte nichts bei sich, nicht einmal Bier. Wanke verzagte. Küster und der Manager auf der hintersten Bank waren ineinander gesunken, Schulter bei Schulter, Küsters Lippen vor des Managers Ohr träufelten Wörter hervor, die Benda nicht verstehen konnte, aber der vertrauten Haltung nach zu urteilen, verhandelten die beiden nicht mehr über den Mattenkampf der Geschlechter, sondern sie wandten sich jenen protokollarischen Raffinessen zu, von denen die anderen immer erst dann Wind bekamen, wenn sie vor die vollendeten Tatsachen gestellt wurden.

Plötzlich ein Ruck quer durch die Kabine. Der Fahrer reißt das Lenkrad herum. Die Insassen schleudert's zur Seite gegen die Wand. Über das Blech der Karosse schabt kreischend ein zweites Metall. Vollbremsung. Der Bus bockt auf. Alle hebt es aus und nach vorn. Ein obrigkeitslästerlicher Fluch auf Makedonisch, der länger braucht, sich Bahn zu brechen, als der Reflex. Die Hinterräder knallen auf die Straße zurück, stauchen durch, federn aus. Jetzt ist sogar Zäpfchen wach und nölt. Küster neben ihr macht versehentlich einen Kniff durch den Cunnilingus. Dann noch ein empörtes Zischen der Pneumatik. Der Bus steht. Die Choristen liegen. Bevor der Fahrer irgendetwas anderes unternahm, vergewisserte er sich, dass ihm der verrückte Ostdeutsche mit der kleinkarierten Schiefermütze nicht wieder in die Quere kam. Er legte die Hand an den Türgriff und blickte sich über die Schulter hinweg nach Küster um. Dann kletterte er von seinem Plas-tethron, den Schaden zu begutachten und den (er sagte, wie Wanke flüsternd übersetzte: albanischen) Hundesohn, der ihn verursacht hatte, in den Schwitzkasten zu nehmen. Ein kleiner FIAT mit hiesigem Kennzeichen stand, die Motorhaube eingedrückt wie Knüllpapier, quer zur Fahrbahn am Heck des Busses, zur Metallfassung seines herausgerissenen Scheinwerfers hin führte, von der Tür des Busfahrers an, ein Schmiss. Der Fahrer des FIAT rappelte sich aus seinem Wägelchen hervor. Schuldbewusst blieb er gleich neben dem Fond stehen. Während er seinen Gegner taxierte, stützte er den abgewinkelten Arm beim Ellenbogen betont lässig aufs Dach des Chassis. Der Busfahrer hockte sich nieder, streckte den Arm unter die Bodenplatte seines Fahrzeugs und tippte mit der Hand prüfend auf ein langes Gestänge, das scheppernd auf und nieder wippte. Der Auspuff war aus der Halterung gerissen. Der Busfahrer machte kein großes Gewese. Jeder Depp wusste: Er war im Recht. Der schwächere Wagen hatte dem stärkeren nicht Platz gemacht, wie es Gesetz war. Ausweichen kann in den Bergen eben nur derjenige, der dazu in der Lage ist, also der Kleinere. So ist das Leben. Die Schwachen weichen. Nun galt es, praktische Regelungen zu treffen, bei denen Aufwallungen von Wut oder Rache nur stören würden. Zum Beispiel — Wanke übersetzte notdürftig nach Stichwörtern — war zu klären, wie man es mit der Polizei halten wollte. O Schreckenswort! Benda behauptet, noch heute den scharf näselnden Sensenton rekogniszieren zu können: »Policija!«. Bei diesem Wort schnellte der Arm des PkWlers wie von einem elektrischen Schlag getroffen vom FIAT-Dach. Wer rechnet denn gleich mit so was? Abwehrend streckten sich dem Anersuchenden die Hände, Innenflächen voran, entgegen: Erbarmen! Geheiligt sei dein Name!

Zäpfchen, schlaftrunken, zerknittert und verschrubbelt, kam nun mit etlicher Verspätung aus der Blechdose gekrabbelt, in der einen Hand den Plastebeutel mit dem Unentbehrlichen, in der anderen die Kammgarndecke, die sie hinter sich her schleifte, immer feste durch den Straßenstaub. Ins dröge Sein zurückgeworfen, gneiste sie in die Helle und fragte mufflig, ob hier schon Bitola sei. Sie werde noch mal ihre eigene Beerdigung verschlafen, lästerte der Manager und nahm, da er Delegationsleiter war und somit außerstande, den Gluckeninstinkt zu verdrängen, tadelnd die Decke auf, stäubte sie, der vermeintlichen Windrichtung und der Hälfte der Chorsängerinnen entgegen, ab, indem er sie wenige Male heftig auf und nieder stauchte, und legte sie sich, nachdem er sie provisorisch zusammengerollt hatte, wie ein Gaucho über die Schulter. Er zeigte zu den einstöckigen Häusern hinab, die am S-Kurven-Rand unterhalb der Unfallstelle einen Ortseingang markierten.

»Wird wohl so sein«, sagte er mutig.

In Bitola sollten sie den Auftritt haben.

»Ich geh mal pullern«, sagte Zäpfchen mit schlafschwerer Zunge.

Sie kraxelte die Böschung abwärts, den Plastebeutel vor den fetzenden Peitschenhieben der Strauchgerten hütend, indem sie ihn hoch über den Kopf hielt. Bald sank das weiß schimmernde Rechteck tief unters grünbraune Gestrüpp. Auf der Straße stank alles nach Benzin, das womöglich ausgelaufen war. Blieb zu hoffen, dass die Kleider im Laderaum an der Busunterseite davon nichts abbekommen hatten. Trotz der Gefahr, die offenkundig war, rauchte der Busfahrer eine Zigarette. Er beratschlagte sich noch immer mit dem FIAT-Fahrer. Dann wischte dieser in Brusthöhe mit den flachen Händen einen horizontalen Strich durch die Luft. Das mochte heißen: erledigt. Die Männer umarmten einander. Schmatze links rechts links auf die Wangen. Bald würde der FIAT-Fahrer ernsthafte Anstrengungen dahingehend unternehmen, seinen Wagen starten zu wollen. Der Manager blickte auf die Uhr. Er zelebrierte die Hilfswerk gewordene Zeit, schwenkte den Arm in demonstrativem Halbkreisbogen von außen herein, drehte die Knöchel des Handgelenks den Augen zu, lupfte das Ärmelende des Jacketts, fuhr den Kopf mit den Augen heran wie das Okular eines Mikroskops, seufzte beträchtlich: Die KUGELUHR lief. Höhere Gewalt hatte es (in der außercantuschoralischen Ideologie) nicht zu geben, also auch keine Rechtfertigung, die sich auf sie berief, so blieb nur noch, sich auf die KUGELUHR zu verlassen. Ein grandioser philosophischer Wurf. Ihm lag die im deutschen Staat der drei Großbuchstaben nicht ganz unbekannte Idee zugrunde, die Zeit zu überholen, ohne sie einzuholen. Ein Sänger, der am Tage eines Konzerts die Abfahrt des Konzertundgastspieldirektionsbusses verpasste, musste, wie immer er das anstellte, eher am Auftrittsort eintreffen als seine Kollegen im Bus. Das gelang lediglich unter Ausnutzung der reversiblen Zeit ›tr‹ von im positiv gekrümmten elliptischen Raum bewegten Bezugskörpern. Die zeitliche Veränderung der räumlichen Abstände ließ sich rechnerisch darstellen durch Isolierung des Strahlenfaktors ›R(t)‹, als einer Funktion der Zeit, aus der Formel: $ds^2 = c^2dt^2 - R^2(t) \times [dr^2 + r^2 (d\Theta^2 + \sin^2\Theta d\phi^2)]/(1 + kr^2/4)^2$, in der ›c‹ für die Lichtgeschwindigkeit steht, ›r‹ eine zeitlich unveränderliche, radiale, mitbewegende Koordinate und ›k‹ die Konstante (+1) der Raumkrümmung ist, während ›ds‹ das Intervall zwischen zwei Ereignissen bezeichnet. Welche Möglichkeiten es gibt, dass (je nach Bedarf) entweder ds^2 oder $R^2(t)$ nach 0 geht, mag jeder selbst ausknobeln, allzu viele Varianten kommen nicht in Frage bei den drei Konstanten in der Gleichung. Einmal haben zwei Bassisten mit Unterstützung des staatlichen Taxiunternehmens die Probe aufs Exempel gemacht, immerhin auf eine Entfernung von zweihundertfünfzig Kilometern, und der alte Kämpe Trusetal, der damals dem Kammerchor noch vorstand, bezahlte anstandslos die saftige Rechnung samt Leerfahrt zurück und Trinkgeld aus der Portokasse.

Der Busfahrer näherte sich hangabwärts dem ersten der Vorstadthäuser. Dort hatten sich bereits Neugierige aufgepflanzt, die ihm mitleidig die Hände reichten. Er bot ihnen, da es sich ausnahmslos um Männer handelte, Zigaretten an. Man bediente sich schweigend, dieser und jener steckte die Zigarette hinters Ohr. Unterdessen sprang in der anderen Beuge der Kurve der FIAT an, nachdem sich sein Fahrer dermaßen vorsichtig hinters Lenkrad geschoben und die Fondtür ins Schloss gezogen hatte, als wollte er eine Tonne Glyzerintrinitrat über den Schüttelburger Marktplatz kutschieren. Offensichtlich erläuterte der Busfahrer den Randstädtern soeben, welche Bewandtnis es mit dem Defekt an seinem Bus hatte. Jedenfalls ließ sich das aus den Verrenkungen schlussfolgern, mit denen er in die Hocke ging, um den knapp über dem Erdboden ausgestreckten Arm sacht auf und nieder wippen zu lassen. Zwischendurch zeigte er immer wieder in Richtung des Vorgartenzauns, der aus Aluminium wart. Kaum war der FIAT, stotternd im Schuldeingeständnis, davon gehoppelt, nickte einer der Männer, wohl der älteste. Daraufhin trat der Busfahrer an den Zaun und begann, einige der Drähte aus dem Maschenverbund herauszulösen. Die Randstädter scherten sich nicht mehr darum und schlurften, noch immer verkniffenen Angesichts, in ihre Häuser. Der Busfahrer kehrte mit dem Draht zurück und rutschte auf dem Rücken unters Gefährt, wobei die Zigarette an ein Kabel schlug und ihm Tabaksglut und Asche in den Ausschnitt des Hemdkragens stiebte, so dass er die Kippe verärgert durch die Lücke zwischen Busboden und Asphalt bis auf die Böschung schnipste. Seine Fahrgäste hielten den Atem an. Dann wand er den biegsamen Draht mehrmals um Auspuff und Halterung, bis die Rohre fest genug saßen.

Benda balancierte über die Plastebeutel und Leinentaschen und Fotoapparate und Wegwerfkrimis hinweg nach hinten zu seinem Platz. Mit flüchtigem Blick erfasste er, dass sich Zäpfchen mittlerweile vollständig unter die Kammgarndecke verkrochen hatte, und das bei dieser Affenhitze. Nicht einmal mehr ihre Haare lugten hervor. Vielleicht vertrug sie den Luftzug nicht, der jetzt kreuz und quer durch die geöffneten Schiebefenster herein wirbelte (noch hatte Küster nicht »Luken dicht!« befohlen). Man fuhr wieder. Die Straße spannte sich breiter als in den Bergen. Unvermittelt sang der Busfahrer ein makedonisches Lied. Benda kannte es bereits. Den Refrain hatte ihm Spane am Tag vorher beigebracht: »Scheiße, scheiß', mein Täubchen weiß, scheiß'!« Benda hatte keine Ahnung, was im Ernstfall damit anzufangen gewesen wäre. Erna lobte den Volkston, vermied aber den Begriff ›bulgarisch‹. Sie fand, obwohl sie kein Wort verstand, das Lied rührend, oder aber weniger das Lied als mehr den Sänger, der bei jedem Akzent den Kopf in den Nacken schmiss. Das galt für das erste Kreuzstäbchen. Für alle weiteren muss man sich eine andere Häkelart merken. Man schlingt den Faden zweimal um die Nadel, sticht ein, holt den Faden durch und mascht einmal zwei Maschen ab. Schlingt einen neuen Faden ein. Sticht ein. Holt den Faden durch und mascht nun zu je zwei alle auf der Nadel befindlichen Maschen ab, paarweise. Arbeitet dann zwei Luftmaschen…, eins, zwei… und häkelt das nächste Stäbchen wieder in die beiden Maschenglieder unterhalb des Kreuzungspunktes. Benda sagte:

»Gib's auf. Das lern' ich nie!«

Der Fahrer stand, wie der Manager es formulierte, mit Bleifuß aufn Klötzern. Man näherte sich dem Ortseingang. Die von Mauern aus lose übereinander gestapelten Feldsteinen quadratisch umgrenzten Gehöfte und Äcker wichen unmerklich tagelöhnerkatenhaften Reihenhäusern. Neben einem der letzten bäuerischen Anwesen mühte sich ein Wasserrad aus morschem Holz, dessen Schöpfräder aus Zinndosen gefertigt waren. Dahinter tauchten neuerlich Blechbüchsenstillleben auf: Blumentöpfe auf Balkonen, umrankt von Reklamebanderolen (aus Gewürzgurken sprossen Zitronenbäumchen). Es gab eben doch wenigstens zwei Leben. Küster hatte sich inzwischen neben Erna hingelümmelt, halb auf sie drauf, einen Arm um ihre Schultern gehakt, ein Bein übers andere geschlagen, und zurrte immer wieder an den Fäden, die von den Häkelnadeln herabzappelten, was er augenscheinlich witzig fand. Erna wollte Küsters Arm nicht dulden. Sie rollte die Schulterblätter, als juckte sie unterm Blusenstoff die Krätze. Küster hatte sie in den vergangenen Tagen schon mehrmals angeblafft. Das erste Mal in Skopje vor diesem skurrilen Wohnhaus. Mit einem ihrer makedonischen Betreuer von der Tanzgruppe, dem ein Auge fehlte, mussten sie an einem bestimmten Wohnhaus entlang, um zu der Baracke zu gelangen, in der das Folkloreensemble probte. Durch das Wohnhaus zackte ein Riss wie ein gefrorener Blitz diagonal von rechts oben nach links unten, das obere Geschoss war über dem unteren im Stück einen reichlichen Meter zur Seite weg verschoben. Da erinnerte sich Erna an das Erdbeben. Genau gesagt: daran, von einem Erdbeben hierorts gehört oder gelesen zu haben. Der Einäugige schwieg grundsätzlich, wenn man dieses Erdbeben ins Spiel brachte. Nur einmal wies er von einer Anhöhe aus auf den stillgelegten alten Bahnhof mit der weggebrochenen Hinterfront und der Normaluhr, die noch die Minute des Entsetzens anzeigte, 5:17 Uhr. Zwischen all dem Stahlbeton wirkte das geduckte Gebäude mit den unnützen Gleisen davor linkisch und fehl am Platz. Erna, das mitfühlende Wesen, sagte:

»Aber Sie sind wenigstens mit einem blauen Auge davongekommen ...«

So also hatte es angefangen, und jetzt legte Küster auch noch seinen Arm um Ernas Schultern! Den heimlichen Knuff von vor ein paar Tagen gab sie Küster jetzt offen zurück, indem sie ihren Ellenbogen gegen seine Magengrube hieb.

Der Bus stoppte vor dem Volkstheater in Bitola. Launig klatschte der Manager in die Hände, um seine Schäflein anzutreiben. Benda hasste dieses Gouvernantengehabe, das im Ausland skurrile Formen anzunehmen pflegte. Doch das Malheur am

Ortseingang hatte sie eine halbe Stunde gekostet. Nun blieb ihnen vor Konzertbeginn nicht mehr viel Zeit für eine Stell- und Akustikprobe. Spätestens da hörte jeder Spaß auf, in diesen Dingen waren sie pingelig. Sie pesten umeinander, ihren Krimskrams zusammenzuraffen, und standen sich dabei gegenseitig im Weg. Es hagelte erste Schelte, die bis zu dem Augenblick, in dem man durch die Gasse die Bühne betrat, nicht mehr verstummen würde. Benda sah voraus: Zu Trinken würde es wieder nichts geben. Bevor er die Kofferräume mittels des Vierkantschlüssels öffnete und die vier Klappen hochstemmte, stülpte sich der Busfahrer zwei Plastetüten als Handschuhe über. Hinter seinem gekrümmten Rücken pfeilte ein Wegweiser nach Südsüdost: »Athen 666 km«. Dann zerrten die Männer den zentnerschweren Schrankkoffer zur Laderaumkante vor, die Blechecken, die zur Versteifung über die Kofferkanten genietet waren, schrammten Schmisse in den Lukenboden. Wer konnte, drückte sich vor der Kuli-Arbeit. Im Besonderen mied man den Koffer Nr. 3, jenen mit den Notenmappen, das war der gewichtigste unter allen, da schützte man Bandscheibenschäden vor oder das Geschlecht oder man war plötzlich mit einer anderen diplomatischen Angelegenheit unaufschiebbar und auf höhere Weisung be- schäftigt. Notenwart Wampe Wanke, der sich die Koffer als Errungenschaft anrechnete, quittierte die Ausfälle von Verdruss mit weiser Nachsicht. Er entsann sich der Flüche aus jener Zeit, in der ein jeder seine Garderobe huckepack zum Auftrittsort buckeln musste, »am Mann tragen«, würde der Manager gesagt haben, wenn es ihn seinerzeit als Manager schon gegeben hätte. Ob die Koffer nun kamen oder gingen — die Meckerei blieb, und ein Ding, darüber zu meckern, sollte sich ohne Mühe finden lassen, was für eine Tragödie aber bei der Auswahl an Dingen, wenn man nicht meckern dürfte!

Trotz der Verspätung, was Wunder!, bewährte sich das Prin- zip der KUGELUHR. Exakt zur vorgesehenen Minute stand man zum Einsingen auf der Bühne. Wie gewöhnlich postierte sich der Chor im leicht geöffneten Halbkreis, so dass sich während des Konzerts die Außenstimmen, die Tenöre und Bässe, aneinander orientieren konnten, nicht nur akustisch, sondern auch, indem sie einander auf die Lippen blickten.

»Wo is'n Zäpfchen?«, fragte Erna leise, die ihre Nachbarin aus dem Sopran vermisste.

»Pennt wahrscheinlich immer noch«, sagte der DAS GE-HOER launig, »soll ich sie holen?«

»Ach was!« Küster winkte unwillig ab. »Auf diese Weise werden wir nie fertig.«

Da die Scheinwerfer, die später schmerzlich blenden würden, noch außer Betrieb waren, nahm man sogar schemenhaft Umrisse des abgedunkelten Zuschauerraumes wahr, eines im Bogen abschwingenden Zuckerdöschens mit barockhaft aufwulstenden Logen unter einem Dach, so niedrig wie in einer Bauarbeiterversorgungsfertigteilbaracke. Die Akustik war miserabel. In Fachkreisen spricht man von »trocken«. Küster, schamlos, von: »furztrocken«. Das Kopulativkompositum malträtierte Bendas Rachen. Sogar Erna, die sonst immer in allem maßhielt, kramte in ihrer Umhängetasche nach irgendeiner Erfrischung. Doch nicht einmal die parfümierten Zellstofftücher aus dem Flugzeug waren ihr geblieben.

Wie immer begann die Notenfeilscherei schon im Umkleideraum. Allen war eine Nummer zugeteilt (Benda die 16), die man neben der Katalognummer eines jeden Stückes, die rechts oben auf dem ersten Notenblatt vermerkt war, mit rotem Filzstift notierte, um spätere Verwechslungen auszuschließen, was von Bedeutung war, weil man voneinander abweichende Eigenarten hatte, sich Vortragszeichen ins Notenbild zu skizzieren. Natürlich wurden während der heimatlichen Proben die Notenkopien unter den Choristinnen gelegentlich ausgetauscht, wenn eine die ihre versimst hatte, manchmal auch wegen des Mangels an Exemplaren (Vervielfältigungen herzustellen, war seinerzeit ein geheimdienstlich beargwöhnter

Akt). Ebenso natürlich fanden die ausgeliehenen Kopien nur selten ihren Weg zu den eigentlichen Besitzerinnen zurück. Die Spätfolgen waren verheerend. Zu den Auftritten, meist zehn Minuten vor der Angst in der Garderobe, wenn es nun wirklich höchste Eisenbahn wurde, verlangten die Eigentümer, obwohl sie es besser wissen und jede unnütze Aufregung hätten vermeiden müssen, ihre angestammten Kopien zurück und zwar vom Täter unbekannt und deshalb stimmgewaltig, weil wenigstens zwanzig Verdächtige in Frage kamen. Nicht anders in Bitola. Alles ereiferte sich. Wenn erst das Korsett gefallen ist, wahrt das Fleisch keine Form mehr. Einzig DAS GEHOER aus dem Tenor machte eine Ausnahme — ein ruhender Pol im Magnetsturm. Gleich am ersten Abend der Tournee war ihm fürsorglich ein Notenblatt nach dem anderen zugeschanzt worden, die gesamte Repertoireliste rauf und runter, so wie man einer Diva hofiert, gnadenlos in der Verehrung. Benda hingegen vermisste einen Gallus (ausgerechnet das »Diffusa est gratia«, das »Ausgegossen ist die Gnade«) und vermutete es in der Mappe des Neuen, sprach den Verdacht aber lieber nicht aus, sondern rief nur so von ungefähr allgemein klagend in die Runde, ob jemand seine Noten gesehen hätte. Niemand ließ sich dazu herab, sich zu melden. Am erstaunlichsten war, dass etwas sogar wieder auftauchte. Erna verfügte plötzlich über zwei Monteverdi-Madrigalhefte. Deren eines, das sie signalisierend durch die Luft schwenkte, gehörte Zäpfchen, denn es trug die Nummer 8.

»Zäpfchen!«, rief Erna armwedelnd. »Zäpfcheeeen!«

»Vielleicht isse offm Klo«, sagte Wanke.

»War sie doch vorhin schon«, hielt Benda dagegen. »Gleich nach der Karambolage.«

Er suchte, um sich Beistand zu holen, den Blickkontakt zum Manager, von dem er wusste, dass auch er wusste. Die ersten drehten sich nach ihm um.

»Dabei hast du sie zuletzt gesehen?«, verhörte ihn der Manager.

»Nicht direkt. Ich glaube, sie ist danach wieder unter ihre stinkige Decke gekrochen.«

»Du glaubst?«

»Kontrolliert hab' ich's nicht. Nach dem Unfall lag sie jedenfalls genauso da.«

»Wer?«, fragte der Manager und klappte das Kinn herab. »Die Decke oder Zäpfchen?«

»Meine Fresse!«, sagte Benda erschrocken.

Der Manager schüttelte ungläubig den Kopf.

»Ich«, sagte er, »habe die Decke auf den Sitz zurückgelegt, weil die sie einfach auf die Straße hatte fallen lassen, diese Schlampe.«

Bendas Kehle schnürte zu. Der Manager räusperte sich. Dann hetzte er aus der Garderobe, vermutlich in Richtung des Busses. Benda versuchte zu schlucken und rief ihm hinterher:

»Sie hat ihren Beutel mit.«

Die ganze Mannschaft stand wie gelähmt. Küster begaffte seinen ersten Bass von unten herauf wie Odin den Urriesen Ymir, bevor er aus dessen Blut das Meer schuf. Benda fühlte sich schuldig. Er hatte Zäpfchen fortgehen sehen mit ihrem Beutel in der Hand und hatte sie nicht zurückgehalten, nicht einmal versucht, sie am Fortgehen zu hindern, nicht einmal jemanden darüber informiert. Wie oft war ihnen eingebläut worden vor Antritt der Fahrt, dass einer des anderen Auge sein müsse. Dass es geboten sei, niemanden ohne Begleitung dieses gefahrvolle Land durchstreifen zu lassen. Da kehrte, in das ratlose bis feindselige Schweigen hinein, der Manager zurück. Er schwitzte und hatte das Jackett ausgezogen, das er, mit dem Zeigefinger in der Aufhängelasche, über der Schulter hielt. Er sagte:

»Stimmt, sie hat ihren Beutel mit ...«

Der Theaterinspizient drängte devot händeringend auf den Beginn der Veranstaltung. Wanke übersetzte: Die Leute würden unruhig. Vor lauter Anstrengung, eine Entscheidung zu treffen, lief Küster violett an. Er nahm die Brille von der Nase und zwickte sich mit den Nägeln von Daumen und Zeigefinger in die Augenwinkel, als wäre sein Weitblick müde geworden und müsste aufgemuntert werden. Oder wollte er Tränen verstecken? Er wusste genauso gut wie alle anderen, was die Nachricht bedeutete.

»Ich will den Kreuzstab gerne tragen,
er kommt von Gottes lieber Hand.
Der führet mich nach meinen Plagen
zu Gott, in das gelobte Land.«

Aber alles hatte keinen Zweck mehr. Auch nicht, noch da hinaus zu gehen. Der Manager wischte sich mit einem Taschentuch den Schweiß vom Gesicht, dann krakelte er in ein kleines, ledergebundenes Buch Stichwörter, wie ein Journalist, der die Quintessenz einer Fachtagung auf gar keinen Fall verschusseln darf. Endlich nahm Küster die Finger von den Augennischen und setzte die Brille wieder auf. Er fuhr mit den Daumen unter die Seidenaufschläge seines Smoking-Sakkos. Die Berührung schien ihn elektrostatisch aufzuladen. Einstmals hatte der legendäre Trusetal sogar am Tag der Beerdigung seines Vaters dirigiert. Küster postierte sich vor der Tür zum Gang. Das bedeutete: Auftritt. Man kam, aus der Sicht der Zuschauer, von rechts auf die Bühne, also musste Wanke, der äußere der Bässe, allen voran, als Leichenträger, wie man wegen der Arbeitskleidung und der unwillkürlichen Steifheit in den Schultern über den Erbarmungswürdigen zu scherzen pflegte. Da dreht er unvermittelt seinen Kopf nach hinten und flüstert Benda entsetzt zu:

»Die CEWLE! Ich habe die CEWLE vergessen!«

KLEINER GRENZVERKEHR

Hinter der Empfangsdame hing ein weißes Emailleschild: »Wir sprechen Deutsch«. Die beiden gaben den Schlüssel ab. Das Hotel war für die Verhältnisse des jungen Mannes viel zu teuer gewesen. Er ärgerte sich, dass er sich darauf eingelassen hatte. Er verdiente nicht viel als Forschungsstudent an seiner Universität, nur fünfhundert DDR-Mark im Monat. Wegen der Kosten für das Zimmer hatte er sich jeden Tag einen Plan zurechtlegen müssen, wie viel Geld er ausgeben dürfe, um nicht plötzlich nackt dazustehen. Er selbst hatte nichts dabei gefunden. Er war es gewöhnt, mit seinen paar Kröten zu jonglieren. Nur seine Freundin hatte ihn hin und wieder gefoppt. Sie glaubte wohl, er sei in Wirklichkeit reich wie alle Deutschen, nur eben geizig.

Auf dem Weg hinaus gingen die beiden nicht nebeneinander, wie sonst, sondern hintereinander, die Frau vorneweg. Vorbei an den Fahnen, die in der Ecke der Vorhalle auf einem Podest zusammengebunden standen wie ein Strauß falscher Blumen. Die des Landes, aus dem der junge Mann kam, war nicht dabei, es gab zwar eine Flagge in seinen Nationalfarben, aber ohne Emblem.

Aus einem Lautsprecher am Eingang klirrte ein Volkslied, das man den Walachen zuschrieb. Die Frau summte es mit und blickte verträumt aus dem Fenster. Diese merkwürdig getragene Melodie verfolgte ihn, seit er im Lande war. Ein erstes Mal hatte er sie von einer Schallplatte gehört, als er die Frau, die noch bei ihren Eltern wohnte, zu Hause besuchte, in der Werkssiedlung des Dorfes, das weiß überkrustet war vom Zement aus der nahe gelegenen Fabrik. Ihr frühberenteter Vater hatte krumm in der winzigen Küche gestanden und Plinsen gekocht und die beiden jungen Leute hatten in der Wohnstube nebenan die Schallplatte aufgelegt. Die ganze Zeit wechselte die Frau kein Sterbenswort mit ihrem Vater. Nur einmal, als der Dampf von den Töpfen bis in die Stube fächelte, knurrte sie, mit einem verzeihenden Blick auf ihren Gast, verächtlich »Zlyhanie!«.

Draußen gaben die Vögel vor lauter Hitze das Singen auf. In der Stadt, um die herum sich auf ebenmäßigen, halbkugelförmigen Hügeln ein dichter Wald schloss, bewegten sich die Touristen in Zeitlupe und buchstabierten Getränkekarten. Bäuerinnen aus den Dörfern im Süden, gerüstet mit Tischen aus rohen Brettern und Sägeböcken, wurden ihren geräucherten Käse nicht los. Die Frau schob den jungen Mann in den Schatten der Arkaden, die sich im Rechteck um den Platz zogen. Sie beharrte darauf, dass der Baustil deutsch sei. Überhaupt brachte sie ihn gerne in Verbindung mit allem, was deutsch war. Sie sagte, sogar die Art und Weise, wie er sein Frühstück bereitete, sei deutsch. Jedes Mal versuchte er, den üblicherweise dicken Kanten Weißbrots mit Hilfe seines Frühstücksmessers in schmalere Scheiben zu säbeln, um die Wurst darauf zu legen. Das machte kein Slowake. Zuerst hatte sie das amüsiert. Zum Schluss schien es sie zu nerven. Er wollte nicht so deutsch sein. Er war stolz, wenn man ihn im Bus in der Landessprache anredete, weil man ihn für einen Einheimischen hielt. Dann nickte er vielsagend, in Ermangelung des Vokabulars, und hoffte, nicht enttarnt zu werden. Aber diese dicken Weißbrotscheiben kriegte er trotzdem nicht hinunter.

Schon vor ein paar Tagen hatte sie jemanden aufgetrieben, der einen Wagen fuhr, mit einem Nummernschild aus dem Land mit derselben Fahne, die aber kein Emblem hatte. Der Fremde bot sich an, die beiden ins nahe gelegene Gebirge zu kutschieren, wo sie ein Dorf ganz aus Holz besichtigten. Die niedrigen, quaderförmigen Blockhütten waren vom Sockel bis zum Dach bemalt. Weiße Farbe auf gebeiztem, dunkelbraunem Holz. Die Fensterläden mit Schnitzwerk beladen, als wären sie gehäkelt. Die Frau und der Fremde hatten viel Spaß. Sie lachten und hörten gar nicht wieder auf damit. Der junge Mann stand mit versteinerter Miene daneben. Diesmal war er es, der übersetzen musste, ins Hochdeutsche, weil die Frau den

Fremden noch weniger verstand als ihn. Auch er hatte Mühe. Ihm war der bayerische Dialekt zwar bekannt, aber nicht geläufig. Nach einer Weile begann er, über das Nobelauto zu meckern. Später meckerte er über den Chauffierstil des Fahrers. Zum Schluss meckerte er über die Frau, die ihm so jemanden zumutete. Sie wisse wohl nicht, dass er damit in Teufels Küche kommen könne. Die Frau verleierte die Augen. Am Ende des Dorfes sagte sie dem Fremden, er solle anhalten und ihren Freund rausschmeißen.

In der blinkenden Metallverkleidung einer Modehausauslage betrachtete sich die Frau, wie sie sich entgegenkam. Gedrittelt erst in Kopf, Rumpf und Beine, zusammenhanglos die schwimmenden Konturen, dann schief ineinander wachsend die Gliedmaße, wie aus Draht gebogen. Sie musterte sich mit einem Anflug von Wohlgefälligkeit und Stolz. Er habe noch gar nichts gesagt, sagte sie. Er verstand nicht. Enttäuscht zog sie eine Schnute. Es war das erste Mal, dass sie ein Kleid trug. Sie hasste Kleider. Er wusste weder, warum sie ausgerechnet an ihrem letzten gemeinsamen Tag eines trug, noch woher sie das Geld dafür hatte. Als er sie danach fragte, sagte sie, das gehe ihn nichts an. Da ahnte er, woher das alles kam. Bei dem Gedanken krampfte sich ihm der Magen zusammen. Jetzt drehte sich die Frau von der Metallplatte weg und sah, noch in der Wendung begriffen, wie ihre Gliedmaße in alle Richtungen auseinander flossen und sich dreiteilten, bevor sie dem Blick entschwanden. Auf der spiegelnden Fläche ein wolkenloser Himmel.

Nebenan in dem Vináreň, einem Kellergewölbe mit dem freimütigen Versprechen unverputzter Feldsteine, setzten sie sich an einen kleinen, blanken Holztisch mit zwei Stühlen. Sie tranken einen halben Liter sauren Weißweines und aßen gebrannte und gesalzene Mandeln dazu. Später, zum zweiten halben Liter, bestellten sie sich Tatársky Biftek mit auf dem Herd geröstetem Weißbrot. Wann sein Zug gehe, fragte die Frau. Der Mann trank gierig. Srdcem — krpcem, fiel ihm plötzlich ein. Beinahe hätte er lachen müssen oder heulen.

Unlängst waren sie in einem schrottreifen Bus gefahren, der mit Passagieren so hoffnungslos vollgestopft war, dass die Fenster geöffnet werden mussten, damit sie ein paar Arme und Köpfe hinaus halten konnten, die drinnen keinen Platz mehr fanden. Stundenlang waren sie über Land bis in ein Tal gezuckelt, wo es zu Ehren des grandiosesten aller Räuber, Janošik, den Helden der Berge, ein Happening gab. Dutzende Sänger, durchweg Männer. Irgendwann an diesem Tag war von der kleinen Freilichtbühne im Tal ein Reim den riesigen Wiesenhang hinauf geflogen. Die tausenden Menschen, mit denen die sanft ansteigende Böschung übersät gewesen war und die inmitten ihrer Picknickkörbe gehockt hatten, während sie unentwegt hinunter zu dem mückenkleinen Mann mit dem Akkordeon starrten, hatten sich vor Begeisterung auf den Rücken geworfen, als sie von der scharfkantigen, schneidenden Pointe des Reims getroffen wurden: Srdcem — krpcem. Deine Liebe drückt mein Herz wie der Schuh die Blutblase am Zeh.

Er könne auch erst morgen fahren, sagte der Mann halbherzig. Oder noch später. Sein Doktorvater wolle ihn erst in drei Wochen sprechen. Er solle nicht albern sein, sagte die Frau. Sie sprach das L dunkel aus, indem sie die Zunge nach unten wölbte. Er liebte es, wenn sie das L so aussprach. Oder die E's in »gehen«, die wie offene Ä's klangen. Manchmal ertappte er sich dabei, wie er sie nachahmte. Das war aber nie böse gemeint. Hingegen wenn sie ihn nachahmte, war er sich nicht immer sicher. Als er ihre Hände fassen wollte, die verschränkt auf dem Tisch ruhten, nahm sie sie fort. Zum Glück bin ich vernünftig, dachte der Mann. So vernünftig wie nichts sonst auf der Welt. Er zahlte. Obwohl es sich nur die Gewinner leisten konnten, großzügig zu sein, überhäufte er den Kellner mit Münzen, weil er sie zu Hause nicht umtauschen konnte. Kühl dämmerte die Nacht herein. Aus dem mannshohen Fenster einer Werkstatt, durch das man einen Fahrradmechaniker beim Aufziehen von Speichen beobachten konnte, plärrte aus einem Lautsprecher wieder dieses Volkslied der Walachen. Damals, vor dem Plattenspieler, hatte es ihm die Frau übersetzt:

Ich flehe deine Mutter an, dich mir zu geben.

Wenn sie dich mir nicht geben will,

Soll sie dich auszustopfen,

Und über dem Haustor annageln.

Eine Weile summte sie die Melodie mit. Doch dann plötzlich drängte sie zum Aufbruch, weil sie befürchtete, er werde seinen Zug zu verpassen, für er doch eine Schlafwagenkarte gekauft hatte. Beim Abschied umarmten sie sich nicht. Während er den Weg zum Bahnhof nahm, ging sie zum Dukla-Platz, wo der Wagen wartete. Am Springbrunnen wandte sie sich noch einmal um und rief etwas, das er nicht verstand. Er dachte an die Länge der Bahnfahrt. Zwölf Stunden, die ihm eine Last waren. Wahrscheinlich würde ihm seine Freundin bald schreiben. Wie stets würde sie auf der Rückseite des Briefs die Lasche, von der er verschlossen war, mit ihrem Namenskürzel versehen, damit im Fall, es fände sich ein Klebeband darüber, klar war, dass ihn zwischendurch jemand geöffnet hatte.

Samstag im Hinterhaus war die Hauptsicherung durch-
gebrannt. Wie üblich samstags, vor allem dann, wenn im
Freien weniger als zehn Grad Celsius herrschten. Nicht nur,
dass Fernseher, Waschmaschinen und Bügeleisen an den
achtzigjährigen, verrotteten Leitungen hingen (sogar Koch-
platten, denn einen Gasanschluss gab es nicht), sondern der
Stinkpreuße unter Wilhelm August Volckmann hatte keine
Kohlen im Keller, heizte folglich mit Strom, und dergleichen
hält so ein verrotteter Kreislauf nicht aus. Was tut er? Er bricht
zusammen.

Die Rietz aus der Wohnung genau über Volckmann lehnte
wie immer bei derartigen Katastrophen am Treppengeländer
im Flur. Rollkragenpullover als Kleid, darunter vermutlich
nichts außer sich selbst.

»Wollt mir gerade'n Tee einpfeifen«, sagte sie und wartete ab.

Mit der Hauptsicherung war das so eine Sache. Um sie auszuwechseln, musste man über den Hof ins Vorderhaus bis in
den dritten Stock zum Hausbuchverwalter, dort klingeln und
sich den Schlüssel für den Zugang zu den Kellern aushändigen
lassen, dann runter und die Leidensgefährten aus dem ersten Stock rausklingeln, weil bei denen im Kabuff dieser
olivgrüne Metallkasten mit den Haushaltssicherungen hing,
was alles die Rietz bewog, sich bei Stromausfall regelmäßig
am Treppengeländer (strategisch günstigstem Standort) ein-
zufinden und abzuwarten, ob die Rollenverteilung der Geschlechter, die ihr ansonsten lästig war, nicht vielleicht doch
noch funktionierte. Das allerdings tat sie fraglos. Auch Volckmann sorgte dafür. Ihm war die Rietz auch immer sehr zu
Dank verpflichtet. Wenn der auch nicht zum Äußersten führte,
so förderte er doch wenigstens die Geselligkeit.

»Schon gehört?«, knautschte die Rietz zwischen ihren Kaugummi malmenden Kiefern hervor, »im Harz wird gerade 'n

Film über Münchhausen gedreht. Die machen auf Rokoko, wenn dir das was sagt. Mein Macker, was der Gerolf is', mimt dort den Regisseur.«

So sagte die Rietz, als bräuchte sie für Volckmann eine Prämie.

»Was du nicht sagst!«, sagte Volckmann.

»Glaub's oder glaub's nich'«, sagte die Rietz und stabili-sierte die Hüfte. »Is' ,ne Koproduktion. Volkseigene Filmaktien-gesellschaft mit befreundeter sowjetischer Kooperative, einmalige Gelegenheit. Haste Lust?«

»Lust wozu?«, vergewisserte sich Volckmann vorsichtshalber, freilich mit zittriger Stimme.

»Mitzumachen«, sagte die Rietz, »bei denen«, und lächelte.

»Warum fährst'n nich' selber hin?«, fragte Volckmann.

»Ich kenne jemanden vom Drehstab.«

»Na, dann gerade.«

»Er will nicht, dass es nach Protektion riecht.«

Wilhelm August Volckmann kam ins Grübeln. Protektion, das war etwas für die größeren Beträge, also ganz nach seinem Geschmack. Schon immer fühlte er sich zu Höherem berufen, als dazu, samstags im Hinterhaus einer mitteldeutschen Mietskaserne Haushaltssicherungen auszuwechseln, damit es in den Krauttöpfen weiterdampfte. Während er darüber nachsann, blickte er wohl sehr inspiriert drein, denn die Rietz versorgte ihn sogleich mit Instruktionen:

»Gehste zum Gerolf, was mein Macker is', dem sagste, kommst von meiner Wenigkeit. Brauchste erst Mittwoch hingehn, wenn's ärgste Gedränge vorbei is'. Der deichselt das. Möglich, du kriegst sogar 'nen Satz zu sprechen. Kannste Russisch?«

›O weh‹, dachte Volckmann eingeschüchtert, ›aber den einen Satz wirst du notfalls hinkriegen.‹

»Woran wäre denn der gute Mann zu erkennen?«, fragte er.

»Bürste«, antwortete die Rietz und strich verbildlichend mit der flachen Hand über den Schopf, als trüge sie einen Hahnekamm.

»Gut. Ich verlass' mich drauf«, sagte Volckmann,

Dessen sonstige Unternehmungen waren gescheitert oder, wo doch nicht gescheitert, hatten sie gar nicht erst stattge-funden. Zuerst war er Bäckerlehrling gewesen, aber gleichzeitig auch Langschläfer. Den klassischen Konflikt zwischen gesellschaftlichen Pflichten und persönlichen Neigungen löste er, indem er eine Karriere als Beifahrer eines Leichenwagens begann. Von der Branche versprach er sich nicht nur die übliche Krisenfestigkeit, sondern auch eine gehörige Portion gesellschaftlicher Gelassenheit. Doch sein Enthusiasmus währte nur ein reichliches halbes Jahr, dann blieb ihm - seiner zarten Besaitung wegen – nichts anderes übrig, als zu passen. Aus Gründen sich auf dem Lohnstreifen auszahlender Berufserfahrung blieb er Beifahrer, wechselte jedoch die Firma in der Hoffnung auf etwas längere Touren. Diese Hoffnung zerschlug sich in gewisser Weise. Die Touren der »Großhandelsgesellschaft Obst Gemüse Speisekartoffeln« waren zwar länger, führten ihn aber keineswegs weiter weg. Über Großheringen kam er nie wesentlich hinaus. In der Folge seiner häufig wechselnden Berufsverhältnisse, wie es amtlich hieß, galt er eine Zeitlang als sozial schwieriger Fall und stand unter Beobachtung. Seine nunmehr bevorstehende ruhmreiche Versetzung zu den Kleindarstellern empfand er als eine Art Beförderung oder als eine Erziehungsmaßnahme auf höheren Wink. In der Leichenhalle hatte er einmal einen Satz von Heinrich Laube gelesen: »Ich bin mit lauter Kreaturen eines höheren Winks umgeben ...«

Zu Wochenbeginn traf Volckmann am Ort des Geschehens ein, einer uralten Kaiserpfalz, die unzähligen Filmen, die im Mittelalter spielten oder doch wenigstens nicht in der Gegenwart, als Kulisse diente, weil ihre verwinkelte Altstadt mit den filigranen Fachwerkhäusern, die ständig von polnischen Facharbeitern restauriert wurden, so heimelig wirkte, so aus der Zeit gefallen, so weit weg von dem Kladderadatsch der Parteiversammlungen und Subbotniks. Volckmann quartierte sich in einer der wenigen billigen Pensionen ein, die wohl nur deshalb ein freies Zimmer hatte, weil die Urlaubssaison vorüber war. Den Dienstag verbrachte er damit herauszufinden, wo die Münchhausen-Crew untergebracht war und ob er den Macker der Rietz erwischte. Das eine gelang ihm, es handelte sich um das Posthotel, speziell um dessen Festsaal, das andere gelang ihm nicht. Aber wenigstens schrieb er sich in die Komparsenliste ein, wodurch er sich das Tageshonorar sicherte. Erst am Vormittag des Mittwochs traf er Gerolf Bürste doch noch, in ebenjenem Festsaal, der dem Drehstab als Hauptquartier und den Komparsen als Garderobe und Pausenraum diente. Volckmann war schon nahe daran gewesen, die Sucherei aufzugeben, weil ihn das Tamtam anödete, mit dem sich dort ein jeder gegenüber einem jeden beliebigen anderen als unentbehrlich aufspielte. Später, als er sich an diesen speziellen Zirkus gewöhnt hatte, machte er sich einen Reim darauf. Wahrscheinlich nahmen sich diese Typen deswegen so wichtig, weil sie eine Arbeit betrieben, mit der sie auf Azetylzellulose oder Magnetband die Zeit festfroren. Sie waren die Herren über die Zeit. Alleine schon diese Vorstellung fand Volckmann unheimlich und anziehend zugleich.

Volckmann hatte den Macker Gerolf Bürste, den er für den Regisseur hielt, sofort erkannt (kein Problem nach der Beschreibung durch die Rietz), doch gab es zunächst Schwierigkeiten mit der Verständigung.

»Soso«, raunzte Gerolf Bürste bei der Begrüßung mürrisch, Misstrauen zwischen den Mundwinkeln. »Und erst heute?«

»Eben doch«, antwortete Volckmann, »wenn's ärgste Gedränge vorbei is'.«

124

»Ah, Gedränge!« rief Gerolf erkennend und stupste Volckmann kumpelhaft mit der Paust vors Schlüsselbein, »ich weiß eine, die weigert sich, zu den Sprechzeiten auf die Ämter zu gehen. Ich kümmere mich. Aber Regisseur bin ich nicht. Immer dasselbe: So einer auf der mittleren Leitungsebene soll ein Halbgott sein. Sehe ich aus wie'n Halbgott?«

Volckmann enthielt sich einer Wertung. Während er auf die Entscheidung wartete, lehnte er sich an ein Fenstersims und beobachtete die Drehtür am Eingang, die nicht zur Ruhe kam. Ein Bursche enterte die Holzstufen, in der einen Hand einen Kunststoffbeutel. Er postierte sich neben Volckmann und schwätzte, die Güte der Artikulation durch eingeweichten Brötchenteigpamps zwischen Zunge und Gaumen stark geschmälert, dass er mal schnell drüben beim Bäcker gewesen sei. Er hielt Volckmann ein krosses Mohnbrötchen hin. Noch ahnte der Neue nichts von dem Stellenwert, den die Verpflegung in der Rangfolge hiesiger Politika beanspruchte, doch instinktiv griff er zu. ›Ein Götterbote!‹, dachte er überwältigt. Zu einer Danksagung kam er nicht mehr. Der Bursche tippelte, ohne sie abzuwarten, weiter und bot seine Beute nun einem ältlichen Mann feil, der wegen seiner Körperfülle allgemein Ballon genannt wurde. Der Dicke trug sogar ein Messer bei sich und Butter in einer Dose - vorzüglich ausgerüstet, ein Profi halt. Während Volckmann das Mohnbrötchen als ein Symbol noch verzückt vor der Brust hielt, rief jemand vom oberen Absatz der kleinen Treppe herunter, die hinter die Bühne führte:

»Hast Schwein!«

Das war Rietzens Macker Gerolf Bürste. Die anderen, die es im Grunde nichts anging, drehten sich nach Volcknann um. Der Ballon ließ vor Neugier sogar sein Messer sinken, von dem eine Butterflocke herab glitschte.

Gerolf winkte Volckmann zu sich.

»Die brauchen noch einen Musiker.«

»Was, o Gott, für'n Musiker, Mann?«, fragte Volckmann.

»Mit'm Flügelhorn«

»Was'n das?«

»Na, so'n Horn mit ...«

Gerolf, dem der Terminus technicus fehlte, versuchte, ihn pantomimisch vorzutanzen, erweckte dabei in Volckmann aber die Vorstellung von etwas außergewöhnlich Grässlichem.

»Nie im Leben hab ich so'n Ding gesehen, geschweige denn geblasen«, sagte Volckmann bange.

»Na und?«

Gerolf staunte. Es war außerordentlich ungewöhnlich, dass hierorts jemand eingestand, irgendeine Fähigkeit nicht zu besitzen. Hier. Vor ihm.

»Was'n dabei?«, fragte er.

»Man wird es heraushören«, sagte Volckmann.

Gerolf Bürste lachte lauthals heraus, entschuldigte sich aber gleich dafür. Was für ein Waisenknabe, dieses Menschlein aus der Provinz!

»Du kannst beruhigt sein, Paganini«, sagte er, »ihr könnt blasen, was ihr wollt, meinetwegen auch den Preußischen Grenadiermarsch - wenn wir wollen, hört es sich an wie Heinzelmännchens Wachtparade.«

»Dann is' es doch eh wurscht, wieviel Musiker ins Bild kommen und was für Instrumente«, sagte Volckmann.

Gerolf Bürste zeigte erste Symptome von Ungeduld.

»Laut Drehbuch sollen es sieben sein, nicht mehr und nicht weniger.«

»Warum?«

»So was fragt man nicht.«

Volckmann fühlte sich mit einem Schlag unbehaglich. Gab es einen Grund, ihn für dumm zu verkaufen? Er würde das schon verkraften, das mit dem siebten Musikanten, wenn man es ihm erklärte, soviel konnte er versprechen. Doch Macker

Gerolf, halb schon wieder auf dem Sprung (der in Bälde festzufrierenden Zeit ein Schnippchen schlagen), drängelte:

»Also was'n nu'? Machste oder machste nich'?!«

Der junge Herr Flügelhornist nutzte die Gelegenheit, das Hauptversprechen der Rietz einzulösen.

»Krieg ich wenigstens 'n Satz zu sprechen?«, fragte er.

Nun geriet Gerolf Bürste sichtlich aus der Fassung.

»Mit Mundstück und Ansatzrohr vor der Futterluke macht das Sprechen gewisse Probleme. Die meisten haben stumme Rollen wie du, guck' dich um! Stummer als im Stummfilm, hunderte Komparsen, tausende, die ihr Lebtag nie was zu sagen kriegen.«

Volckmann schluckte eine Entgegnung hinunter. Er wollte sich den ersten Teilerfolg auf dem Weg in die Filmstudios nicht durch Maßlosigkeit zunichtemachen, auch wenn die weiteren Aussichten trübe schienen.

Auf dem Parkett, das sonst die gebändigten Stuhlreihen für die Bauernkomödien und Schlagermatineen ertrug, rekelten sich nun Garderobenständer über Garderobenständer, auf dem Bühnenpodest Tische mit Schreibgerät, auch Dosen voller Stecknadeln mit bunten Glasköpfen, Beutel voller Scheren, Tischdecken voller Schuhwichse, Bandmaßrollen. Und nochmals Bandmaßrollen. Armeen von Bandmaßrollen. Nach jedem dritten oder vierten Schritt fand sich Volckmann in einer anderen Bucht wieder, die durch Paravents voneinander abgetrennt waren. Roben, Kleiderbügel, Beine flankierten ihn, unsichtbar vor sich das Podest, hinter sich Stühle und Sofas, die als Kleiderablage dienten, eingesackt.

»Mensch«, sagte Volckmann überwältigt, und das gab der Beschaffenheit des Augenblicks gültigen Ausdruck, von Verzweiflung lag etwas in dem Wort und von atemlos schöpferischer Größe: Mensch!

Von einem Garderobier wurde Wilhelm August Volckmann

mühelos als Flügelhornbläser identifiziert, aber wohl weniger wegen seines musikalischen Hinterkopfes als mehr, weil kein anderer Statist (er sagte: Statist!) übriggeblieben war. Nach einem zielsicher taxierenden Modellierblick griff sich der Garderobier aufs Geratewohl ein Kostüm von der Stange und verpasste dem jungen Herrn Schauspieler mit dem verhinderten Hornton die Arbeitsuniform: Braune Kniebundhosen, rotes Samtwams, weiße Strümpfe aus Wolle und schwarze Schnabelschuhe von weichem Ziegenleder – im Widerspruch zu den verleumderischen Gerüchten von draußen war alles echt.

Die Travestie glückte. Volckmann fühlte sich nachgeradezu seines Namens verlustig. Ohnehin kannte ihn hier niemand und wenn, dann nicht als Beifahrer der Großhandelsgesellschaft, sondern wegen seiner hiesigen Rolle. Er war der Flügelhornbläser in Schnabelschuhen und eine wichtige Person, weil eine Anzahl von sieben Musikern verlangt war, und mit ihm, das nahm er an, waren es nun sieben Musiker und ohne ihn wären es zu wenig. Man kann durchaus sagen, dass sich Volckmann ein erstes Mal in seinem Leben der Bedeutung seiner selbst bewusst war. Die Kleider saßen wie auf den Leib geschneidert, nur dachte der frischgebackene Hornist bei deren Begutachtung, dass die Altvorderen erbärmlich an die Zehen gefroren haben mussten, denn zwar war der Spann des Fußes von einer breiten Lasche bedeckt, der Rist hingegen ragte hinter einer materialsparenden Wölbung im Oberleder ins Freie. Im Grunde sollte ihm das egal sein können, doch soeben hatte sich die Luft draußen erfrischt und es stand zu befürchten, dass weiterer, kühler Polarwind eindrang oder es gar regnete.

»Kleben se sich Heftpflaster nein«, nörgelte der Garderobier und wies mit der Schere auf Schuh und Wams, »und schreiben se ihren Namen droben, sonst finden s'es morgen nich' wieder!«

»Wieso morgen?«, stotterte Volckmann, und er wusste nicht, ob vor Schreck oder Entzücken.

Bislang hatte er geglaubt, man drehe bloß einen Tag. Jetzt jedoch öffneten sich ihm ganz neue Horizonte. Eine Arbeit am Set über mehrere Tage, ach was, Wochen. Er würde sehr bald die Aufmerksamkeit des Regiestabs auf sich ziehen. Doch vorerst, das war wichtig, hatte er sich abrufbereit zu halten, ganz diszipliniert. Jederzeit konnte ihn ein Einsatzbefehl erreichen. Inzwischen hinterließ er auch um den Kopf herum den Eindruck eines Dazugehörigen, denn in der Maske hatte man ihm seine glücklicherweise ohnehin recht langen Haare in der Mitte gescheitelt und dann im Nacken mit einem Samtband zusammengeschnürt.

Während sie alle im Saal ausharrten, mühten sich die sechs Musiker vom hiesigen Stadttheater, die das übrige Blech bespielen sollten, redlich, ihrem siebenten Mann beizubiegen, wie man ein Flügelhorn in Händen hält, ohne sich dabei die Finger zu brechen, und welches das tiefe Geheimnis der sogenannten Lippenspannung ist (hinter das vorzudringen doch nur so wenigen Sterblichen vergönnt war). Die anderen vertrieben sich die Zeit mit Warten. Irgendwann würde ihnen irgendwer sagen, wie es weiterginge. Inmitten der Schwaden Tabakrauchs sprang plötzlich der Ballon wütend auf einen der Tische, die man an die Längsseite des Festsaals geschoben hatte, um Platz zu schaffen. Seine krummen Arme stützten seinen Rumpf über der Tischplatte ab. Er sah aus wie ein fressgieriger Affe.

»Es heißt nicht Komparsen!«, keuchte er.

»Is ja jut«, sagte eine junge Frau, die im komischen Kontrast zu ihm spindeldürr war, beschwichtigend, »dann eben nich' Komparsen, sondern Klein-dar-stel-ler.«

Der Ballon stieg vom Tisch, was einem Schwank in drei Akten gleichkam. Entweder war er leicht zufriedenzustellen, oder so betrunken, dass er Sorge hatte, sich in der exponierten Stellung lange genug halten zu können. Er nahm sein Schnapsglas.

»Kleindarsteller«, murmelte er schmollend, »is' schon richtig, aber falsch betont. Darsteller. Immerhin.«

»Von kleinen Rollen!«, rief der Mohnbrötchenjunge dazwischen.

Der Ballon drehte sich zu ihm um und meckerte: »Aber Darsteller doch! Oder willste dir ins eijene Nest scheißen?!«

Volckmann fragte die Spindel, ob Schnapstrinken beim Dreh überhaupt erlaubt sei. Er erhielt zur Antwort, dass man es zumindest nicht ausdrücklich verboten habe, oder warum, glaube er, bringe man sie im Posthotel unter. Daraufhin ließ er sich ein Bier bringen. Es schmeckte bitter, sehr gehopft, aber nach dem vierten Glas beruhigte es ihn nicht mehr. Sein Herz wehrte sich dagegen, literweise fremde Flüssigkeit durch den Körper pumpen zu müssen. Immer mal wieder sprang einer auf und keifte:

»Korrekt, Kollegen! Nicht Komparsen! Komparsen nicht!«

Und die anderen zogen ihn, so sie noch einigermaßen nüchtern waren, wieder runter und tätschelten ihn und trösteten ihn mit spitzem Mund:

»Is' ja jut, Alter!«

Und stießen ihre Gläser aneinander. Volckmann kam der lustige Gedanke, in dem Film, den sie hier drehten, könnten sie selber die Hauptdarsteller sein und man führe ihnen soeben eine Probekopie vor. Um sich dieser Vorstellung, die ihn dann doch mehr irritierte, als erheiterte, zu entledigen, stopfte er die gestreckten Zeigefinger in die Ohren. Doch im Brausen des Bieres fragte er sich, wie lange sich alle diejenigen, die in dem Festsaal, die Gerolf Bürste die »Mannschaftsunterkunft« nannte, versammelt waren, kannten. Abschätzend ließ er den Blick schweifen. Zwei Stunden, zwei Tage, zwei Jahre? ›He ihr‹, dachte er, die Finger als Stöpsel in den Ohren. Doch die anderen waren für einen Moment außer Reichweite.

Der Ballon war besoffen, das merkte sogar der Wohlwollendste. Er storchte schon wieder auf dem Tisch herum und sang »Brüderlein-und-Schwesterlein-wollen-alle-wir-sein« und brüllte »Komparsen nich', ihr Affenärsche, nie im Leben

Komparsen!« und schüttete aus dem Halbliterglas in seinen Hals nach, bis ihm das Bier in den Hemdkragen troff und grölte:

»Wir sind ooch wer, jawoll! Darsteller. Von kleenen Rollen zwar, mag sein, aber von Rollen immerhin! So!«

Und stieg befriedigt vom Tisch, setzte sich (ließ sich fallen und traf mit dem halben Hintern zufällig einen Stuhlsitz) und schlief umgehend ein. Auch die meisten anderen der Mannschaft, ihre schweren Köpfe auf Tische und Schultern gebettet, machten ein Nickerchen. Vereinzeltes Schnarchen raspelte über das Holz. Nebenher verschwägerte sich die herangerückte erste Front der Polarlüfte mit dem stehenden, lauen Gebirgsgas. Die Änderung der Großwetterlage tat sich mit dem Explosionsknall eines trockenen Donners kund. Die Komparsen zuckten zusammen und schickten demütige Blicke zum Himmel. Noch regnete es nicht. Man mutmaßte, unter diesen Umständen wäre es mit den Dreharbeiten Essig, alleine wegen des nun wechselnden Lichts. Aber Gerolf Bürste erschien abermals auf der kleinen Treppe neben der Bühne, ein zappeliger Zeremonienmeister, und gab bekannt, man wolle trotzdem anfangen, die Komparserie solle sich bereithalten. Volckmann, in Erinnerung an seine noblen aber geschlitzten Halbschuhe, stöhnte:

»Seid ihr verrückt? Bei dem Wetter?«

Am liebsten hätte er sich auf den Mund geschlagen, nachdem der Satz heraus war.

»Gerade bei diesem Wetter«, rief Gerolf Bürste vergnügt, »jetzt endlich verfügen wir über das, wonach wir gelechzt haben: tobende Elemente, Luft, die sich im Brausen verflüssigt, Atmosphäre, die sich schwärzt.«

Bevor Volckmann sich um Kopf und Kragen reden konnte, verschwand der Aufnahmeleiter hinter der Bühne. Der überraschend ins Diesseits zurückgekehrte Ballon bremste seinen neuen Kollegen:

»Du hastes doch jehört! Wenn Jewitter im Drehbuch steht,

dann is' eben Jewitter anjesagt. Nur erkälten darfste dir nich'. Erkälten is' Sabotage. Wirste womöglich 'ne Einstellung verhunzen. Erste Kleindarstellerpflicht: Jesund bleiben!«

›Wie denn‹, dachte Volckmann, ›bei den Schuhen?‹

Aber was blieb ihm anderes übrig, als das Opfer auf sich zu nehmen? Es gab Schauspieler, die fraßen sich für eine bestimmte Rolle zwanzig Kilo Fett an, angesichts dessen würde er doch wohl in der Lage sein, das kleine Risiko einer Grippe in Kauf zu nehmen.

Die Spindel, die bereits auf dem Sprung ins Freie gewesen war, schleuderte ihre Umhängetasche in die Fensternische neben Volckmann und begann sofort damit, wie aufgezogen eine Beschwerde über die Kostümbildnerin herunterzurasseln, wobei sie zwischendurch mehrmals in höchster Not sägend Luft ansaugte. Das Kleid, das an sie ausgegeben worden war, spanne dermaßen überm Busen, dass sie sich nicht traue zu niesen. In den Achselhöhlen kneife es und in der Taille erst, die habe sie nun weiß Gott nicht wie'n Bierkutscher, da schnüre es ihr die Nieren zusammen, dass sie denke, die klatschen einander Beifall. Nie im Leben könne sie in einem solchen Kettenpanzer agieren.

»Der Hut«, sang der Ballon dazu im Falsett, eine Hand kokett in die Hüfte gestützt, die andere schräg über der Stirn, als wollte er mit gezücktem Daumen und Zeigefinger eine Krempe fassen, »der Hut ist ein Gedicht. Ja siehst du ihn nicht, ja siehst du ihn nicht?«

Die Spindel unbeirrt zu Volckmann hin mit einer grazil-graziösen Gebärde, vielleicht auch einer antrainierten Anmache, die Fingerkuppen der gewölbten Hände auf den Brüsten, wenn sie »Ich« sagte oder »Busen« oder »spannen«.

Der Ballon ließ nicht locker: »Gloob's mir, meine Kleene, du darfst niesen, 's wird nischt passieren, außer dass der Rotz läuft.«

Die Spindel giftig: »Da bin ich aber erleichtert!«

»Was regte dir uff?«, entgegnete der Ballon. »Als ich damals mit die Horn vorjesprochen hab, musste die sich noch Frottierhandtücher in'n Ausschnitt stoppen. Beim ersten Spielleiter war se abjeblitzt von wejen erwiesene Plattheit. Da bist du doch noch juter Hoffnung, wa' Meechen?«

»Wann war das?«, ereiferte sich die Spindel und riss ihre Umhängetasche an sich. »In der Ära der Jupiter-Lampen? Die Horn ist doch schon dreimal gewendet.«

»Nee«, sagte der Ballon, »viermal. Ich bin schon lange ins Jeschäft, meine Kleene, schon seit die Zeit, da warst du noch jar nich jebastelt.«

Zum Glück kam aus Bürstes Mund endlich das, was Volckmann bei sich den Einsatzbefehl nannte. Aufgescheucht schubsten sie sich und einander aus dem Saal hinaus in eine drei Meter schmale Gasse hinterm Renaissance-Rathaus, in welcher sich der Drehstab bereits hoffnungslos verkeilt hatte. Über dem Rauputz der Häuserwände waren die Klingelleitungen, die Drahtkäfige der Gasheizungslüfter, die Blitzableiter durch Sichtblenden geschickt abgedeckt, verblassende Losungen zur Unbesiegbarkeit des Sozialismus' über den Toreinfahrten keck überpinselt, UKW-Antennen und Blumenkästen zeitweilig demontiert worden. Anstelle der technokratischen Blechgerippe prangten nun tiefgezogene Plastfriese mit Schneckenornamenten, Muschelketten, falschen Efeuranken im Dekorationsstil. Die Täuschung war perfekt.

Im Pulk der anderen Musiker stand Volckmann frontal zur Kamera und war geblendet von den übermannshohen Reflektoren, mit denen zwei Assistenten sich windend wie Seiltänzer mühten, Licht zu bündeln oder zu zerstreuen. Jedoch war immerhin abzusehen, dass ihn die Kamera mit dem Schutzschacht vorm Objektiv irgendwann in den kommenden Minuten im Weitwinkelvisier haben würde, wenn sie ihren Schwenk vom Ende der Rokoko-Gasse bis hier herüber zum Stellplatz der Blechbläser vollführte, ihn einfangen und unsterblich machen würde, indem sie diesen Augenblick der Lüge, dreifacher Lüge, ablichtete als eine grimmige Wahrheit.

Wie sich - durch Mutmaßungen zunächst, dann durch halbherzige Anweisungen des Gerolf Bürste in seiner Eigenschaft als Aufnahmeleiter - herausstellte, sollte es sich bei dem abzudrehenden Spot um eine Abschiedsszene handeln. Die Spindel (in einem offensichtlich nicht zu knapp sitzenden, vermutlich also neuem Kleid – oder vielleicht doch dem alten, egal), über Volckmann einbackig auf einem Fenstersims fläzend, tröpfelte bereits eine erste Glycerinträne herab, dem Hornisten unter den Kragen. Die Haut über ihren Wangenknochen war vom Heulen gerötet. Spindel-Heulsuse hieß die Frau in Fachkreisen und war beinahe so etwas wie ein eingetragenes Markenzeichen. Nur wusste Volckmann nicht: Hieß sie so, weil sie so gut heulen konnte oder hieß sie so, weil sie so oft heulen musste? Jedenfalls wurde sie oft gebucht.

Münchhausen zwölf, die erste. Klappe. Ton ab (ein Witz!). Action! Die Blechkapelle hatte den Ausritt einer Schwadron Kavalleristen heroisierend zu beblasen. Die Uhr des Kirchturms von Sankt Michael war auf kurz vor zwölf Uhr am Mittag verstellt worden, obwohl sie es schon Nachmittag hatten. Mädchentränen, Kavallerie und Kirchtürme, dergleichen macht einen stutzig, wenn man von hier aus der Gegend kommt, da denkt man gleich an Krieg. Entfesselte Elemente obendrein, das macht einen noch viel stutziger, da denkt man augenblicklich an einen gerechten Krieg. In der Tat, die Gerechtigkeit der kriegerischen Sache hervorzuheben, nutzte der Drehstab einen feinen Einfall. Auf Höhe der Kamera, die gleichzeitig leider auch die Höhe des Flügelhornisten Wilhelm August Volckmann war, hatte der Rittmeister auf einen regielichen Wink hin (»Ich bin von lauter Kreaturen eines höheren Winks umgeben«) seinen Gaul zum Aufbäumen zu bringen, um dann im gestreckten Galopp heldisch davonzupreschen. Die Seitengasse aber mündete auf den Markt. Um die dort tafelnden Softeisschlecker nicht bestialisch (wenn auch in guter

Absicht) niederzutrampeln, sah sich der Vorreiter gezwungen, am Ausgang der Häuserzeile, dort wo sie sich auf den Markt öffnete, sein Pferd nicht nur auf die Hinterhand zu nehmen, sondern gleichzeitig auch im Winkel von rund neunzig Grad herumzureißen, was sich bei dem jedes Mal angeschlagenen Tempo als außerordentlich schwierig erwies.

Nicht genug mit dieser brav inszenierten Hatz. Der Regisseur (so ging die Stille Post) ließ sich etwas ganz Besonderes einfallen (Volckmann fragte sich: Wieso »ließ sich einfallen«?! Gab es nun doch kein Drehbuch?). Münchhausen zwölf, die zweite. Klappe. Ton ab. Action! Auf Höhe Volckmanns musste der Rittmeister sein Pferd auf die Hinterhand stellen wie zum Sturmangriff in der Schlacht, seinen Säbel aus der Scheide ziehen und vor sich hin strecken und sich herausfordernd im Steigbügel recken, die Knie und das Kreuz durchgedrückt. Leider glitten dabei die Hufe des Gauls auf den Buckeln der Kopfsteinpflasterung ab, der massige Körper des Tieres taumelte und schwang gegen den durchaus nicht massigen Körper unseres Flügelhornisten. In beider Augen saß weißer Schreck, und einmal, als in höchster Not nur noch ein Reiterstiefeltritt vor die Brust des jungen Schauspielers beide Rümpfe am Zusammenprall zu hindern vermochte, entfuhr es Wilhelm August Volckmann eher überrascht denn vor Schmerz: »O weh!«, und da hatte er, sozusagen aus Versehen, doch noch seinen Satz zu sprechen gehabt.

Als Volckmann im Hochgefühl, etwas Grandioses vollbracht, auf alle Fälle sein Leben für die Kunst gewagt zu haben, aus dem Harz nach Hause zurückkehrte, wunderte er sich über die unangenehmen Veränderungen, die sich während seiner Abwesenheit begeben hatten. Der Putz an dem alten, engen, muffigen Gemäuer war entschieden bröckeliger als noch vor Tagen, die Wand im Treppenhaus viel stärker abgeschabt und sogar die Rietz, die wieder am Treppengeländer im Flur lehnte, auf dem Leib wie üblich den Rollkragenpullover als Kleid, schien ihm weniger attraktiv als früher, im Gegenteil vielleicht sogar ein bisschen gewöhnlich.

»Da ist er ja, unser Held«, begrüßte sie ihn Kaugummi kauend.

Der Aufnahmeleiter hatte also gepetzt. Den ironischen Unterton überhörte Volckmann. Es gab weiß Gott keinen Grund zur Ironie.

Einige Monate und etliche Stromausfälle später erhielt der Bürger Wilhelm August Volckmann in seiner Hinterhofwohnung, die immer noch dieselbe war, ihn aber mehr denn je anödete, weil sie ihm keine Luft zum Atmen ließ, wie er sagte, Besuch von zwei spießig korrekt gekleideten Mittdreißigern, die sich listig als Mitarbeiter des Amtes für Arbeit auswiesen und bemängelten, dass ihr Klient zwar von sich behauptete, ein freiberuflicher Schauspieler zu sein, jedoch beim Finanzamt nicht gemeldet war und somit, bar jeder Steuernummer, Gefahr laufe, nach Paragraph zweihundertneunundvierzig des Strafgesetzbuchs der Arbeitsbummelei geziehen zu werden (was insofern Unsinn war, als man ihn bereits deswegen angezeigt haben musste, denn widrigenfalls wären die Herrschaften nicht erschienen). Er wolle doch wohl nicht als ein Sozialschädling und Parasit in die Geschichte eingehen. Man verpflichtete Volckmann, die Sache so rasch wie möglich aus der Welt zu schaffen, obwohl man wissen, zumindest ahnen, musste, dass sie nicht in Ordnung zu bringen war, zumindest nicht ohne fremde Hilfe, und die beanspruchte Volckmann nicht, vor allem nicht von Menschen, die solche Naziwörter benutzten und ihm unverblümt mit Bestrafung drohten. Er kannte Fälle, in denen man die arbeitsscheuen Asozialen erst in die Klapse eingewiesen und danach zur Arbeitserziehung in die Kohlenkolonne gesteckt hatte.

Etwa zur selben Zeit kam die Münchhausenklamotte von Mosfilm in einer deutschen Synchronfassung in die einheimischen Kinos und die Vorfreude darauf, dass sich nun alles, alles wenden werde, verursachte in Volckmanns Bauch ein schier libidinöses Krabbeln, das jeden denkerischen Ansatz überreizte. Für die Abendvorstellung im größten Lichtspielhaus der Stadt, das »Völkerfreundschaft« hieß, kaufte er zwei Karten, beste Plätze, eine für sich, eine für die Rietz, die sich inzwischen von ihrem Macker Gerolf Bürste getrennt hatte und ihre Garderobe ein wenig abwechslungsreicher gestaltete. Ihr würde er anschaulich vor Augen führen, dass es noch etwas anderes gab, als samstags im Hinterhaus einer mitteldeutschen Mietskaserne Haushaltssicherungen auszuwechseln und sich am strategisch wichtigsten Punkt im Treppenhaus zu Klatsch und Tratsch zu versammeln. Dies andere war die reine Kunst. Die einzig mögliche Form menschlicher Existenz. Alles andere außerhalb der Kunst war lediglich ein dumpfes Dahinvegetieren.

Im dunklen Zuschauerraum fieberte er eine reichliche Stunde wummernden Herzens jener Abschiedsszene entgegen, in welcher der Rittmeister sein Pferd auf die Hinterhand stellte, wie zum Sturmangriff in der Schlacht seinen Säbel aus der Scheide zog und vor sich hin streckte, sich herausfordernd im Steigbügel reckte, Knie und Kreuz durchgedrückt, während die Hufe des Gauls auf den Buckeln der Kopfsteinpflasterung abglitten und sein massiger Körper gegen den Körper des tapferen Flügelhornisten taumelte. Besonders wartete er auf den Augenblick, in dem ihm vom Stiefel des Reiters ein Tritt vor die Brust gegeben wird – einzige Möglichkeit, den Rumpf des Pferdes am verhängnisvollen Zusammenprall mit dem seinen zu hindern. Und wie er, der patriotische Musikus, den schmerzhaften Stoß von sich abschüttelt, sich tapfer zu voller Größe aufrichtet und ins Horn bläst, als ob Münchhausens Zukunft, ja die Zukunft des gesamten Fürstentums einzig davon abhinge, dass in diesem Augenblick sein Instrument erklingt. Alle Regisseure, die sich diese Szene zu Gemüte führten, müssten sich unweigerlich fragen: Wer ist dieser junge, drahtige Mann mit dem durchgeistigten Antlitz? Dieser unerschrockene Profi, der sich in seinem Spiel durch nichts aus der Ruhe bringen lässt und immer die Folie des Sujets im Blick hat? Da – die Kirchturmuhr kam ins Bild. Es schlug zwölf Uhr mittags. Ein wuchtiger Glockenton nach dem anderen, sodass von dem Gedröhne die Kinobänke bebten. Jetzt würde gleich der

Ausmarsch der Soldaten folgen. Nur noch ein paar Sekunden zum großen Auftritt. Dann aber plötzlich - Schnitt. Statt der Kriegserklärung wurde ein Friedensvertrag verlesen. Statt des Soldatenausmarschs gab es ein Freudenfest. Auch dafür waren Musiker geordert, nur nicht Volckmann und seine sechs Aufrechten. Irgendwelche russischen Rotzbengel, die er noch nie im Leben gesehen hatte, sprangen fröhlich über Tische und Betten, wobei sie sich nicht einmal die Mühe machten, auch nur so zu tun, als könnten sie die Instrumente, die sie in ihren Händen hielten, wirklich spielen. Volckmann war zutiefst in seiner Schauspielerehre gekränkt. Fassungslos saß er vor der Leinwand und dachte: ›Das ist das Ende. Das ist das Ende.‹

Wir gehen den steilen Hang hinab zum Hagenteich, der auszudörren droht und dessen Grund mit Schilf und schlanken Birken zuwächst, seit dort, wo er in den Bach mündet, der Weiden-Damm geborsten ist. An einen der Baumstämme am Ufer ist ein Schild genagelt, das unbeirrt mit protzigen Lettern warnt: »Angeln verboten!« Ich zeige es Fred und muss lachen. Er aber verzieht keine Miene. Unweit des Schildes, wo der Teich am schmalsten ist, stoßen wir auf einen hölzernen Steg. Er führt weit vom Ufer fort, beinahe bis zur Mitte des Gewässers, insofern man das, was vom Teich übrig ist, Gewässer nennen möchte. Vielleicht haben hier früher Boote angelegt oder nachts heimlich die Angler gesessen und auf Beute gelauert.

Ich sage zu Fred: »Hopp!« und reiche ihm am ausgestreckten Arm die Hand. Ich will auf dem Steg hinaus aufs Offene.

»Bist du verrückt?«, fragt Fred und zieht mich zurück. »Ein morsches Brett am andern. Wir werden einbrechen!«

Dann lässt er mich los und zupft sich seine kurze Lederjacke zurecht, die ihm verrutscht ist. Ich dicksche. Fred weiß, dass er mich, solange ich mit dergleichen beschäftigt bin, auf gar keinen Fall ansprechen darf. Schweigend schlendern wir die Böschung entlang. Dabei halten wir zwei züchtige Schritte Abstand voneinander, waten unschlüssig durch den Sumpf, auf dem umgestürzte Baumstämme trostlos die quackenden Wasseradern queren, bis wir inmitten der Reglosigkeit eines Rotbuchenwaldes übereinkommen, dass wir umkehren müssen, wenn wir rechtzeitig in der Jugendherberge sein wollen.

Nach und nach trudeln die Choristen ein. Fred reicht einem jeden Ankömmling brav die Hand. Ich merke, dass er sich dabei geckenhaft vorkommt. Er fürchtet wohl, dass ihm die meisten meiner Leute die Selbstverständlichkeit unserer Zusammenkunft nur vorgaukeln, aber ich weiß, dass das nicht stimmt. Wie üblich wechseln wir nach dem Blümchentee, den es im neuen Wirtschaftsgebäude zum Abendbrot gegeben hat, hinüber ins alte Forsthaus, dessen Holz nicht aufhört, nach Beize zu riechen. Fred, der gegen seine Gewohnheit Brot und Schinken gegessen hat, obwohl er die Theorie verficht, er könne das Bisschen, das er zum Sattwerden braucht, genauso gut trinken, harrt bei uns im Jägersaal aus, während wir die neuen sechsstimmigen Madrigale proben, mit denen ich ein großes Wagnis eingehe. Er verdrückt sich in einen der Winkel unter Hirschgeweihe und Wildschweinhäute und sitzt ehrfürchtig stumm wie jemand, der eine prächtige Barock-Kirche betreten hat, die von außen ganz unscheinbar aussah und ihn nun mit ihrem inneren Glanz übergießt.

»Sie hören auf dich«, raunt er mir später mit einem ungläubig staunenden Lächeln zu.

»Wäre es anders, könnte ich nicht arbeiten«, raune ich zurück.

Fred ist der erste Mann, bei dem ich nicht das Gefühl habe, ich müsste ihm jene Frau vorspielen, die er lieber hätte. Klaglos nahm er an einem Wintersonntag hin, dass ich ihn früh halb vier draußen vor der verschlossenen Haustür auf dem Fußabstreifer festfrieren ließ, nachdem er mich Sturm läutend aus dem Schlaf hochgehetzt hatte, sodass mir vor Schreck die Knie weggeknickt waren. Er kennt unsere Vereinbarung, auch wenn er sie nach acht Humpenstunden in der Kneipe gelegentlich verschusselt: Ich will, dass er nüchtern ist, wenn er zu mir kommt. Ich will sowieso, dass wir alles möglichst nüchtern betrachten. Er bemüht sich immerhin.

Nach der ersten Probe, die schier endlos war und aufreibend, schieben wir die massiven Holztische zu einer Partytafel zusammen. Ich verkrümele mich an das eine Ende der Tischreihe, ziehe einen Stuhl neben den meinen und patsche mit der flachen Hand einladend auf den Sitz. Aber Fred nimmt den Stuhl bei der Lehne und trägt ihn um die Ecke an die Schmalseite der Tafel. Dort thront er nun, aufrecht wie ein mechanischer Schachspieler, in dessen Puppenkörper die Federn bis zum Anschlag gespannt sind. Als ob sie soeben nicht noch nahe am Kollaps vorbeigeschrammt wären, prosten die anderen einander zu und trällern, die Wangen gerötet, ihre Nachprobenlieblingslieder, Schlager aus den Goldenen Zwanzigern. Die Kür nach der Pflicht. Fred lauscht dem Tingeltangel mit dem kleinen grünen Kaktus, der vom Balkon fällt und sticht sticht sticht ungläubig, die Stirn von Falten durchzogen, und rührt sich nicht. Als schließlich ein Album mit Schwarz-Weiß-Fotos die Runde macht und die Neuen unter den Vereinsmitgliedern hektisch auf mein Konterfei stipsen, weil sie wissen wollen, wer in aller Welt das sei, sehe ich, wie seine Augenlider zucken.

Am frühen Morgen tobe ich in der gekachelten Ecke des Herbergszimmers über dem Waschbecken alle die lästigen Torturen an mir aus, wegen denen ich Sorge hatte, mit Fred für länger als zwölf Stunden in einem Zimmer zuzubringen. Überhaupt mit einem anderen Menschen, aber mit Fred besonders. Heimlich schiele ich über die Schulter und entdecke, dass der Kerl noch immer pooft; seine großen Zehen ragen steil unter der Bettdecke hervor wie zwei Wachtürme. Vielleicht markiert er bloß, als ob er schliefe, um nicht mit ansehen zu müssen, wie ich mir die Wangen schabe und mich mit Makeup zukleistere. Pünktlich auf die Sekunde, kaum dass ich fertig bin mit der Spachtelei, rekelt er sich und verlangt nach einem Schluck Mineralwassers, weil ihm über Nacht vom abendlichen sächsischen Bier der Schlund krätzig getrocknet ist. Ich reiche ihm die Flasche ins obere Bettenstockwerk hoch und frage, ob er schon lange wach sei.

»Keine Bange«, sagt er und gähnt herausfordernd.

Im Keller der Druckerei, in der Fred arbeitet, lagerten für eine halbe Ewigkeit die Reste einer riesigen Steindruckpresse. Als Fred dort anfing, wollte man die Maschine gerade verschrotten. Sie hatte um die hundert Jahre auf dem Buckel und stammte von weiß der Teufel woher, weswegen nicht daran zu denken war, an Ersatzteile zu kommen. Fred setzte durch, dass die Presse unangetastet blieb. Vier Jahre hindurch bastelte er an dem Monstrum, saß ganze Sonntage hindurch, die Bierflasche im Anschlag, auf dem Holzstuhl vor der Farbwalze und grübelte, womit er diese Rolle ersetzen könnte und jene Aufhängung. Wie die meisten gelernten Ostdeutschen ist er im Improvisieren Spitze. Zum Schluss baute er in einer Werkshallenruine unter konspirativen Bedingungen einen Elektromotor von einem Förderband ab und rüstete ihn um, damit er sich stufenlos regeln ließ. Das Erste, was er nach Dutzenden von Probeblättern auf seiner Presse ins Reine druckte, war eine eigene Lithographie. Im linken Bildhintergrund steht auf einem Podest eine nackte, bocksfüßige Frau, bewehrt mit einer Lanze. Im Vordergrund der Bildmitte wendet sich der Kopf eines Mannes von dem Ganzkörperakt ab und blickt aus dem Bild hinaus in eine nicht bestimmbare Ferne. Das Podest als ein schwarzer Balken zieht gleichzeitig eine schier unüberbrückbare Grenze zwischen den beiden Figuren. Der Mann ist ganz Kopf, die Frau ganz Leib. Der Leib der Frau, waffenstarrend und mit dem Attribut des Teufels, signalisiert Gefahr. Ich bin die Gefahr. Er muss sich vor mir hüten. Nie im Leben hätte er mit mir darüber gesprochen. Nicht einfach so jedenfalls. Vielleicht wusste er nicht einmal etwas davon, vielleicht war es keine Sache des Verstands, weswegen er nichts hatte, was sich mir beichten ließe. Doch als ich einen Abzug der Lithographie geschenkt bekommen wollte, gab er mir keinen.

Schon am Morgen des zweiten Probentages zieht es Fred mit dem Transporter von mir weg, immer feste durch den Bodennebel in die Kreisstadt, wo er eine greise Buchhändlerin aufzustöbern gedenkt, die ihm ein vages Angebot unterbreitet hat, eine Druckerei betreffend, die sie besitzt, mit altehrwürdigen Tigeln aus dem Fontane-Säkulum. Am Abend zuvor hat mich Fred überschwänglich gefragt, wie er sich entscheiden sol-le, wenn die Frau ihm die Werkstatt überschriebe. Ich rang um Fassung. Ein einziges Mal hatte er bis dahin riskiert, sich selbständig zu machen, allerdings mit einer Siebdruck-Werkstatt. Aufträge gab es seinerzeit so lala, zumeist von Künst-lern, die Plakate bestellten oder die wünschten, dass ihre Lithographien in Kleinstauflage zu Büchern handgebunden werden. Lauter arme Schlucker wie er selbst. Auch sonst kam Fred mit den Finanzen nicht zurande, vor allem nicht mit der Bettelei um Fördergelder, weswegen er das Unternehmen irgendwann aufgeben musste. Fred bettelt nicht. Lieber frisst er Dreck. Und nun ärgert er mich mit dieser Schnapsidee und obendrein soll ich die große Entscheiderin spielen, um hinterher schuld zu sein, wenn es nicht klappt. Während ich mich am Mittagstisch ins Zeug lege, den von der geharnischten Vormittagsprobe abgeschlafften Chor aufzumuntern, ist mein Geliebter aus der Kreisstadt zurück. Erst umschleicht er den Wirtschaftstrakt der Herberge, als ob er so recht keinen Ort wüsste, wohin er gehören könnte, dann, als er die Bestecke auf dem Geschirr klappern hört, tritt er doch ein. Den Platz neben mir hat man ihm freigehalten. Ich sehe ihm an, dass aus dem Deal nichts geworden ist, eigentlich muss er es mir gar nicht erst erzählen. Natürlich erzählt er es mir trotzdem, bevor er sich an der Essenausgabe seinen Schweinebraten holt. Während er seinen Teller neben den meinen auf den Tisch stellt, berührt sein kleiner Finger kurz meinen kleinen Finger, und da weiß ich, dass er traurig ist.

Diesmal zieht es ihn am Abend nicht zu uns in die Probe. Als ich schwitzend und ausgelaugt vom Forsthaus in die Baracke zurückkehre, ist es im Zimmer finster und ich kann zuerst gar nichts erkennen. Dann sehe ich ihn als Schattenriss am Fenster stehen, das er trotz des Abendfrosts geöffnet hat. Ich staune, weil er Mozarts neunundzwanzigster Sinfonie lauscht, die aus meinem mickrigen Taschenradio plärrt. Die Klassiker sind sonst weiß Gott nicht sein Ding. Er blickt hinaus in den Wald, dessen erste drei, vier Baumreihen von dem spärlichen Licht erhellt sind, das aus den Fenstern um uns herum hinüberfällt. In der Beleuchtung der Glühbirnen wirkt der Wald wie eine

Theaterkulisse aus Pappmaché. Ich fange plötzlich an zu zittern und fühle mich dem traurigen Mann so nahe wie noch nie. Ich trete an ihn heran, um meine Stirn gegen seine Schulter zu lehnen, da wendet er sich ab und setzt sich auf den Stahlrohrstuhl vor dem Sprelacart-Tisch, auf dem er seine Bierflasche postiert hat. Er schweigt und trinkt und sieht mir regungslos zu, wie ich mich abschminke. Als wir eine Weile später im Bett liegen, er auf seiner Etage oben, ich auf der meinen unten, drehe ich mich auf die Herzseite. In den letzten Nächten vor dem Probenlager habe ich, fiebrig vor Sehnsucht, geträumt, wie es sein würde, wenn Fred sich endlich überreden ließe, einmal hierher mitzukommen. In das Probenlager oder meinetwegen auch bloß so. Mich trieb eine regelrechte Gier danach, seine tröstende, vom unablässigen Spülen der Druckersiebe spröde Haut zu streicheln und den Dunst der Lösungsmittel aufzuschnüffeln, der sich in seinen strähnigen Haaren festgesogen hat. Nun, da er tatsächlich bei mir ist, finde ich mich hässlich wie eine Elefantenkuh.

Am frühen Abend des dritten Tages, das Probenlager ist zu Ende, sagt Fred, er habe noch einen anderen dringenden Termin und müsse so rasch wie möglich zurück nach Hause. Er habe sowieso den Eindruck, dass ich ihn für die Heimfahrt nicht wirklich brauche, weil die meisten Choristen mit dem Auto da seien. Er wartet meine Antwort gar nicht erst ab, sondern steht schon mit den Fersen auf der Türschwelle. Weit kommt er nicht. In einer S-Kurve gleich hinter dem Dorf hat er eine Panne. Es verhält sich wohl doch so, dass er den Transporter überhastet gekauft hat, genau gesagt einen Tag vor Beginn meiner Rüste. Sein früheres Auto ist durch die Haufen sperrigen Krimskrams, die er auf etlichen Holperfuhren zwischen den abgelegensten Druckereien hin- und her zu karren pflegt, hoffnungslos heruntergewirtschaftet gewesen, er aber wollte unbedingt mit einem eigenen Wagen in den Harz fahren. Er hasst es, von der Gunst anderer abhängig zu sein. Nun bricht ihm die Kupplung ab, wo sie mit zwei

Nieten am Bodenblech befestigt gewesen ist, und er hat das Werkzeug vergessen. Unterdessen spaziere ich noch einmal zum Hagenteich hinunter. Über den geborstenen Weiden-Damm hinweg balanciere ich bis zu dem Anglersteg. Ich trete auf das morsche Holz, erst vorsichtig tastend, dann mit immer festerem Schritt. Als ich merke, dass es mich trägt, laufe ich, vorbei am Schilf und den Birken, weit hinaus beinahe bis zur Mitte des Teichs.

Als ich hier ankam, sagt sie, hatte ich mich ein Vierteljahr lang nicht gewaschen. Ich sah ganz lila aus.

»Wie die, denen wir Silbernitrat verabreichen«, sagt der Doc.

Der Doc trägt einen weißen Kittel. Niemand sonst hier trägt einen Kittel. Natürlich hat der Doc einen Klarnamen. Aber den benutzt sie nicht. Die anderen dürfen nicht wissen, wen sie meint, falls sie mal laut mit sich selbst redet. Im Grunde sollte sie ihre Lippen zusammennähen, damit nicht aus Versehen ein Wort zu viel hinausschlüpft und sie verrät. Nur dem Doc sagt sie alles. Ihm hat sie sogar von etwas gebeichtet, das sie sonst allen verschweigt, nämlich von der Tropfsteinhöhle. Keine richtige Höhle. Ein Raum in einem Abrisshaus beim Kühlen Brunnen, wo sie Gott sei Dank schon den Strom abgeklemmt hatten, hinter einem zerfledderten Kartoffelsack, der vom Türrahmen herabhing, zwischen Wänden, vom Salpeter ausgelaugt. Sie glaubt, von irgendwo dorthin geflohen zu sein vor etwas Schrecklichem oder etwas Gewöhnlichem. Jedenfalls vor etwas, das nicht auszuhalten gewesen war. Dem Hall in einem kahlen Korridor. Dem Klacken der Absätze von Schuhen, die ihr hätten gehören können, einem Geräusch wie von den Zeigern einer Uhr, nur gemächlicher.

Dem Philosophen war sie zufällig in die Arme gelaufen, als er die Müllcontainer nach Essbarem durchwühlte, um zwei Uhr in der Frühe, der stillsten Zeit, in der die meisten Kneipen geschlossen sind. Sie blieb bei ihm, weil sie sonst niemanden hatte. Manchmal wusch sie sich in Pfützen, manchmal in den Hinterhöfen an Leitungen, die aus den Kellern nach draußen führten. Für den Philosophen organisierte sie Wodka von den Lagerhöfen und eine Gitarre. Er sagte:

»Es gibt einen Aufstand des technologischen Wissens. Er richtet sich gegen alles, was nach Metaphysik riecht. Du riechst nach Metaphysik. Gegen Leute wie dich richtet sich dieser Aufstand.«

Der Philosoph teilte mit ihr seine Matratze. Die Matratze war ein Geschenk des Himmels, obwohl sie große, gelbe Stockflecken hatte und nach Urin stank. Eigentlich hielt sie es nur ihretwegen bei ihm aus, nicht wegen des Gequassels.

In einer Fensternische der Veranda ist eine Sitzecke eingerichtet mit drei abgewetzten Sesseln und einem Sprelacarttisch, auf dem eine Vase mit Astern steht. Der Doc nimmt die Frau am Oberarm und schiebt sie durch den Korridor in Richtung der Besucherinsel. Sein Griff tut ihr weh, aber sie hat es gern. Sie setzt sich rasch und blickt zu ihm hoch. Ihr gelingt es nur mit Mühe, aufrecht zu sitzen. Ihr Körper gibt noch immer nach und sackt ständig in sich zusammen. Sie kann ihm nicht befehlen, Haltung zu bewahren. Der Doc nimmt mit Daumen und Zeigefinger ihren Arm auf, wo er von einer Binde umwickelt ist, und betrachtet die Hand, die sie baumeln lässt.

»Wir machen Fortschritte«, sagt er.

»Ich hab 'ne Waggonladung Pillen intus«, sagt sie.

Der Doc kam ihr von Anfang an bekannt vor, wie aus einem Film von früher. Oder wie aus einer anderen Welt. Sie nennt sie die richtige Welt. Die hat sich drinnen eingenistet, genau dort, wo Herz und Magen aufeinander liegen. Das draußen ist ganz bestimmt nicht die richtige Welt. Sie sieht Gesichter und weiß nicht, ob sie denen gehören, die sie aufhaben. Manchmal verwandeln sich die Gesichter vor ihren Augen.

Am anderen Ende, wo die langen Wände niedriger werden, schlagen dröhnend Türen in Schlösser. Die Visite ist zu Ende. Die Frau hat es aufgegeben, sich darüber zu wundern, dass sie den Doc nie bei der Visite antrifft. Gerade bringt er ihr aus dem Automaten eine Dose Mineralwasser. Er weiß, dass sie keinen Kaffee trinken darf. Umständlich befingert sie den Dosendeckel, um die Lasche hochzuklappen.

»Woher kommt es«, fragt er, »dass wir dabei immer die Zähne fletschen?«

Es passiert schon mal, dass er »wir« sagt, vor allem wenn

ihm kurz vorher die Oberschwester mit dem Pferdeschwanz das Rauchen vermiest hat.

»Weiß nicht«, sagt sie. »Tue ich's überhaupt?«

»Wenn ich's doch sage«, sagt er.

Er ahmt sie nach. Knurrt. Sie sagt:

»Blut.«

»Aha. Wie schmeckt es?«, fragt er.

»Süß«, sagt sie.

»Süß wie was?«, fragt er.

Sie schweigt.

»Wie Milch?«, fragt er.

Sie schweigt. Sie denkt: Das macht man nicht, dass man einer wie ihr die Wörter in den Mund legt.

»Wie Muttermilch?«, fragt er.

»Fick dich!«, sagt sie.

»Warte!«, sagt der Doc, als habe er Angst, dass sie weggehen könnte. »Du kannst am Nachmittag in die Bibliothek. Wenn du willst, begleite ich dich. Ich hatte schon selbst nicht mehr darauf gehofft, aber nun bin ich doch noch fündig geworden. Eine dicke Schwarte über psychotronische Generatoren. Was willst du damit?«

Die Frau kommt nicht dazu zu antworten: Die Oberschwester mit dem Pferdeschwanz raschelt vorbei, eine vernickelte Schale voller Instrumente in der Hand. Sie zwinkert den beiden zu.

»Rund um die Uhr im Dienst, Doktorchen?«, fragt sie schnippisch.

Sie holt zum Hüftschwung aus, bevor sie mit dem Hintern die Schwingtür zum Nachbarkorridor aufschiebt. Der Doc schielt um die Ecke, bis die Oberschwester verschwunden ist. Dann kramt er aus der Seitentasche des Kittels ein Zigarettenetui hervor.

Als sie damals hier angekommen war, hatte sie nicht nur ganz lila ausgesehen, sie hatte auch keine Zähne mehr gehabt. Jeden einzelnen hatte sie sich ziehen lassen. Da war sie noch in der Krankenkasse gewesen und hatte in dem Viertel an der Klia gewohnt. Jetzt fällt es ihr wieder ein. Sie hatte in dem Viertel an der Klia gewohnt, das sie den Fliegerhorst nannten. Dort hatte es keine Flieger mehr gegeben, aber viele Korridore, lange kahle Korridore und große Uhren über den Türen. Sie war extra zu einem anderen Zahnarzt gegangen als zu dem, von dem sie sonst behandelt wurde. Der frühere Zahnarzt oder einer aus seiner Praxis oder jemand aus einem der langen, kahlen Korridore im Fliegerhorst sah dem Doc ein bisschen ähnlich, fand sie. Keiner von denen im Viertel an der Klia kapierte, wieso sie sich alle Zähne hatte ziehen lassen. Dummköpfe! Jedes Schulkind weiß doch, dass die Zähne die besten Verstecke bieten. Man merkt es ihnen nicht an, und sie gehen zuverlässig mit der Person mit, überall hin. Wenn sie nicht wollte, dass die Zähne sie auf Schritt und Tritt verrieten, musste sie sie sich herausbrechen lassen.

Endlich schafft es die Frau, die Dosenlasche aufzureißen. Sie spürt wieder Schmerzen. Genau dort, wo Herz und Magen aufeinander liegen. Der Doc raucht seine Zigarette. Vom Seitenflügel her ist das Geschepper von Essgeschirr zu vernehmen.

»Ich weiß, ich sterbe mal ganz langsam«, sagt sie.

Fauchend bläst der Doc den Rauch in ihre Richtung.

»Das wollen wir doch nicht hoffen«, sagt er.

Sie trinkt die Mineralwasserdose in einem Zug leer und zerdrückt sie zwischen ihren Handballen.

»Es ist, weil man weiß, dass ich was weiß, da lässt man mich nicht schnell sterben.«

»Was ist das, was du weißt?«

»Ich erinnere mich nicht.«

»Und wer ist ›man‹?«

Die Frau zuckt mit den Achseln.

»Dann sag ihnen die Wahrheit: ›Ich erinnere mich nicht‹.«

»Sie werden mir nicht glauben.«

»Lüg sie an. Alle lügen. Das Leben würde nicht funktionieren ohne Lügen. Und alle glauben sie.«

Sie versteht nicht, was er meint. Es ist nicht gut, wenn sie nicht versteht, was er meint. Das letzte Mal, als sie etwas nicht verstanden hatte, war sie in einer Ecke ihrer Tropfsteinhöhle aufgewacht. Sie kauerte auf dem Boden und hielt das Messer in der Faust. Ihr eines Handgelenk blutete. Hier und da hatte sich bereits eine Kruste aus Geronnenem festgesetzt. Vom Knöchel unterhalb des Daumens zog sich ein Schnitt quer über die Unterseite des Arms. Jetzt ist der Doc der einzige, der sich um sie kümmert. Nur manchmal fragt er Dinge, von denen sie nicht glaubt, dass ein Doc sie fragen muss. Die anderen dürfen nicht rauskriegen, dass sie ihm vertraut. Ein Vertrauen ist verboten. Sie macht verbotene Sachen. Manchmal überfällt sie das Grausen, dass alles, was sie sieht, nur eine stümperhafte Fälschung sei, auch der Doc, und die richtige Welt lebe in ihr, zwischen ihren Rippen, dabei ist sie natürlich viel zu groß für ihre winzigen Rippen, weswegen die richtige Welt sie tritt bei jeder Bewegung, die richtige Welt kann schließlich nichts dafür, dass die Frau so klein und eng ist.

Der Doc holt sich einen Becher mit Kaffee vom Automaten und meckert, weil er irrtümlich den falschen Knopf gedrückt hat. Nun ist der Kaffee mit Milch, und er trinkt keine Milch, das weiß sie. Er nimmt einen Holzspatel aus der Brusttasche seines Kittels, so einen, mit dem man den Patienten die Zunge runterdrückt, wenn man sie Aaah sagen lässt. Mürrisch rührt er mit ihm in der Tasse herum, um die Milch zu verdünnen.

Sie sagt: »Ist doch eh bloß aufgelöstes Pulver.«

»Darum geht's nicht«, sagt der Doc grantig.

»Worum dann?«, fragt sie.

»Immer läuft was schief«, sagt er. »Das ganze beschissene Leben lang.«

Sie mag nicht, wenn er so redet. Sie lässt eine lange Pause. Die Wörter sind gefährlich wie Giftschlangen. Man muss sich vor ihnen in Acht nehmen. Erst liegen sie so ruhig da und starren dich an, und dann schnappen sie zu, ganz plötzlich. Schließlich fasst sie sich ein Herz.

»Das ist mein allergrößtes Geheimnis.«

Vor Neugierde öffnet der Doc den Mund einen Spalt. Von einem der oberen Schneidezähne zieht sich ein feiner Speichelfaden nach unten wie ein Spinngewebe.

»Wissen sie, dass es Apparate gibt, mit denen man Menschen zwingen kann, dass zu tun, was man von ihnen will?«

Sorgfältig drückt der Doc seine Zigarette auf einer Untertasse aus.

»Braucht man dazu Apparate?«, fragt er.

»Psychotronische Generatoren«, sagt sie.

»Ach, daher«, sagt er. »Was, zum Teufel, soll das eigentlich sein?«

»Maschinen, die Ströme erzeugen. Ganz schwache, die kitzeln dich nicht mal, aber sie fließen direkt ins Gehirn.«

Der Doc schweigt und mustert sie misstrauisch. Ein Atemstoß drückt den zitternden Speichelfaden weg. Sie sagt:

»Sie bauen die Apparate in Räumen direkt neben den Wohnungen auf. Dann koppeln sie sie mit deiner ganzen Elektrik: Telefon, Fernsehen, Licht ...«

»Wer?«, fragt der Doc.

»Na, wer schon? Bestimmt nicht der Kaninchenzüchterverein.«

»Dieselben, die dich nicht schnell sterben lassen und an die du dich nicht erinnerst?«

Der Doc glaubt ihr nicht, sie merkt es ihm an. Seine Stimme hatte sogar ein bisschen spöttisch geklungen. Das war etwas, was sie überhaupt nicht vertrug. Sie versucht es trotzdem noch einmal.

»Da brauchst du eine Isolation, sagt sie, um ihn doch noch zu überzeugen. »Am besten hilft Staniolpapier und Draht, kilometerlange Wickelrollen. Manche tragen sogar Hüte aus Draht.«

»Auch im Bett?«, fragt der Doc.

Da! Wieder. Der Spott.

»Na klar«, sagt sie gequält gleichgültig.

»Du spinnst!«, sagt der Doc.

Die Frau dickscht. Sie denkt: So was sagt man nicht, gleich gar nicht hier.

»Und warum kann ich dann nicht mehr gerade sitzen, obwohl ich mich anstrenge?«, fragt sie. »Und mein Herz springt hin und her wie ein Wiesel, ganz ohne Grund?«

Aus dem Zimmer 22 hören sie die Stimme der Alten, der die eine Gesichtshälfte heruntergerutscht ist, so dass es aussieht, als trüge sie eine Karnevalsmaske.

»Hätt' ich'n Bein wie du,
hätt' ich's längst abgeschnitten
und auf das Aug gelitten.
Du kriegst in deine Hand
kein Pfand!«

Draußen fegt eine Windbö die Äste gegen die Scheiben. Die Frau darf sowieso nicht in den Garten. Wenn der Doc nicht gekommen wäre, hätte sie gestickt. Oder in der Anstaltsküche abgewaschen. Eins von den drei, vier Dingen, die man sie tun lässt außer Lesen. Zum Glück kommt der Doc immer zur rechten Zeit. Sie illert über den Rand des Blechdosenknäuels, um herauszufinden, wie sie am besten mit dem Handrücken seinen Unterarm streifen kann, damit es aussieht wie ein Versehen. Scheu blickt sie sich über die Schulter um, erst links, dann rechts, wo es nirgends eine Isolation gibt. Immer, wenn sie sich prüfend über die Schulter umblickt, macht es ihr der Doc nach. Dann tut er ihr leid. Sie will ihm keinen Kummer bereiten.

»Erwartest du jemanden?«, fragt er.

»Auf wen soll ich warten, wenn ich nicht weiß, wer die anderen sind?«

Sein Kopf verdeckt zur Hälfte die Lampe an der Wand, deren Licht die Frau auf einmal an ein anderes Licht erinnert, dass sie schon einmal gesehen hat.

Vom Ende des Ganges her vernimmt sie ein Klacken. Dort, über der Tür, hängt eine Uhr, beinahe so groß wie man sie von den Bahnhöfen kennt. Es ist, als ob der Doc und sie schon immer darauf gewartet haben, von hier wegzufahren. Die Uhr macht Geräusche wie jemand auf Pfennigabsätzen in einem Tunnel, nur gemächlicher. Ein kalter, flirrender Hall.

Plötzlich beginnt die Frau zu zittern. Sie kennt diese Geräusche. Sie erinnert sich, woher. Die langen kahlen Korridore im Fliegerhorst mit den großen Uhren über den Türen. Die Geräusche und das Gesicht des Docs schieben sich übereinander wie zwei transparente Schablonen. Vielleicht wäre die Tropfsteinhöhle mein Glück gewesen, denkt sie. Ihr glaubt, alles andere sei besser als das. Aber das stimmt nicht. Alles andere ist schlimmer.

WIE ICH DIE REVOLUTION HASSEN LERNTE

Ich war bei der Reichsbahn gefeuert worden, weil ich auf einem der Bahnsteige mit einem Luftgewehr auf die Friedenstauben geschossen hatte. Das fanden die Spielverderber von der Transportpolizei nicht lustig, zumal so mitten im Publikumsverkehr. Also musste ich mir was Neues suchen. War gar nicht so einfach, denn plötzlich wollte mich keiner mehr haben, obwohl es in unserer wenn auch kleinen Republik ein Recht auf Arbeit gab. Ich will nicht direkt behaupten, dass man mir ein Berufsverbot erteilt hätte, das wäre auch ein Witz gewesen bei einem, der bis dahin sämtliche Ausbildungen abgebrochen hatte, außerdem wurde bei uns die Praxis des Berufsverbots offiziell nicht ausgeübt, das waren die anderen, die mit derselben Fahne, bloß ohne Emblem. Trotzdem gab es ein ziemliches Hin und Her mit Nachfragen in allen möglichen Büros, bis ich schließlich bei den Christels von der Post landete. Nicht als Briefträger, sondern als angelernter Zeitungsverkäufer. Aber ich glaube, Zeitungsverkäufer war sowieso kein Ausbildungsberuf. Offensichtlich wollte man für die Briefträgerei vertrauenswürdigere Leute als mich haben. Für das Verkloppen der Zeitungen dagegen langte mein zweifelhafter Ruf, die unters Volk zu bringen war so etwas wie eine Strafe. Man setzte mich als Springer ein, das heißt, ich beehrte mal diesen, mal jenen Kiosk mit meiner Anwesenheit, je nachdem, ob die angestammten Besatzungen, zu denen immer zwei Personen gehörten, die sich bei den Schichten ablösten, zum Dienst erschienen waren oder nicht. Man muss wissen: Zu der Zeit verschwanden viele über Nacht, da war man froh über jeden, den man am nächsten Morgen wiedersah, sogar wenn er was auf dem Kerbholz hatte. Alles in allem führte ich ein zufriedenstellendes Leben, obwohl mein Gehalt ein Witz war und ich dafür mitten in der Nacht raus musste, jedenfalls bei Frühschicht. Dafür kam ich nach der Spätschicht erst nach Hause, wenn der Abend gelaufen war. Es stand also überhaupt nicht zu befürchten, dass ich größere Abenteuer würde bestehen müssen. Die Lieferungen kamen regelmäßig, es sei denn, wir hatten Eis und Schnee. Oder zu viel Regen. Oder es war zu heiß. Die Tageszeitungen waren sechs bis acht Seiten dünn und verursachten keine großen Probleme, vor allem hob man sich an ihnen keinen Bruch, auch nicht im Packen. Zwar waren die Illustrierten dicker, dafür gab es von denen aber weniger Exemplare. Außerdem erschienen sie an unterschiedlichen Arbeitstagen, schön verteilt über die ganze Woche, das war menschenfreundlich aufgeteilt, da konnte man nicht meckern. Wie ich bald feststellte, hatte jeder Kiosk seine eigenen Stammkunden. Ich erkannte sie von Anfang an daran, dass sie sich mit den Ellenbogen auf den Verkaufstisch fläzten, eine Vertraulichkeit, die sich andere nicht erlaubten. Diese Typen waren mit dem Lieferrhythmus auf wunderbare Weise eine Symbiose eingegangen. Sie wussten sogar, wie viele Exemplare »Wochenpost« oder »FF-Dabei« mir pro Kiosk vom Zentralverteiler zugestanden wurden. Sie stellten sich immer schon um halb sechs ein, Sommers wie Winters, obwohl die Kioske offiziell erst ab sechs geöffnet hatten, und halfen mir beim Einräumen der verschnürten Pakete, was nicht ganz uneigennützig war, denn so verschafften sie sich gleich einen Überblick über das rationierte Angebot. Wer zuerst kommt, mahlt zuerst. Während ich dann noch hinterm Rollo mit Zählen und Einräumen beschäftigt war, scharten sie sich draußen umeinander, holten die Wackelmänner aus den Brusttaschen, genehmigten sich einen und machten Politik.

Man könnte denken, alles wäre zum Besten gewesen. War es im Grunde auch. Lediglich zwei Sachen kreppten mich. Außer in einem einzigen der Kioske gab es nirgendwo ein Klo, geschweige denn fließendes Wasser. Wie sehr man sich nach fließendem Wasser sehnen kann, wird jeder wissen, der schon einmal ein paar Stunden hintereinander mit Zeitungen herumfuhrwerkt hat, und sei es nur, dass er sie über den Unterarm fächern und zählen musste. Dabei bleibt nämlich jede Menge Druckerschwärze hängen, und die Haut über den Fingerkuppen trocknet aus. Die andere Sache hatte mit den Temperaturen zu tun. Die Kioske waren ganz aus Stahl und Glas gebaut. Im Hochsommer wurde ich geröstet wie im Infrarotgrill. Im Winter dagegen, wenn der Eissturm durchs halb geöffnete Schiebefenster fegte, fror ich mir den Arsch ab, trotz der Eisenbahnheizung, die ich mir besorgt hatte, eine zylindrische Metallröhre, auf der man getrost eine Propangasflasche hätte warmhalten können. Seitdem hasse ich die Sommer und die Winter gleichermaßen. Zu dem Zeitpunkt, um den es mir geht, hatten wir Herbst. Die eine schlimme Zeit, der Hochsommer, lag hinter mir, die andere schlimme Zeit, der Winter, stand mir erst noch bevor, und die Straßenkreuzungen, darauf komme ich gleich, waren zu bestimmten Stunden für den Autoverkehr gesperrt. Man kann sich vorstellen, dass ich dauerhaft gute Laune hatte. Zugegeben, ein bisschen getrübt war sie durch das Gelaber meiner Frühmorgenkunden. Von Vaterlandsverrat war die Rede wegen der jungen Spunde, denen der Staat alles vorne und hinten reingesteckt hätte und die sich nun über die grüne Grenze in Ungarn Richtung Westen absetzten, eine Undankbarkeit, die meine Volksredner als Beleidigung ihrer selbst nahmen, denn sie alleine wären es gewesen, die mit ihrer Hände Arbeit den Überläufern das vergnügliche Faulenzerleben daheim erst ermöglicht hätten. Ein, zwei Monate lang herrschte diese patriotische Stimmung, aber jedes Mal nur bis gegen halb acht in der Frühe, dann war die Bückware verkloppt und vor meinem Kiosk kehrte der Hausfrauenfrieden ein. Gelegentlich strich einer der invaliden Stammkunden herzu und reichte mir frische Bäckerbrötchen oder eine kubanische Apfelsine über den Tresen. Ansonsten war es dann, wenn ich das mal so sagen darf, beschaulich. Hatte ich Spätschicht, las ich bis kurz vor sechs die Krimis in den schmalen Fünfundzwanzig-Pfennig-Heftchen, oder ich hörte Schlager aus dem Kofferradio oder ich beobachtete die Liebespärchen. Zu Dienstschluss musste ich das Geld aus der Wechselkasse zählen, die Scheine mit einem Gummiband umwickeln, die Münzen im amtlich bestempelten Packpapier zu festen Rollen verdrillen und mich, natürlich ohne Begleitschutz, zur Post trollen, bevor sie schloss. All das geschah auch, und darauf wollte ich hinaus, zu der Zeit, an der jeden Montag die Kreuzungen gesperrt wurden. Ab fünf Uhr rückte die Masse Mensch heran und marschierte in gewohnter Erstermaidisziplin über den städtischen Verkehrsinnenring in Richtung Marktplatz. Ich konnte dann froh sein, wenn ich es noch heil über die Straße schaffte mit all dem Geld in der Tasche. Zuerst fand ich diesen Aufruhr, so weit weg vom Ersten Mai, befremdlich, dann berichteten mir die Frühmorgenkunden mit den Wackelmännern von schier Unglaublichem, einer allgemeinen Empörung gegen das vertrottelte Altersheim da oben, das sich Regierung nennt, und dass die jungen Leute, die über die grüne Grenze abgehauen sind, genau das Richtige getan hätten. Vorsichtshalber stellte ich in meinem Transistorradio, das im Kiosk hing, das zweite Programm des Staatssenders ein und lauschte nun von früh bis spät dem Gestammel der Volkskammerabgeordneten, das, solange ich denken konnte, zum allerersten Mal live und in voller Länge übertragen wurde, wenn auch nur auf einer Frequenz, auf der früher die zeitgenössische Musik kam und die berühmte Sendung, in der ein Professor die kitschigsten Schlager in die Pfanne haute, sogar den vom himmelblauen Trabant. Ich versprach mir nichts von denen in der Palastquasselbude. Der Chef meines Vaters war Vorsitzender einer Handwerkergenossenschaft und gleichzeitig Volkskammerabgeordneter für eine der Blockflöten, nämlich die so genannten Liberalen, aber als man mich bei der Reichsbahn an die Luft setzte, war er zu feige oder zu faul gewesen, mich zu rächen oder mir wenigstens einen anderen Job zu beschaffen. Was also wollten diese Versager im großen Maßstab erreichen, wenn sie's nicht mal im Kleinen schafften?! Das Fußvolk nicht besser: Während es zum Rathaus marschierte, hielt es Kerzen in den Händen.

Ich fragte mich, wie lange es dauert, bis so ein Wachsstengel heruntergebrannt ist und sich die lebenden Kerzenhalter fürchterlich die Finger verbrennen. Von dem flüssigen Stearin, das überall hin tropft und einem die Klamotten versaut, ganz zu schweigen. Mit wachsender Begeisterung skandierten die Marschierer erregt solche Wörter, an die sie die Freiheit anhängen konnten. Reisefreiheit, Baufreiheit, Narrenfreiheit, so was in der Art. Nicht zu vergessen die Pressefreiheit. Wenigstens bei der hätte ich hellhörig werden müssen. Wurde ich aber nicht. Wahrscheinlich weil in den ersten Wochen nicht viel passierte, außer dass diejenigen, die das Fußvolk aufgefordert hatte abzutreten, wie der Bürgermeister, nicht abtraten, sondern plötzlich ebenfalls von Freiheit schwafelten, vorzugsweise von der Freiheit der Andersdenken, als wären sie sich wieder einmal mit ihrem Volk einig. Bloß meinten sie mit den Andersdenkenden nicht die anderen, sondern sich selbst, weil sie anders dachten als ihr Volk.

Dann kam sie doch, die Revolution. Irgendjemand musste nachgeholfen haben. Quasi einen Tag nach dem Fall der Mauer, von dem ich erst erfuhr, als ich am Abend aus dem Kiosk am Rannischen Platz heimkehrte und meine Straße seltsam entvölkert vorfand, weil die jungen Leute, wie ich erst am Tag darauf erfuhr, den Anhalter nach Berlin genommen hatten, wurden aus dem Westen die ersten Boulevardblätter herangekarrt. Auf einmal wirkten die Verkaufsräume der Kioske, die vorher in aristokratisches Blau geschlagen gewesen waren, wie mit Blut ausgegossen. Noch ehe sich die lebenden Kerzenhalter dessen besinnen konnten, was sie angerichtet hatten, stapelten sich eines Morgens die Papiertürme vor dem Kiosk an der Universitätsklinik stolz zu Manneshöhe empor, außerdem zählte ich fünfmal so viele Zeitungspakete wie sonst. Das also war die vielbeschworene Pressefreiheit. Und wer kriegte die Arbeit? Nicht, dass ich mich vor Arbeit drücke. Aber es ist ein großes philosophisches Problem, dass diejenigen, die sich sowieso ein Leben lang krummlegen, immer auch noch die

Lasten ihrer eigenen Revolutionen zu tragen haben und wozu die dann überhaupt taugen. Von einem Tag auf den anderen sollte ich Zeitungen verscherbeln, die noch eine Woche zuvor schwerstens verboten gewesen waren. Ich bitte, mich nicht falsch zu verstehen. Nicht, dass ich in Gewissensnot geraten wäre. Meinetwegen hätten die Ostdeutschen ihr Leben lang die Regenbogenblätter mit den Balkenbuchstaben lesen können, vielleicht wäre dadurch die Revolution sogar verhindert worden. Nein, das war nicht der Grund. Ich fand es eben nur merkwürdig, wie rasch sich Zustände beräumen ließen, von denen ich geglaubt hatte, dass sie für die Ewigkeit gezimmert wären. Davon abgesehen, zogen die neuen Zeitschriften aus dem Westen einen unschönen Nebeneffekt nach sich: Sie hatten nicht bloß die paar mageren Seiten wie unsere. Ich sage jetzt mal »unsere«, weil die alten Ostzeitungen nicht sofort vom Markt verschwunden waren, obwohl sie kaum noch jemand las. Ein Dreivierteljahr lang gab es sowohl die einen, als auch die anderen, in genau der friedlichen Koexistenz, die sich die Grufttruppe vom Politbüro zeitlebens gewünscht hatte. Das Wort, also das Wort als solches, begann, materielle Gewalt zu werden, besonders wenn es gedruckt war. Während draußen der neue politische Oberhäuptling das abgefeimte Bild von der Wende erfand, als befänden wir uns auf einem Segeltörn in der Karibik, war ich in den Kiosken kaum noch in der Lage, mich zu drehen und zu wenden. Wenn ich das Papier, von dem ich notgedrungen mehr als die Hälfte auf dem Fußboden ausgebreitet hatte, weil es in den Seitenfächern keinen Platz fand (man muss bedenken, dass so ein Kiosk zu großen Teilen aus Schaufensterscheiden besteht), wenn ich also die Packen da unten nicht nach und nach mit meinen Schuhen zerfetzen wollte, musste ich akrobatische Meisterübungen vollführen. Früher hätte ich sogar noch solche Zeitungen verscheuern könne, auf denen sich Fußabdrücke fanden, jetzt jedoch hatten wir unter den vielen Freiheiten auch eine Kundenmeinungsfreiheit und man feilschte mit mir wenigstens um einen Preisnachlass, insofern man mir die zerrissenen Bündel nicht gleich wieder zum Fenster herein schmiss. Ich spürte, wie meine Laune Tag für Tag mehr dem absoluten Gefrierpunkt entgegen sank.

Natürlich wurden die Hochglanzmonster aus Hamburg und München und sonst woher in der Regel zur Mittagszeit eingeflogen, kurz vor dem Personalwechsel, wenn in der Sardinenbüchse die Hektik sowieso schon nicht mehr zu überbieten war. Dazu kam, dass ich keinerlei Instruktionen hatte, zu welchen Preisen das Zeug verkloppt werden sollte. Die Währungsunion war noch nicht erfunden, darum stand für mich fest, dass ich das Dreifache von dem verlangen musste, was die Postillen drüben kosteten, denn das war der offizielle Kurs; vom inoffiziellen — eins zu zehn — wagte ich nicht einmal zu träumen. Nachdem ich vielleicht ein, zwei Stunden fröhlich vor mich hin verkauft hatte, rannten mir die ersten Besserwisser die Bude ein. Am Kiosk auf der Silberhöhe bezahle man eins zu eins. Was sie dann bei mir wollten, fragte ich. Kontrollieren, trumpften die Besserwisser auf. Fehlte nur noch, dass sie behaupteten, einer Räterepublikbürgerwehrstreife anzugehören. Binnen kurzem gab es einen Massenauflauf vor meinem Kiosk. Die Besserwisser bezichtigten mich der Betrügerei, nach einer halben Stunde sogar der Stasimitgliedschaft. Was mich am meisten wurmte, war, dass einige meiner frühmorgendlichen Stammkunden am lautesten grölten. Ich überlegte, ob es ratsam wäre, die Schotten dicht zu machen und mich heimlich durch die Kiosktür an der Hinterseite zu verkrümeln. Doch zuletzt hielt ich das nicht für eine gute Idee, weil die Räterepublikbürgerwehrstreife meinen Fluchtversuch für ein Schuldeingeständnis halten könnte. Also beugte ich mich dem Druck der revolutionären Massen, bevor man mich, wie man mir unverblümt androhte, lynchte, und verhökerte die bunten Magazine zu einem Umtauschsatz von eins zu eins, eine Mark Aluminium gegen eine Mark Kupfer und Nickel. Umgehend war der Volkszorn besänftigt. Ein zweites Mal erhielt ich Gelegenheit mich zu wundern, wie rasch sich ein heikler Zustand wie dieser ändern ließ, wenn man der Empörung den Geldhahn aufdrehte. Allmählich dämmerte mir, was unsere Bonzen vierzig Jahre lang falsch gemacht hatten.

Als ich nach dem Wochenende an dem Kiosk, der, was ich witzig fand, dem Bahnhof mit der Trapo-Wache gegenüber stand, zum Spätdienst erschien, hatte meine Kollegin das Schiebefenster verrammelt (Kantholz zwischen linkem Scheibenflügel und rechtem Aluminiumrahmen), das Rollo geschlossen und festgezurrt, aber die Spielzeuguhr aus Plaste, die den Kunden anzeigte, wann es weitergehen sollte, nicht in die Frontauslage geklemmt. Auf meine Frage, was los wäre, fing sie an zu heulen. Sie fände nichts wieder, und außerdem wären ihr Muskeln gewachsen wie einem Rummelplatzboxer. Einen Tag später meldete sie sich krank. Nun musste ich Doppelschicht schieben. Ich nahm nicht nur früh die Tageszeitungen entgegen, sondern am Mittag auch noch die Periodika und hatte auf diese Weise am Abend alle Remittenden am Hals und natürlich den ganzen Schreibkram und die Geldeinzahlerei bei der Post. Mit einer Stunde Mehrarbeit begann es. Bald blieb am Ende jedes Arbeitstages die gesamte ostdeutsche Presse übrig. Aus einer Stunde Mehrarbeit wurden zwei. Während ich, bei herabgelassenem Rollo, über den Rechnungen schwitzte, wummerten die Passanten, die den Lichtschimmer in meiner Kabine erspähten, mit ihren Fäusten gegen die Scheiben und wollten noch irgendwas verkauft haben, und zwar hopp. Offensichtlich waren sie der Überzeugung, dass es in einem freien Land keinen Feierabend gab, natürlich nicht für sie selbst, sondern für alle anderen, im Besonderen solche wie mich, die Dienstleister, was sowieso nach Diener klang. Es gab sogar welche, die allen Ernstes glaubten, sie könnten jetzt einfach losgehen und Pistolen kaufen und dann den erstbesten Eindringling totschießen, der ohne ihre Erlaubnis ihr Sommergrundstück betritt. Halt suchend, krampfte ich mich am Kugelschreiber fest. Aus zwei Stunden Mehrarbeit wurden drei. Als die Berserker vor meinem Kiosk auch dann nicht verduftetem oder schon wieder anderen Platz gemacht hatten, hielt ich es nicht länger aus. Ich versetzte dem Rollo einen Schwung, dass es hoch schnappte, stieß das Fenster auf und schrie: Es lebe die proletarische Weltrevolution! Dreimal hintereinander. In dem Auflauf vor meinem Kiosk trat umgehend Stille ein. Deren Aggregatzustand war schwer zu deuten. Für wohlwollend hielt ich sie nicht. Das merkte ich an den Mündern der Räterepublikbürgerwehrstreife. Ehe die anderen sich's versahen, kletterte ich auf den Verkaufstisch und von dort, mit einiger Mühe, auf das Flachdach. Von dort oben herunter schmetterte ich mit pathetischem Tonfall: Nieder mit dem ausbeuterischen kapitalistischen System! Dazu schwang ich die Rotfrontfaust, leider so heftig, dass ich das Gleichgewicht verlor.

Der Brief erreichte mich zwei Tage später im Krankenhaus. Ich war gefeuert, wegen politischer Meinungsäußerung im Dienst. Was sagt man dazu?! Ich hatte doch nichts anderes gesagt, als das, was jeder von denen, die vor meinem Kiosk herumzulungern und Rabatz zu machen pflegten, noch vor einer Woche auch gesagt haben, bei jeder passenden und unpassenden Gelegenheit, meine Chefs von der Hauptpost am Camenzind-Platz nicht ausgenommen. Damals, also sagen wir: vor biblischen sieben Tagen, hätten alle auf jedes beliebige Flachdach steigen, »Es lebe die proletarische Weltrevolution!« und »Nieder mit dem Kapitalismus!« rufen und dazu die Rotfrontfaust schwingen können, ohne fristlos entlassen zu werden. Im Gegenteil. Vielleicht wären sie von der Betriebsgewerkschaftsleitung sogar belobigt worden. Von gestern auf heute aber, mit einem Fingerschnipsen, sollte die Wahrheit falsch und die Lüge wahr sein. Man wird verstehen, dass ich unter diesen Umständen von den Revolutionen die Nase voll habe und jeden ehrenvollen Antrag, an der nächsten teilzunehmen, abschlägig bescheiden muss.

DOPPELTE WENDE

Plötzlich war da ein Wartburg. Keine Ahnung, woher. Er bog auf den Pfad ein, als ich bereits auf Höhe der Rischmühlenschleuse war, folgte mir im Schritttempo. In dem Auto saßen zwei Männer, die ich nicht kannte. Sie hingegen schienen mich zu kennen. Niemand sonst wusste, dass ich diesen Weg zu nehmen pflegte, vom Arbeitsamt in der Kreisstadt nach Hause in die Nachbargemeinde. Dennoch prüfte ich, ob es sich um eine zufällige Begegnung handelte. Ich blieb dann und wann stehen. Jedes Mal stoppte auch der »Wartburg«. Lief ich schneller, fuhr auch das Auto schneller, immer im Abstand von vielleicht zehn Metern. Unversehens war ich in eine Falle geraten, wofür ich mich hasste. Eine wie ich geriet nicht in Fallen. Linkerhand ragte die Böschung mit den Holundersträuchern auf, rechterhand senkte sich ein mit Schrott zugeschütteter Graben, hinter dem sich bis zum fernen Flussufer eine Wiese breitete. Noch befand ich mich in Rufweite des Wasserwerks, das am Beginn des Pfads über der Saalenniederung wachte. Aber ich hatte einen Weg vor mir, der fünf Kilometer lang war und selten benutzt. Auch dafür hasste ich mich. Warum konnte ich nicht mit der Straßenbahn fahren, wie alle anderen? Es sah danach aus, als wollte man mich genau diesen einsamen Weg entlang treiben, in die tote Zone. Auf einmal machten sich die Männer in dem Wagen an irgendwelchen Geräten zu schaffen. Dabei ließen sie mich nicht aus den Augen. Ich spürte, wie mir die Knie weg sackten, und suchte mir panisch eine Wegbiegung, die in einem Winkel verlief, der es meinen Verfolgern für kurze Zeit unmöglich machte, das Gelände vor sich genügend weit einzusehen. Dort angelangt, sprang ich über den ausgetrockneten Graben, der einmal ein Nebenarm des Flusses gewesen war. Dann hetzte ich über die Wiese in Richtung eines Transformatorenhäuschens, das frei im Gelände stand. Hinter dem versteckte ich mich. Während ich mich an seine Rückwand presste, glaubte ich, mein Keuchen müsste bis auf den Weg hinüber zu vernehmen sein. Aus der Deckung heraus beobachtete ich, wie der Pkw das Ende der Wegbiegung erreichte und stoppte, als wären meine Verfolger irritiert. Dann fuhr der Wagen in Richtung meines Wohnorts, so weit, wie sie glauben mussten, dass ich auf meiner Flucht gelangt sein könnte. Dort, wo der Pfad sich verbreitete, weil er einen Abzweig zu einem verlassenen Wohnhaus und eine Zufahrt zum Waldbad freigab, wendeten die beiden Männer das Auto und preschten zurück. Das wiederholte sich ein paar Mal. Auf die Idee, ich könnte über die Wiese gerannt sein, kamen sie Gott sei Dank nicht. Das Transformatorenhäuschen war zu auffällig. Erst nach einer halben Stunde ließen sie von mir ab und verschwanden dorthin, woher sie gekommen waren: ins Nichts. Eine weitere halbe Stunde blieb ich im Versteck hocken. Dann schlich ich mich zitternd hinab zum Ufer des Flusses bis zu einer Gartensiedlung.

Alles hatte damit begonnen, dass mir verboten worden war, meinen neuen Vornamen, den mir das Amtsgericht soeben erst zuerkannt hatte, in voller Länge unter meine Artikel zu setzen. Auf Anweisung Fräses musste ich ihn nach dem ersten Buchstaben geschlechtsneutral abkürzen. Im Grunde genommen war ich selbst schuld daran, dass sich der Geschäftsführer stark genug fühlte, mich auf einen Großbuchstaben reduzieren zu dürfen. Anfänglich hatte ich in dem Glauben gelebt, es könne für mich einen Dritten Weg geben, weswegen ich mich entschlossen hatte, als das aufzutreten, was gemeinhin für androgyn gehalten wird. Damit wollte ich all denen, die mit mir zu tun bekamen, Gelegenheit bieten, in mich das hinein zu lesen, was sie in mich hinein zu lesen wünschten. Das Dumme war nur, dass sie genau das in mich hinein lasen, was ich nicht wünschte, dass sie es tun. Vielleicht aber liegt die Wahrheit ganz woanders, und ich hatte einfach nur Angst, an der Endgültigkeit einer Entscheidung zu scheitern. Man bedenke: Ich leitete in einer ostdeutschen Kreisstadt eine Wochenzeitung, die von mir gegründet worden war. Da sind gewisse Entscheidungen unumgänglich. Gleich nach meinem Einstieg hatte ich gemeinsam mit dem Drucker, bei dem ich die Zeitung herstellen ließ und in dessen Firmengebäude ich gegen dreitausend Deutschmark Monatsmiete unterkam, eine GmbH ins Leben gerufen. Mich in die Firma einzukaufen, war ich nicht in der Lage. Ich hatte, kurz nach der so genannten Wende, nicht einmal die fünfhundert Westmark auf der hohen Kante, die dazu vonnöten gewesen wären. So kam es, dass mein Partner, der Drucker, statt meiner zum Geschäftsführer ernannt wurde und damit zu meinem Vorgesetzten. Ich nenne ihn Fräse wegen seines Vollbartgestrüpps, das ihm bis aufs Schlüsselbein hinab kräuselte. Zunächst hielt ich die neue Konstellation nicht für bedrohlich. Ich fühlte mich wohl in meiner Rolle als Nichtfüralllesverantwortliche. Doch kaum im Amt, bombardierte mich Fräse mit Forderungen, deren Widersinnigkeit sich erst später herausstellen würde, als ich meine indifferente Haltung preisgab und es egal war, womit ich meine Kolumnen zeichnete, ob mit dem vollen Vornamen oder dem Kürzel, denn vom Bürgermeister bis zum Stadtfriedhofsgärtner wussten mittlerweile alle, wer sich hinter »A Punkt« verbarg. Da war mir längst klar, dass ich ohne die Fälschung meines Körpers keinen Segen der Gesellschaft erwarten durfte, und der Gesellschaft war klar, dass sie mir ihren Segen um keinen Preis geben würde, auch nicht um den der Fälschung meines Körpers.

Die Leute mochten meine Zeitung. Wenn ich unterwegs war, um Interviews zu machen, fragten sie mich oft nach diesem oder jenem Artikel, da sie sich nicht mehr erinnern konnten, ob sie ihn bei mir gelesen hatten oder in der »Anhaltischen«. Die »Anhaltische« ist die größte Tageszeitung im Bundesland mit einer Auflage von weiß der Teufel wie viel. Ich kann nicht verhehlen, dass ich stolz war. Seit ich das hiesige Arbeitsamt als geheimes Auffangbecken für Stasi-Spitzel enttarnt und damit einigen wenn auch bescheidenen, manche sagen: fragwürdigen, psychohygienischen Erfolg erzielt gehabt hatte, sprach mir das lesende Volk Wunderkräfte zu. Ich bekam sogar Aufträge, nach Vermissten zu suchen. Aber dann schickte mir dasselbe Arbeitsamt eine Abordnung empörter Umschüler in die Redaktion. Im Erstberuf offensichtlich Juristen, zumindest Kenner der Dokumente, die ich unter Verschluss hielt. Sie hatten, das musste ich kleinlaut zugeben, die besseren Karten und erzwangen auf ihre feine, versponnene Art einen Widerruf. Schluss war's mit lustig und ich fand mich auf das Niveau eines ganz normalen Menschen zurückgestuft. Als ich wenig später für einige Tage die Zügel schleifen ließ, weil ich unter Anpassungsschwierigkeiten an die neuen Hormontabletten litt und nicht gleich bei jeder Telefonnummer, die ich im Blatt veröffentlichte, nachhakte, hing mir sofort eine Handvoll Unterlassungsklagen am Hals, obwohl die Anlässe von lächerlicher Geringfügigkeit waren. Unterlassungsklagen gehörten zu den allerersten und fortan treuesten Segnungen der freiheitlich-demokratischen Grundordnung, die mir nach dem Fall der Mauer zuteilwurden. Heute halte ich sie für Tinnef, damals jedoch machten sie mir Angst; sie waren unbekannte Wesen mit Krakenarmen, die von einem fremden Planeten stammten und einzig herübergekommen waren, um mir das Blut auszusaugen.

Eines Tages weigerte sich eine unserer Kundinnen, die in meiner Zeitung regelmäßig für ihren Kranverleih warb und mit meiner Freundin Alex durch gemeinsame Jogging-Runden im Stadtpark Bekanntschaft geschlossen hatte, mit mir wegen eines neuen Firmenlogos zu verhandeln. Alex, die in der Druckerei als Abteilungsleiterin der Druckvorstufe arbeitete, wusste sich vor Schreck keinen Rat und verwies sie an eine meiner Kolleginnen, eine frühere Lehrerin, die sich bei mir mit Schönschreibübungen über Wasser hielt. Da entblödete sich ihre Sportfreundin nicht, sie zu fragen, ob das etwa »ooch so eene« wäre wie ich oder echt. Offensichtlich intervenierte sie ebenso bei Fräse, denn der versuchte umgehend, mir Kleidungs- und Schminkvorschriften zu machen, was meint, mir Hosen zu befehlen und Make-up zu verbieten. Im selben Atemzug untersagte er mir, die Damentoilette zu benutzen. Gewiss war das der Ausdruck eines grandiosen Missverständnisses, einer allumfassenden Kenntnislosigkeit, doch hatte ich dagegen keine Mittel in der Hand, zumindest keine, bei deren Gebrauch ich mich vor der ignoranten Belegschaft der Druckerei nicht lächerlich gemacht hätte. Bisher, so klagte Fräse, hätte er sich schützend vor mich stellen können, jetzt aber wären Stimmen honorabler Persönlichkeiten laut geworden gegen mein Auftreten in der Öffentlichkeit, und sein Kreuz sei nicht so breit, dass es auch dafür noch ausreichte. Im Grunde war das nichts Neues: Vermochte man meiner nicht aus fachlichen Gründen habhaft zu werden (und habhaft werden wollte man meiner immer), so warf man sich aufs Feld der moralischen Dilemmata. Wenn ich keine schlechte Journalistin war, so musste ich wenigstens ein schlechter Mensch sein. Leider aber zeitigte das Verfahren diesmal Folgen. Fräse entschloss sich, mich zu entmündigen. Er befahl mir, meinen neuen Vornamen, den mir das Amtsgericht soeben erst zuerkannt hatte, nach dem ersten Buchstaben geschlechtsneutral abzukürzen. Dann beschnitt er mir die Anzahl meiner Kolumnen. Die an meine Redaktion gerichtete Post ließ er zuerst von der Sekretärin der Druckerei lesen, bevor sie auf meinem Schreibtisch landete. Er zitierte Alex zu sich und bearbeitete sie hinter verschlossenen Türen. Entgegen ihren sonstigen Gewohnheiten offenbarte sie mir die Details dieses Verhörs nicht, auch nicht mit dem Abstand mehrerer Wochen. Ich weiß lediglich von Brigitte, meiner rechten Hand in der Redaktion, die ungewollt Augenzeugin des Vorfalls war, dass Alex verheult aus Fräses Büro gestürzt kam und sich danach in eine der hintersten Ecken der Maschinenhalle verkroch.

Am Tag vor dem Beginn meines Jahresurlaubs klagte mir Fräse, dass der Geschäftsbericht unserer Zeitung mit roter Tinte geschrieben sei, wir stünden mit einer halben Million in der Kreide. Hinter der Hecke aus Haaren war eine Regung im Gesicht nicht auszumachen. Die Nachricht durchfloss mich wie ein heißes, plasmatisches Gift. Als es in den Fingerkuppen angekommen war, begann ich, mich zu wundern. Fräse hatte genau die Summe genannt, die er vor kurzem für seine monströse Heidelberger Vierfarb-Offsetdruckmaschine ausgegeben hatte, der er in der Werkstatt extra einen neuen Sockel hatte meiern lassen müssen und die jedes Mal, wenn sie angefahren wurde, überall im Haus sämtliche Sicherungen kaltstellte. Seit Wochen hatte so etwas in der Luft gelegen. Mir war es gleich nicht ganz geheuer vorgekommen, als Fräse den Ökonomen seiner Druckerei zu mir in die Zeitung umsetzte, wodurch mir plötzlich der Zugriff auf die eigene Finanzbuchhaltung verwehrt war. Was hätte ich dagegen unternehmen können? Ich war nicht Gesellschafterin der Firma und meine Stimme hatte in all diesen Dingen keinerlei Gewicht. Wenigstens wusste ich jetzt, wozu das Manöver gut gewesen sein sollte. Fräse hatte den Zeitpunkt seiner Demaskierung bestens gewählt. Ich war halb auf dem Sprung ins Osterzgebirge und nicht mehr in der Lage zu reagieren, jedenfalls nicht rechtzeitig, es sei denn, ich sagte den Urlaub ab. Das aber tat ich nicht. Nach der Sache mit dem Arbeitsamt und auch sonst hatte ich Erholung bitter nötig, ganz zu schweigen davon, dass ich nach wie vor knapp bei Kasse war und eine Vertragsstrafe wegen des Rücktritts nicht aufbringen konnte.

Alex fuhr nicht mit mir in den Urlaub. Erst kurz vor Ultimo ließ sie mich abblitzen. Angeblich müsste sie im Betrieb Rückstände aufarbeiten. Sie ist fünf Jahre jünger als ich und Ingenieurin für Polygraphie. Wöchentlich einmal brachte ich ihr meine seinerzeit noch von Hand eingespiegelte Zeitung samt der Fotos und Werbegraphiken, von denen Repros gemacht werden mussten. Dabei haben wir viel miteinander geredet. Manchmal auch nicht, dann haben wir nur geglotzt. Obwohl ich ihr schon an jenem Nachmittag, an dem wir ein erstes Mal zitternd auf der Parkbank im Schlossgarten saßen, gebeichtet hatte, was es mit mir für eine Bewandtnis hätte, nahm sie mich mit in ihre Wohnung und ließ mich nicht wieder fort. Wie sich später herausstellte, tappte sie völlig im Dunkeln über das, was ich ihr im Schlosspark, in klägliche Euphemismen getunkt, mühselig zu erhellen versucht hatte. Sie war nicht weniger unwissend als Fräse. Alle waren sie unwissend. Es ist mühselig und unbefriedigend, in einer Welt voller Unwissender ein Leben führen zu wollen, das nicht ständig in Frage gestellt wird. Erst Wochen später, angesichts einiger illustrierter Berichte in Boulevardblättern, die ich ihr vorlegte, als sie mich bei mir zu Hause in der Nachbarstadt besuchte, um sich auf dem vier Meter langen Balkon meiner Wohnung zu sonnen, begann Alex zu grübeln und brachte einen ganzen Sonntag lang kein Wort heraus, wofür ich mich hasste.

Am Morgen meiner Abreise in den Urlaub konnte ich mich von meiner Freundin nicht verabschieden, weil sie Hals über Kopf zu ihren Eltern in die Werkssiedlung befohlen war. Die alten Herrschaften hatten um sich herum eine Bannmeile gezogen, die ich nicht betreten durfte. Gleich nachdem die beiden im vorigen Sommer von mir die Wahrheit über mich erfahren hatten, erteilten sie mir Hausverbot. Das hielt ein geschlagenes Jahr. Erst ganz am Ende meiner Beziehung zu ihrer Tochter, als feststand, dass Alex in den Milden Westen auswandern würde, weit weg bis an die französische Grenze, weil sie weder die rüden Attacken gegen uns noch die Vertracktheit ihrer Liebe zu mir länger auszuhalten imstande war, lockerten ihre Eltern erleichtert die Besuchssperre, wohl auch, um ihr Gewissen zu bereinigen, bevor es gänzlich von der Angst zerfressen wäre. Aber noch in der Woche vor Alex' endgültiger Auswanderung warnte mich meine verhinderte Schwiegermutter, ihrer Tochter in die Pfalz zu folgen und ihr auf diese Weise womöglich die Karriere zu versauen. Ich war in den Augen dieser herzensguten Frau das fleischgewordene Böse, ein seelenfressendes Monster, das durch seine bloße Anwesenheit alles um sich herum mit sich in den Abgrund riss.

Den Urlaub verbrachte ich zufällig zu jener Zeit, da der neue gesamtdeutsche Bundestag über eine Variante des Paragraphen 218 beriet, der in der DDR ersatzlos gestrichen gewesen war und dessen Wiedereinführung wir nun für einen Gewinn zu halten hatten. Am Morgen meines zweiten Tages im Osterzgebirge, gleich nachdem ich aufgewacht war und während ich den kleinen, gelben Stofflöwen im Arm hielt, den mir Alex zum Abschied geschenkt hatte, überkam mich der Katzenjammer. Er hatte mit dem zunehmenden Pragmatismus meiner Geliebten zu tun. Seit einiger Zeit versuchte sie verbissen, uns voneinander abzunabeln, zum Beispiel indem sie mich auf der aufklappbaren Couch im Wohnzimmer übernachten ließ statt im gemeinsamen Bett. Nun war sie unter einem Vorwand erst gar nicht mit mir nach Oberbärenburg gefahren. Sie hielt sich nicht länger als nötig auf mit Tatbeständen, an denen sie nichts ändern konnte. Ihre Lieblingsredewendung war: »... und fertch!« Immer dann, wenn sie »... und fertch!« sagte, war absolut nichts mehr anzufangen, weder mit dem Sachverhalt, auf den sich der Ausruf bezog, noch mit ihr. Gegen halb neun am Abend des ersten Tages, nach einer Wanderung über Waldwege, die man nach Bonner Manier zu asphaltieren begann, telefonierte mich Alex in meiner Herberge an. Ich war irritiert davon, wie behutsam ihre Stimme klang, so als hätte meine Liebste Angst, mit einem heftigen Wort die Verbindung endgültig abzureißen. Nun glaubte ich doch wieder, wir beide hingen mehr aneinander, als wir uns und der Welt zugestehen wollten. Alex hatte von ihrem Büro in der Druckvorbereitung aus angerufen. Aus dem flüsternden Munde meiner Sekretärin Brigitte, die offensichtlich ebenfalls Überstunden schrubbte und sich im Anschluss den Telefonhörer reichen ließ, erfuhr ich, dass Alex tagsüber nichts aß. Sie habe auch wieder schlimme Magenschmerzen. Während es in der Nacht darauf stark regnete, träumte mir, die elfjährige Laura, eine meiner Töchter, die ich beide schon fünf Jahre lang nicht mehr hatte sprechen dürfen, hätte, bevor sie zu den anderen Mädchen ihres Chores in einen Bus nach Paris stieg, eine Verzweiflungstat begangen. Welche, war nicht ersichtlich, jedenfalls lagen vor mir zerschlitzte Kleidungsstücke, mit denen sich ein Polizist in Zivil befasste. Dann lief Laura eine Schultreppe empor und an mir vorbei. Sie hatte ein schlechtes Gewissen und schlug den Kragen vors Gesicht, damit ich sie nicht erkenne. Beinahe hätte ich sie tatsächlich nicht erkannt. Fragend rief ich ihren Namen und erwachte, noch bevor sie sich hätte zu mir umwenden können.

Wenn ich während des Wanderns aus winzigen Taschenflaschen Weinbrand trank, stellte ich mir vor, Alex säße am Tisch in der Küche mir gegenüber, sähe mich Schnaps trinken und hielte eine ihrer Grundsatzreden, wozu sie energisch mit dem Kaffeelöffel wedelte, wie sie es für gewöhnlich tat. Mir war schwummerig bei dem Gedanken, dass wir uns nach meinen Urlaub nur anderthalb Tage lang würden sehen können, bevor sie ihren Rucksack schulterte und für zwei Wochen solo unterwegs wäre, auf Arbeitssuche in der Pfalz. Ich frage: Von welcher Güte ist eine ewige Ordnung, die dafür sorgt, dass, wenn eine sie mit ihren unkeuschen Lippen berührt und erklärt, sie sei nicht das ihr zugewiesene Ich, plötzlich alle anderen gleichermaßen die Selbstgewissheit ihres Ichs verlieren? Charlotte, die Frau, die mich einmal »Geschenk des Himmels« genannt hatte und von der ich geschieden bin, besuchte nach wie vor meine Mutter, aber wohl nur zu dem einen Zweck, sich, da sie selbst noch immer kein Telefon besaß, aus Hamburg anrufen zu lassen, von einem Dozenten für Sozialpädagogik, wobei sie angelegentlich dafür sorgte, dass ich auf dem Umweg über das Klatschmaul meiner Mutter von ihrem neuen Lover erfuhr, dessen Erscheinen ihr vom Horoskop vorausgesagt worden wäre. Ich nahm zur Kenntnis, dass meine Ex darauf bestand, keine Lesbe zu sein und nun, mit neu hereinbrechender gesellschaftlicher Ordnung und wiedergewonnener Freiheit, Horoskope las. Aber können wir überhaupt je zu etwas Eigenem finden, während wir unentwegt damit beschäftigt sind, unsere Ichs zu konstruieren, immer wieder von neuem? Bei einem früheren Ferienaufenthalt in Wernigerode, wo es auf einem Spielplatz große Holztiere gab, auf denen unsere damals sechsjährigen Töchter besonders gerne umher turnten und von wo ich wegen des miserablen Wetters zwischendurch nach Hause fahren musste, um die Regensachen herbei zu schaffen, die wir in unserer Sorglosigkeit vergessen hatten einzupacken, kaufte ich eine Broschüre mit Harzer Volksliedern. Eines war darunter, das meine Kinder, vielleicht nicht ganz zu Unrecht, für bare Münze nahmen: Ein Kind fleht seine Mutter an, ihm Brot zu geben, es habe Hunger. Seine Mutter vertröstet es Strophe für Strophe. Erst müsse gesät werden. Dann müsse das Korn wachsen. Dann müsse geerntet werden. Dann könne man das Korn zu Mehl mahlen. Dann würde das Brot gebacken. — Und als das Brot gebacken, ist das Kind Hungers gestorben. Immer wieder musste ich das Lied aufsagen. Immer wieder fragten die beiden, ob das Kind wirklich tot sei. Immer wieder wollten sie wissen, ob ihnen das auch passieren könne. Von diesem Tag an waren unsere Töchter stets darauf bedacht, dass wir auf unsere Wanderungen ausreichend zum Essen mitnahmen für den Fall, wir verliefen uns und sowieso. Noch heute schnürt es mir die Kehle im Gedenken daran, wie die unschuldsvollen Seelen ihre erste Begegnung mit den Zwängen der Endlichkeit zu verarbeiten suchten. Wie sie praktische Lösungen für ihr eigenes Leben fanden. Wie sie umso enger sich an uns schmiegten, weil von uns Eltern die Ewigkeit ausstrahlte.

Am Ende einer jeden Tour, das entrollte sich schon bald als ein Ritus, las ich auf einer Holzbank, die am Saum eines Kiefernwaldes über der sich lang ins Tal fläzenden Stadt stand, Truman Capote.

Ich war immer ganz offen. Ich war immer sehr beliebt. Ich war amüsant, und ich war hübsch. Ich sehe nicht aus wie irgendjemand. Die Leute fühlen sich anfangs abgestoßen durch etwas, das anders ist, aber ich habe sie immer ganz leicht entwaffnet. Verführung — das ist's, was ich mache. Das ging so: Du findest, ich bin anders; und ich werde dir zeigen, wie anders ich wirklich bin.

Alex empfing mich bei meiner Rückkehr aus dem Urlaub mit einer Karamelcrémespeise, die sie zur Feier der Begrüßung zusammengerührt hatte. Ich brachte ihr aus dem Erzgebirge eine kleine Pyramide mit; falls wir Weihnachten nicht beieinander sein könnten, sollte sie die Pyramide auf den Tisch stellen und an mich denken. Die erste Neuigkeit, die sie mir auftischte, war, dass Fräse beabsichtigte, unser Konkurrenzblatt drucken zu wollen, das zwar bundesweit eingeführt war, sich aber angesichts unseres Erfolges erst sehr spät dazu entschlossen hatte, sich auch in unserem Kreis anzusiedeln. Mir verschlug es die Sprache. Mal abgesehen davon, dass Fräse vom Bogen und nicht von der Rolle druckte, was den Produktionsprozess enorm verlangsamte und verteuerte — das besagte Konkurrenzblatt gehörte einem westdeutschen Medientycoon, niemals würde der sich auf eine solche Prozedur einlassen. Schwerer wog für mich, dass Fräse noch vor anderthalb Jahren »eine Zeitung von Ostdeutschen für Ostdeutsche« hatte machen wollen, bei der er »nicht unbedingt darauf achten müsse, ob sie Gewinn abwirft«. Inzwischen räsonierte er wie jeder beliebige Schwachkopf über die Sachzwänge. Noch vor ein paar Monaten hätte er auf das Kommunistische Manifest schwören mögen, dass er in der Firma den Gedanken ans Soziale hoch hielte, weil er lieber etwas weniger Lohn zahlen wollte, als Mitarbeiter entlassen zu müssen. Nun hörte ich, er habe zwei Drucker geschasst, selbstredend ohne den Verbliebenen höhere Löhne zu zahlen, im Gegenteil, sie warteten seit einem Vierteljahr auf die ausstehenden.

Meine Freundin litt seit Tagen wieder unter Magenkrämpfen und ich drängte sie, endlich zum Arzt zu gehen. Eine der Berufskrankheiten in der Fräseschen Firma. Alex' Vorgängerin in der Druckvorbereitung war noch ein Viertel ihres Magens verblieben, der Fahrer der Firma hatte auch schon unterm Messer gelegen. Stress, Fastfood, Nikotin und Mobbing ätzten die Mägen löcherig bei denen, die dafür anfällig waren. Eine Liebe wie die zwischen Alex und mir erledigte den Rest. Zu allem Überfluss war sich Alex so knapp vor ihrer Abfahrt in den Westen nicht im Klaren, ob die Sicherheiten, die sie sich in ihrem Heimatkaff erarbeitet hatte, so fadenscheinig sie sein mochten, gegenüber dem Wagnis, etwas grundlegend Neues anzufangen, nicht womöglich doch überwogen. So zum Räsonieren gezwungen zu sein, missfiel ihr. Auf diesem Terrain fühlte sie sich nicht wohl. Sie suchte Zuflucht in vertrauten Gefilden. Als ob damit sämtliche Probleme auf einen Hieb gelöst werden könnten, schärfte sie mir ein, dass unsere Lebensgemeinschaft sich zu einer Frauenfreundschaft herunterschrauben sollte, die Anwesenheit von Männern im Leben einer jeden von uns zumindest nicht unerwünscht bleiben dürfte — »... und fertch«.

Als ich an meinem ersten Arbeitstag nach meinem Urlaub in der Redaktion auftauchte, war nicht nur unser Computer blockiert, weil Brigitte in Fräses Auftrag für ein Umweltprojekt zuarbeiten musste, sondern es standen auch zwei wildfremde Weiber gackernd am verwaisten Arbeitstisch der Schönschreiblehrerin und sortierten Anzeigen. Sie stellten sich mit ihren Vornamen vor. Es duzte sich schon wieder alles. Pikiert bestand ich auf dem Sie. Fräse informierte mich nur kurz über die Veränderung. Ich vermeinte, seine Verunsicherung darüber zu spüren, dass ich trotz aller, sagen wir, Differenzen in den Job zurückgekehrt war. Jetzt musste er zur Strafe für seine Voreiligkeit zwei Leute mehr durchfüttern. Die jungen Frauen, die in der Regierungsbezirkshauptstadt Volkswirtschaft studiert hatten und deshalb beste Voraussetzungen zum Sortieren von Anzeigen mitbrachten, drückten sich den ganzen Tag über um eine Anrede. Kaltschnäuzig ließ ich sie auflaufen. Zu guter Letzt hielt ich mit ihnen eine Schulstunde in den Grundlagen des Journalismus' ab. Viel Sinn machte das nicht. Im Zuge wilder Sparmaßnahmen war ich gezwungen, die zukünftigen Ausgaben unseres Wochenblattes jeweils um vier Seiten zu kürzen. Danach würde ich nichts mehr unterkriegen außer Kurzmeldungen — allmählich sah meine Zeitung aus wie jede x-beliebige westdeutsche Anzeigengazette im A-4-Format mit den Inseratkolossen der Autofirmen. Ich schämte mich und hielt ab sofort meinen Namen aus dem Impressum heraus. Fräse tat, als bemerkte er's nicht.

Die Einwohnerzahl der Stadt, in der Alex mit mir lebte, war innerhalb eines Jahres nach der so genannten Wende um ein Drittel geschrumpft, wegen der Emigranten, die ihre Jobs in der Chemieindustrie verloren hatten, an den wirtschaftlichen Aufschwung im Osten nicht glaubten und nun anderswo ihr Goldgräberglück versuchten. Die Wohnviertel verslumten. Als ich nach Alex' Abreise beim Fleischer in der Nähe ihrer Wohnung fürs Wochenende Wurst einkaufen wollte und nach einigem Warten in der Frauenschlange endlich an der Reihe war, blickte die Verkäuferin durch mich hindurch wie durch Glas, bis sie Schielaugen kriegte, und rief zweimal demonstrativ an mir vorbei: »Die Nächste bitte!« Ich versuchte, mich bemerkbar zu machen, aber meinem Einwand ward das Wort abgeschnitten, als existierte ich nicht. Unterdessen schob sich jemand von hinten aus der Wartereihe an mir vorbei, drückte mich mit Ellenbogen und Hüfte beiseite und besetzte meinen Platz am Glastresen. Ich kapitulierte und trollte mich in mein Ghetto. Ein oder zwei Tage später geschah es, dass ich im Zentrum der Stadt aus einem vorbeifahrenden Jeep angespien wurde. Der Beifahrer hatte gut gezielt, mir mitten ins Gesicht. Eine ganze Stunde lang würgte es mir im Hals, bis ich daheim die Erniedrigung mit Unmengen billigen Rotweins wegspülte.

Unverhofft machte mir Fräse ein Angebot. Einer seiner Geschäftsfreunde wäre im Besitz der Lößnitzer Mineralquellen, die er zugkräftiger vermarkten wolle als bisher, weswegen er einen Manager mit Kontakten zur Presse suche, ob ich als Kenner der Szene nicht jemanden wüsste. Nein, ich wüsste niemanden, beschied ich übellaunig und schloss in meinem Büro die Schreibtischtür mit einem gezielten Fußtritt. Kurze Zeit später rief mich die Leiterin des Amtes für Öffentlichkeitsarbeit bei der Stadtverwaltung an, einer der Gesellschafterinnen unserer Zeitung. Ob ich die Bilanzen kennte. So lala, sagte ich. Der Rechnungsprüfer hätte sie gerade gebracht, und sie wäre glatt vom Hocker gefallen. Sie wäre nicht umhin gekommen, die Finanzdezernentin um Rat zu bitten. Eine solche Bilanz könne es gar nicht geben, hätte die ihr beschieden, das seien »phantasmagorische« Posten. Nun forderte die Leiterin des Amtes für Öffentlichkeitsarbeit mit allem Nachdruck eine baldige Gesellschafterversammlung. Man überlege, einen Wechsel in der Geschäftsführung vorzunehmen. Was ich davon hielte. Ob es von Bedeutung wäre, was ich davon hielte. Sie antwortete nicht. Die erste Gesprächsrunde, zu der auch der Kreiskämmerer eingeladen war, musste dann allerdings vertagt werden, weil Fräse nicht in der Lage war, Auskunft über die Qualifikation des Wirtschaftsprüfers zu geben, der die Bilanz unserer Zeitung unterschrieben hatte.

Tags darauf lud Fräse zum Tabakskollegium und warf mir unverblümt vor, wir hätten deswegen eine halbe Million Miese, weil er hintergangen worden wäre. Unter Vorspiegelung falscher Tatsachen hätte »man« ihm weisgemacht, das Geschäft floriere. Ich war baff und wandte ein: Ich sei weder die Geschäftsführerin noch die Ökonomin. Fräse zuckte bloß mit den Schultern. Um den Laden auf Touren zu bringen, verlangte er von mir in schöner Wachstumskapitalismuslogik, ich solle noch eine zweite Zeitung machen, eine für den Nachbarkreis. Er wusste, dass das nicht zu schaffen war, versprach jedoch, in diesem Falle Brigitte wegen des Schreib- und Rechnungsaufwandes bei uns in der Redaktion zu belassen, widrigenfalls müsste sie in den Fotosatz der Druckerei wechseln. Brigitte flüsterte mir zu, sie hielte das ewige Hin und Her nicht mehr aus, sie könnte schon lange nicht mehr schlafen, sie wollte nicht von uns weg. Gegen Mittag fragte mich Fräse, ob wir was zum Setzen hätten. Ich erklärte ihm, nicht ohne Sarkasmus, meine neue Methode: Erst alle Anzeigen sammeln, dann auf die Spiegel kleben, dann die Lücken mit irgendwelchem Text verfüllen — das lohnte sich frühestens zu Beginn der nächsten Woche und ginge ruckzuck. Nach Mittag schickte Fräse seine Spätschicht nach Hause.

Alex ließ mir keinerlei Nachricht zukommen. Weder im Briefkasten ihrer noch in dem meiner Wohnung fand ich Post von ihr. Mir ging es nicht gut. Manchmal beschlich mich, wenn ich im Begriff war, vor die Haustür auf die Straße zu treten, eine unergründliche Angst, und ich kehrte um. An einem Freitag erhielt ich die Kündigung, natürlich aus betriebswirtschaftlichen Gründen. Fräse beorderte Brigitte zu sich unter dem Vorwand, es gäbe Probleme im Zusammenhang mit ihrer Urlaubsplanung zu klären. Dann musste sie mein Kündigungsschreiben tippen. Als sie zurückkam, heulte sie. Ich saß gerade über einer Anzeige für ein Autohaus, der ich frecherweise eine Banderole aus Pferde-Silhouetten verpasste. Brigitte sagte: Fräse ist ein Schwein! Von der Stadtverwaltung kam kein Widerspruch gegen meinen Rausschmiss, auch in den folgenden Wochen nicht.

Ab sofort war für mich das Auffangbecken für Stasi-Spitzel zuständig. Die juristisch gebildeten Umschüler traf ich im Arbeitsamt allerdings nicht wieder. Ich lebte von sechs Deutschmark und achtzig Pfennigen pro Tag und gewöhnte mir, um zu sparen, an, zwischen Alex' Wohnung und der meinen in der Nachbarstadt zu Fuß hin und her zu pendeln, immer durch die Saaleniederung, an der Rischmühlenschleuse vorbei und dem Wasserwerk. Keine Frage, die zwei Männer, die in dem Wartburg saßen und mir im Schritttempo folgten, kannten sich aus, mit der Gegend und mit mir. Lief ich schneller, fuhr auch das Auto schneller, immer im Abstand von vielleicht zehn Metern. Die Männer machten sich an irgendwelchen Geräten zu schaffen, ohne mich dabei aus den Augen zu lassen, vielleicht war es das Handschuhfach, in dem sie wühlten. Ich spürte, wie mir die Knie weg sackten, und suchte mir panisch eine Wegbiegung, die in einem Winkel verlief, der es meinen Verfolgern für kurze Zeit unmöglich machte, das Gelände vor sich genügend weit einzusehen. Dort angelangt, sprang ich über den Graben, der einmal ein Nebenarm des Flusses gewesen war, und hetzte über die Wiese in Richtung eines

Transformatorenhäuschens, das frei im Gelände stand. Hinter ihm versteckte ich mich. Ich wusste, dass das kein sicheres Versteck war. Ich wusste, dass es für mich nie mehr ein sicheres Versteck geben würde.

DIE FÄHRE

Der blaue Brief kam mit der Post. Die Betreibergesellschaft hatte beschlossen, den Fährbetrieb einzustellen. Er rentierte sich nicht mehr, seit man eine Autobrücke zur Halbinsel gebaut hatte. Zwar gab es die Gierseilfähre schon ewig, nämlich seit auf dem Fluss Kettenschleppschiffe fuhren, aber von nun an war sie nur noch etwas für Romantiker. Ob der Fährschiffer seine Dienstwohnung würde räumen müssen, schien man noch nicht entschieden zu haben. Seit seine Frau Ilse bei einem Unfall in ihrem alten Wartburg Coupé gestorben war, wohnte er in dem Haus allein. Ilse hatte ihn immer zu trösten gewusst. Er vermisste sie sehr. Am liebsten würde er vor der Ungewissheit das Weite suchen, hinaus aufs offene Meer, dorthin wo es Palmen gab oder Pinien statt Pappeln. Aber die Fähre hing an zwei Stahlseilen, die nicht sichtbar waren, weil man sie am Flussgrund verankert hatte, und konnte nicht fort. Außerdem – wer sollte sonst Dienst tun? Es gab einen Plan. Die Bucht musste zu jeder Stunde überquert werden. Zur vollen ungeraden in Richtung der Halbinsel, zur vollen geraden zurück zum Festland. Also kein offenes Meer und keine Palmen. So blieb dem Fährschiffer viel Zeit zum Grübeln. Er setzte sich in sein Haus oder bei schönem Wetter ans Ufer und ging mit dem Laptop ins Internet. Er hatte sogar einen eigenen Blog. In dem stellte er Spekulationen darüber an, ob sich die Raumzeit zu einer Art Brezel verbiegen lasse. Seine These lautete, dass ein im Sternbild Alpha Centauri beobachteter Gammablitz von einem Schwarzen Loch verursacht worden sei, das eine gewaltige Krümmung der Raumzeit hervorgebracht habe und damit eine Zeitschleife. Bekanntlich kreuze sich auf solch einer speziellen Schleife der Zeitstrahl mit sich selbst in einem Punkt, der entweder in der Vergangenheit oder in der Zukunft liegt. Das setze die Kausalität, wie wir sie kennen, außer Kraft. Den Lesern des Blogs hatte er bereits mitgeteilt, dass seinen Berechnungen zufolge die Gierseilfähre zufällig genau an dem Tag, an dem sie ihr hundertjähriges Jubiläum feiert, ins Zentrum eines solchen Kreuzungspunkts geraten werde.

Früher hatten sich die Ausflügler in Massen auf die Halbinsel hinübersetzen lassen, wo es eine weithin berühmte Sehenswürdigkeit gab, eine riesige Esche, die der Sage nach tausend Jahre alt sein sollte und allen Blitzen und Herzchenkritzeleien widerstanden hatte. Doch schon seit Monaten hatte überhaupt niemand mehr ans andere Ufer gewollt. Dem Schiffer blieb viel Muße, an früher zu denken und daran, wie seine Frau kaum noch damit hinterher gekommen war, an die Ausflügler Schinkenbrötchen zu verkaufen, denn auf der Insel gab es keinen Kiosk wegen des Naturschutzes. Diese verfluchte Autobrücke! Er wurde nicht müde, sich Mut zuzusprechen. Alles Neue erregt erst einmal Aufmerksamkeit, weil die Leute mutmaßen, es bringe etwas Niedagewesenes, Allheilendes, doch sobald man es in seinen Alltag eingebaut hat, erkennt man, dass es nichts anderes ist als das Alte, nur ein bisschen aufpoliert, und zuletzt ermüdet die Gewöhnung. Gewiss würde man bald auf den Dreh kommen, dass seine Fähre mehr taugte, als die Autobrücke mit ihren ewigen Staus, und dann müsste die Betreibergesellschaft den Fährbetrieb wieder aufnehmen und ihm das Haus mit der Dienstwohnung lassen.

An jenem Vormittag war der Fährschiffer aus seinem Haus ans Ufer getreten, weil er sich die Langeweile vertreiben wollte, indem er sich zum Mittagessen ein paar Plötzen angelt. Da bemerkte er beinahe zufällig, wie am gegenüberliegenden Ufer ein Auto auftauchte, das im Fahren stotterte und schließlich neben der Anlegestelle steckenblieb. Auf die Entfernung hin sah er nur schemenhaft, dass eine Person ausstieg und wild mit beiden Armen in der Luft herumfuchtelte. Offensichtlich winkte sie zu ihm herüber. Er glaubte sogar, einen Ruf zu hören, der wie »Hol über!« klang, und musste grinsen. Es war erst Viertel nach Neun. Er nahm das Megaphon und gab der Person zu verstehen, dass die Fähre nur zur vollen Stunde übersetze. Offensichtlich verstand sie ihn nicht. Als sie nicht locker ließ mit dem Winken, entschloss er sich nachzuschauen, obwohl es gegen die Vorschrift war. Er lichtete das Haltetau vom Poller, ging zum Steuerhaus, das in der Rumpfmitte stand, und legte vom Ufer ab. Beim Anlanden erkannte er zu seinem Erstaunen schon von weitem einen alten Wartburg Coupé. Ganz verrückt wurde es, als er der Frau gegenüber stand.

»Ilse?«, entfuhr es ihm.

»Du hast zugelegt«, sagte die Frau, als wäre sie nie weg gewesen, und tätschelte ihm den Bauch.

In den Ohren des Fährschiffers rauschte es, als drücke ihm jemand den Kopf unter Wasser.

»Du bist es wirklich«, sagte er entgeistert.

Der Zeitstrahl!, dachte er. Wenngleich sich dessen Kreuzung für seinen Geschmack zu früh vollzog. Vielleicht ein Fehler im Algorithmus. Als er Ilse in die Arme schließen wollte, entzog sie sich ihm.

»Ich muss dringend in die Stadt und darf mich nicht aufhalten.«

»Kein Problem«, sagte der Fährschiffer beschämt und nahm sie mit hinüber zum Festland.

Er hoffte, dass sich nun, da seine Frau wieder da war, alles zum Besseren wenden werde.

»Bist du gekommen, um meine Theorie zu beweisen?«, fragte er sie unterwegs. »Dass sich die Raumzeit zu einer Brezel verbiegen lässt ...?«

»Was denn sonst«, erwiderte Ilse und lachte über seine Ahnungslosigkeit.

Noch lange, nachdem sie auf wackligen Knöcheln hinter dem Damm in Richtung der Stadt entschwunden war, blickte er ihr wie hypnotisiert hinterher. Dann kehrte wieder Stille ein. Sogar das helle Zizizi der Blaumeisen verstummte.

Bis zur nächsten planmäßigen Überfahrt widmete sich der Fährschiffer den Plötzen. Seinen Angelplatz hatte er an einem mit Tausendblattpflanzen bewachsenen Seitenarm des Flusses eingerichtet, wo das Wasser über einem Kiesboden nicht allzu tief war und beinahe zum Stehen kam. Als Köder dienten ihm große Maden. Er spießte sie auf, indem er den scharfen Haken flach durch die Haut am Kopf fädelte, so blieben sie am Leben. Das war eine Wissenschaft für sich und nahm wie gewöhnlich seine ganze Aufmerksamkeit in Anspruch, sodass er im Radio die Abendnachrichten verpasste.

AKTE R., GESTÄNDNIS

So wie die Menschen sich darüber wundern, dass wir im Wasser leben, wundern wir uns über die Menschen, dass sie es in der Luft aushalten, ohne daran zu ersticken. Wir sind einander herzlich fremd. Ich zum Beispiel hatte mich in einem Tümpel häuslich eingerichtet, den die Menschen den Dustersee nennen. Auf einer Landzunge, die in ihn hineinragt, pflegte einer von ihnen Fische zu angeln, meistens glücklos. Zu diesem Zweck fuhr er jedes Mal in einem schwarzen Jeep vor. Niemand begleitete ihn. Stundenlang hockte er am Ufer und führte Selbstgespräche. An heißen Sommertagen liebte er es, bis zu den Knien im Wasser zu stehen. Manchmal watete er ganz in den See hinein und badete. Seine Haut war seltsam hell. Sie sah aus, als wäre sie weich. Ich wurde neugierig und setzte mir in den Kopf, sie zu berühren, und sei es nur ein einziges Mal. Eines Tages, als der Angler mit der Feederrute auf Brassen und Rotaugen ging, zog ich ihn zu mir hinab und bedeckte seine Haut mit meinen Händen. Sie fühlte sich nicht so weich an, wie ich angenommen hatte, aber sie war warm. Der Ärmste erblickte mich nicht, obwohl er die Augen weit aufgerissen hielt. Er zappelte nun selbst wie ein Fisch an der Schnur um sein Leben, weil ihm das Wasser die Luft abschnitt. Da erbarmte ich mich seiner und ließ ihn frei. Von nun an musste ich immer an ihn denken, besonders in den Nächten, wenn die Mondsichel mit ihrer Klinge über den See senste. Woche für Woche, Monat um Monat wartete ich darauf, dass sich der Erdling mit der warmen Haut wieder blicken ließ. Vergebens. Schließlich musste ich mir eingestehen, dass ich ihn vertrieben hatte. Die Sehnsucht nach ihm vergiftete mich. Keinen Tag länger hielt ich es ohne ihn aus. Ich beschloss, den See zu verlassen, eingedenk der Warnung, die von unseren Alten ausgestoßen zu werden pflegt, dass ein jeder Erdlingsmann, der sich auf mich einließe, sterben müsse. Ich hielt das für ein leicht durchschaubares Ammenmärchen.

Damit ich an Land nicht gleich auffiel, schien es mir das Klügste, mich den Menschen anzuverwandeln. Meine Fluke - Sie wissen, was eine Fluke ist? - ließ ich mir von einer unserer Unterwasserkoryphäen auf dem Gebiet der plastischen Chirurgie zurechtformen, der zwar ein Spezialist für Anemonenfische und Fahnenbarsche ist, aber doch so geschickt, dass mein Unterstes jetzt menschlichen Beinen recht ähnlich sieht. Der Eingriff war alles andere als eine Bagatelle. Extremitäten wie die meinen werden nur von Bindegewebe zusammengehalten, Knochen gibt es nicht, weswegen die Schwabbelmasse mit Knorpeln künstlich versteift werden musste. Sie können sich vorstellen, wie wacklig sich meine ersten Schritte auf dem Festland ausnahmen, von den Schmerzen ganz abgesehen, zumal ich aus Unkenntnis barfuß lief. Aber ich bin jung und war auf eine seltsam sportliche Weise davon überzeugt, jedes Hindernis mit Leichtigkeit überwinden zu können.

Zwar machte mir die so genannte Luft das Atmen beinahe unmöglich, doch schaffte ich es mit letzter Kraft bis ins Dorf. Vor einem der Häuser stand jener schwarze Jeep, mit dem mein Angler früher bis ans Ufer des Dustersees gefahren war. Ich sah den Mann, wie er gerade mit einer Maschine Gras mähte, und es gab mir einen Stich im Herzen. Erschöpft lehnte ich mich an seinen Zaun und stöhnte, so dass er auf mich aufmerksam wurde. Zum Glück bluteten meine neuen Füße aus den Wunden, die mir der Kies gerissen hatte. Das erregte sein Mitleid und er eilte herbei, um mir Hilfe anzubieten. Dabei wandte er keinen Blick von meinen grünen Haaren und dem feuchten Saum meines Rocks. Er trug mich in seinen Garten. Zu meiner unbändigen Freude gab es dort einen Schwimmpfuhl, wenngleich er im Vergleich mit meinem Zuhause eher ein Witz war. Weil mir von den Alten aus dem See verboten worden war, das Maul aufzumachen, zeigte ich erst auf meine verschlossenen Lippen und bedeutete meinem Retter dann mit einem Blick auf den Pool, dass ich unbedingt da hinein wollte. Auch wegen der weißen Schwimmhäutchen zwischen meinen Fingern, die mich hätten verraten können, entzog ich mich vorerst verschämt jeder näheren Begutachtung und tauchte ab. Ich schwamm, bis die Dämmerung Wasser, Luft und Land in eins schob. Schließlich hockte sich der Erdling mit der warmen Haut an den Beckenrand und staunte, als hätte er sein ganzes Leben lang noch nie eine Schwimmerin gesehen, schon gar keine, die es dermaßen lange unter Wasser aushielt. Unversehens sprang er zu mir hinab ins Nass und umarmte mich. Ich spürte die Wärme seiner Haut in meine Schuppen sintern und war dabei, alle künstliche Festigkeit zu verlieren, als er, so plötzlich, wie er sich mir genähert hatte, von mir abließ und sich seufzend abwandte.

Entgegen meinen Befürchtungen durfte ich bleiben. Nach und nach gewöhnte ich mich an das Laufen auf dem Erdboden und das Atmen von Luft. Wir machten Ausflüge ins nahe Gebirge und aßen Speisen, die ich nicht kannte.

»Wenn ich nur wüsste, wer du bist ...«, bemerkte der Erdlingsmann einmal, als ich seine Sprache bereits ganz leidlich zu verstehen gelernt hatte, aber immer noch vorgab, selbst stumm zu sein. Ich sah in seinen Augen, wie ihn die Ungewissheit quälte, oder die anderen ihn mit ihrer Unduldsamkeit. Dass er mich den Leuten aus seinem Fuhrunternehmen nicht herzeigte, fand ich nicht besonders schlimm. Eines Morgens, als ihm die Fahrer und Packer die Tür einrannten, um von ihm den ausstehenden Lohn einzufordern, versteckte er mich in der Abstellkammer. Er beschied den anderen, sich nicht zu sorgen, er stehe vor einem wichtigen Geschäftsabschluss, der ihnen allen die Einkünfte sichern werde.

Während ich mich im Lesen und Schreiben vervollkommnete, mokierte sich mein Erdlingsmann immer häufiger darüber, dass ich keinen Fisch aß, obwohl er doch so gern angelte, und behauptete, die Salbe, mit der ich meine Haut einrieb, um sie vor dem Austrocknen zu bewahren, stinke. Wenig später fand ich im Briefkasten das Exemplar eines Regenbogenblatts mit einem Aufmacher in großen, roten Lettern. Darunter ein

Farbfoto: Ich am Pool, nackt. Wütend fuchtelte ich meinem Erdling mit der Gazette vor der Nase herum. Er zuckte die Schultern und behauptete, von einem Exklusivbericht nichts zu wissen. Ich glaubte ihm nicht. Seit dem Zwischenfall mit dem ausstehenden Lohn hatte er überall an der Grundstücksgrenze Bewegungsmelder postiert. Jeder Eindringling wäre aufgefallen.

Es dauerte keinen halben Tag, und der Weg zum Pool war mit Fotografen und Kameraleuten gespickt. Sogar an den Gardinen konnte ich nicht mehr zupfen, ohne dass sofort eine Blitzlichtsalve herüberschoss. Meinen Fuhrunternehmer fand ich den lieben langen Tag damit beschäftigt, Ehrenerklärungen abzugeben, als stünde er vor Gericht.

»Ich habe ES bei mir aufgenommen aus purer Barmherzigkeit. Das bedeutet aber nicht, dass ich und ES ... Im Übrigen bin ich ein ganz normaler Mann. Das kann ich zur Not beeiden.«

»Dürfen wir das so zitieren?«, schrien die Reporter durch- und übereinander.

Nach dem dritten oder vierten Tag wurde es ihnen offensichtlich langweilig, immer dasselbe zu hören und mich nicht zu Gesicht zu bekommen, darum zogen sie ab. Statt ihrer rückten die Dörfler an, die ihren Unmut über meine schiere Anwesenheit abluden, anschließend kamen die Touristen. Letztere belagerten unser Haus wie eine Burg, die es auszuhungern gilt. Mein Erdlingsmann zahlte seinen Leuten den ausstehenden Lohn und sagte:

»Ich befehle dir, dich dem Mob zu zeigen, damit er uns nicht die Fensterscheiben einschlägt.«

In Wirklichkeit hatte er mir so wenig zu befehlen wie ich ihm.

Es gibt eine Notwendigkeit, gegen die kann eine Kreatur nicht an. Gewiss, ich hätte ihn in den See ziehen können wie ganz am Anfang und nur ein bisschen länger festhalten. Das jedoch schien mir nicht opportun. Der See ist Leben, wissen Sie. Als die letzten Touristen abgezogen waren, versuchte ich es zunächst mit Methansulfonat und Nelkenöl, wie wir es bei unseresgleichen einsetzen, wenn anästhesiert werden muss, aber die Mischung war wahrscheinlich zu schwach und blieb wirkungslos. Deswegen griff ich zu den Schlaftabletten, die sich mein Erdling inzwischen besorgt hatte, um von mir an den Abenden in Ruhe gelassen zu werden. Den Bewusstlosen schleifte ich in den Schwimmpfuhl, aus dem ich das Wasser abgelassen hatte. Dort kettete ich ihn mit Händen und Füßen an die Metallleiter. Dann sah ich von einer der Bänke im Garten aus dabei zu, wie er verdurstete. Es dauerte nicht einmal vier Tage. Das eigentlich Bemerkenswerte war, dass mein Erdling ziemlich bald unter Sprachstörungen litt, je mehr er austrocknete, desto schlimmer. Während ich die Sprache allmählich gewann, verlor er die seine. Als er tot war, konnte ich ohne zu stocken sprechen. Mir ist klar, dass ich nun nicht mehr zurück in den See darf. Ich werde unter den Menschen sein und trotzdem verschwunden.

Pro Woche werden ein paar Dutzend Besichtiger durch unser Studio geschleust, Fans, die unsere Kulissen betatschen, als ob Styropur irgendeinen Beweis abgäbe. Jeder zweite von denen will wissen, was mich an meinem Job begeistert. Für gewöhnlich antworte ich: Er ist mein Leben. Keine Sau weiß, was ich damit meine, aber alle durchströmt das Gefühl, ich sei rückhaltlos aufrichtig, und schon habe ich sie im Sack. Das ist wie bei dem Lied »My way«. Jeder Flickschuster, der mehr als zwei Mal vor Publikum aufgetreten ist, glaubt, es intonieren zu müssen, weil er von nun an etwas Besonderes ist und im Gegensatz zum gewöhnlichen Volk einen eigenen Weg hat. Wahrscheinlich stimmt es sogar, dass mein Beruf mein Leben ist. Erst neulich, zu Heiligabend oder am Karfreitag, zeigte mir meine Mutter in einer Aufwallung von Mitteilsamkeit zwischen zwei Schüben der Demenz alte Schwarzweißfotos mit gezackten Rändern. Auf denen bin ich ein kleiner Junge von acht oder zehn Jahren und trage, wie damals meist, ein weißes Hemd unter einer Wollweste, dazu weiße Socken und viel zu kurze Hosen. Meine Mutter hat sich seinerzeit Mühe gegeben, mich genauso possierlich herzurichten wie einen speziellen linksgescheitelten Kinderdarsteller, den sie aus den westdeutschen Heimat-Filmen kannte. Merkwürdigerweise musste ich meinen Sonntagsstaat auch im Schrebergarten anbehalten. Eines der Fotos zeigt mich Unkraut zupfend im Erdbeerbeet. Das ist die Ikone, die ich hasse: Ein in weißem Hemd und weißen Socken Unkraut zupfender Knabe mit Linksscheitel. Wenn Kilian das aufschriebe, würde ich es ihm um die Ohren hauen, und doch ist es die Wahrheit, leider. Meine Urfamilie nenne ich »Die Operettensippe«. Auch wegen solcher Kostümierung natürlich, aber noch mehr wegen der sonstigen Umstände. Zum Beispiel sah ich mich gezwungen, bei Androhung von Ohrfeigen unausgesetzt fröhlich dreinzuschauen über meinen weißen Socken. Weiße Socken und Frohsinn gehen für mich seitdem eine unheilige Allianz ein. Wenn du dann einen Job hast, bei dem du die weißen Socken einfach wegstreichen kannst, und wenn es sein muss obendrein den Frohsinn, darfst du mit Fug und Recht behaupten, dein Beruf sei dein Leben.

Ich residiere in einem Büro mit Parkett und holzvertäfelten Wänden. Das war meine Idee. Es sollte genau so aussehen wie in unserer Anwaltsserie, und in unserer Anwaltsserie sieht es genau so aus, wie bei dem Rechtsverdreher, der mir meine Scheidung versaut und sich daran dumm und dämlich verdient hat. Kaum habe ich an diesem verschissenen Montagmorgen meinen Computer angeworfen, platzt Kilian herein. Er reicht mir für unsere neueste Vorabendserie ein Skript, in dem einer in der Klapse landet, weil von seinem Kran die ganze Ladung abgegangen ist, und drunter hat einer gestanden. Nun erwartet er seinen Prozess und fängt an zu saufen. Kilian denkt, dass mir die Sache mit dem Saufen besonders gefällt, weil ich selber gerne einen nippe. In Wirklichkeit hasse ich Schnaps. Ich kriege Sodbrennen davon, schon von einem Fingerhut voll. Wenn ich trotzdem immer mal wieder einen zur Brust nehme, dann nur, weil man mir sonst den Respekt verweigert. Manchmal markiere ich sogar einen Brummschädel, obwohl ich keinen habe. Ich trinke also an diesem verschissenen Montagmorgen mit Kilian einen Whiskey, versuche, so wenig angewidert wie möglich auszusehen, und sage:

»Freundchen, so geht das nicht! Dein Kranführer ist zu erdig. Da werden zu viele Probleme mit reingeschleppt, die die Zuschauer selbst haben. Das ist, wie wenn du draußen aus dem Dauerregen in die gute Stube kommst und an den Stiefeln klebt der ganze Matsch.«

Kilian scheint zu überlegen, was daran schlimm ist, mit bematschten Stiefeln aus dem Dauerregen in die gute Stube zu kommen, und begreift offensichtlich nicht, was ich meine. Der Einfachheit halber schlage ich ihm vor, aus dem Kranführer einen verwitweten Schriftsteller zu machen, der fürs TiWi arbeitet.

»Warum?«, fragt Kilian scheel.

»Weil die meisten Zuschauer keine Dichter sind«, sage ich, »da reichen wir ihnen ein Zuckerli für ihre Sehnsucht.«

Die Idee, dass der Witwer auf einen Prozess wartet, finde ich hingegen nicht übel. Kilian schnallt es endlich und fragt:

»Ist ein Prozess, der einem an den Stiefeln klebt und die gute Stube versaut, etwa kein Matsch?«

Ich frage zurück: »Führst du gerade einen?«

Er sagt: »Nein.«

Ich: »Kennst du jemanden, der gerade einen führt?«

Er wieder: »Nein.«

Obwohl er wie ich in Deutschland wohnt.

»Siehst du«, sage ich, »ein Prozess, den man nicht führt, versaut einem nicht die gute Stube, genauso wenig wie ein Mord, bei dem man nicht das Opfer ist.«

»Was für ein Prozess soll denn das sein?«, fragt Kilian, vom Schnaps hörbar eingeebnet.

Ich paraphrasiere:

»Sagen wir: Der verwitwete Schriftsteller hat ein Buch herausgebracht, in dem er beschreibt, dass seine Frau beim Beischlaf Geräusche von sich gegeben habe wie eine schnaubende Stute. Die Hinterbliebenen seiner Frau verklagen ihn wegen Verleumdung und übler Nachrede und verlangen, das Buch vom Markt zu nehmen.«

»Dann lass sie doch!«, nölt Kilian mit schwerer werdender Zunge.

Man muss wissen: Er gehört einer Generation an, der das Soziale nicht mehr gar so eng auf den Leib geschneidert ist. Nicht zum ersten Mal beschließe ich, doppeltes Gehalt zu verlangen, ein zusätzliches als Streetworker. Während ich heimlich eine nach Vanille schmeckende Tablette gegen das Sodbrennen lutsche, fabuliere ich weiter:

»Eines Tages nimmt unser verwitweter Schriftsteller an den Harzer Hirschrufkreismeisterschaften teil.«

»Waß hat er da ßu ßuchen?«, lallt Kilian.

»Hirscherufen ist sein Hobby«, erkläre ich ihm, »er macht das wegen der Selbstfindung. Der Brunftruf ›Platzhirsch greift Rivalen an, um ihn zu vertreiben«, den er auf dem Horn eines ungarischen Steppenrinds imitiert, verhilft ihm zum Sieg.«

»Das mit mein'n Bonbon ... — mit mein'n Betonplatten hat mir besser gefallen«, stammelt Kilian und schenkt sich eigenhändig nach.

Ich versuche, mich, das heißt vorzugsweise meinen Magen, zu beherrschen und sage:

»Während des Abendessens zum Abschlussball sitzt unserem Witwer eine Blondine aus Blankenburg gegenüber, in die er sich Hals über Kopf verknallt. Wie sich herausstellt, ist sie eine erfolgreiche Verlegerin und Erbin eines beträchtlichen Vermögens.«

Kilian seufzt herzerweichend und schwankt kurz. Ich mutmaße, er erinnert sich daran, dass er viel lieber Pferdeflüsterer geworden wäre. Aber Pferdeflüsterer ist kein Ausbildungsberuf. Darum ist er beim TiWi gelandet. Wahrscheinlich verachtet er mich. Er verachtet mich dafür, dass ich mein Geld damit verdiene, aus seinen Skripten jeden Nachgeschmack von dem zu tilgen, was er für das pralle Leben hält. Mit einiger Mühe referiert er:

»Ich bestehe darauf, daßß ich ein reeller ... realistischer Autor bin. Die Wirklichkeit und einßig die Wirklichkeit ißt die Wurßel meines Schaffenß. Die kannßt du mir nich einfach abgraben.«

Ich frage: »Was ist das für eine ulkige Wirklichkeit, in der ein Kranführer aus Versehen Betonplatten vom Haken fallen lässt und unter ihnen einen unschuldigen Menschen zermantscht? Mir jedenfalls ist kein solcher Fall bekannt, nicht mal aus der Boulevardpresse, und das will was heißen.«

Als Kilian schon wieder zu protestieren anhebt, betone ich:

»Die Entscheidung darüber, was der Wirklichkeit entspricht und was nicht, liegt einzig bei mir.«

Da zieht er einen Flunsch und torkelt grußlos von dannen. Allerdings lässt er sein Skript da, denn er braucht das Geld.

Seit einiger Zeit herrscht zwischen uns eine Hochspannung, die hörbar knistert. Bisher hat Kilian aber noch alle meine Streichungen hingenommen, vor allem dann, wenn er sich an Dinge traut, von denen er keine Ahnung hat. Familie zum Beispiel. Einmal brachte er mir einen Mehrteiler an, einen monströsen Wälzer. Lauter Gedöns um Schichtarbeit und Kinderkacke. Mit einem Wort: Matsch am Stiefel. Da habe ich ihm den Text vor die Nase gehalten und ritsch ratsch. Ich bedeutete ihm: Wenn, dann nimm das Engelchen und die Kinder als Vorlage. Drauf er:

»Soll ich etwa schreiben, wie an jedem verschissenen Montagmorgen, an dem du aus deinem trauten Heim trittst, dein Engelchen, während es dein Holzfällerhemd trägt und den Kindern am Küchentisch das Müsli anrührt, hinter dir herruft, dass es dich liebt?«

»Was denn sonst?«, fragte ich. »Sie ist ein Schatz, obwohl sie sich unablässig die Fingernägel feilt, sogar beim Abendessen.«

»Aber das hast du doch auch alles erfunden«, sagte er.

»Wie kommst du auf so was?«, fragte ich wie die Unschuld vom Lande.

Kaum habe ich am darauffolgenden Morgen, dem Diens-tag, in meinem Büro die Füße auf der Schreibtischplatte positioniert, prescht Kilian herein in einer Forsche, die ich an ihm bislang nicht beobachtet zu haben meine. Ob er ausgenüchtert ist, lässt sich nicht feststellen, aber er scheint einigermaßen ausgedicksht zu haben. Erst macht er den Eindruck, als sei er überaus verwundert, mich auf meinem Platz sitzen zu sehen. Dann zwinkert er mir schelmisch zu und legt mir eine Neufassung seines Meisterwerks vor. Der zufolge hat die von mir erfundene, erfolgreiche Verlegerin aus Blankenburg im Verlauf einer Rückführung erfahren, dass sie in einem früheren Leben ein Kranführer war.

»Du bist spitzfindig«, sage ich.

»Das ist mein neuer Beruf«, scherz Kilian frech. »Ich finde Spitze.«

»Schon gut«, sage ich, »du bist immer noch eingeschnappt. Lass mich über die Reinkarnation noch mal nachdenken.«

»Grund?«, fragt Kilian und ich wundere mich zum wiederholten Male über seine Unverfrorenheit.

»Ist zu kompliziert für den Durchschnittsverstand«, sage ich.

»Da kennst du dein Volk aber schlecht!«, ruft Kilian emphatisch, wohl doch auf einer gehörigen Lache Restalkohols rudernd. »Unter den Menschen wimmelt es von Reinkarnanden. Das ist wie mit den weißen Socken.«

»Wie darf ich das verstehen?«, frage ich hellwach und misstrauisch.

»Die weißen Tennissocken als Seufzer der bedrängten Kreatur«, sagt Kilian, »als Gemüt einer herzlosen Welt und als Geist geistloser Zustände.«

»Also meinetwegen«, sage ich seufzend, um die Situation nicht gleich wieder eskalieren zu lassen, »nehmen wir diese Wiedergeburtsorgie auch noch mit.«

»Prima, dann gebe ich ihr gleich Bescheid«, sagt er.

»Wem?«

»Tindra.«

»Wer ist Tindra?«

Meine Gliedmaßen beginnen ein wenig zu zittern wie bei einem leichten Parkinson.

»Die erfolgreiche Verlegerin, die in ihrem früheren Leben ein Kranführer gewesen ist«, sagt Kilian. »Wir hatten keinen Namen für sie. Da hab ich ihr einen gegeben.«

Ich schlucke. Er bemerkt es und erklärt:

»Ich kenne sie durch Arne.«

»Wer ist Arne?«, frage ich besorgt.

»Der verwitwete Schriftsteller«, sagt Kilian. »Die beiden wollen heiraten.«

»Wie können sie heiraten wollen?«, frage ich entgeistert. »Ohne meine Erlaubnis? Ich habe sie doch gestern erst erfunden!«

»Selbst wenn«, erwidert Kilian und zieht den klingenden Konsonanten provozierend in die Länge, »sie sind beide nicht gestrichen worden, und nicht gestrichen ist behalten.«

»Dann streiche ich sie jetzt!«, brülle ich, in Sorge, mit könnte die Kontrolle entgleiten.

»Dazu bist du nicht befugt«, sagt Kilian kühl.

»Seit wann?«, frage ich.

In mir steigt panisch der leise Anflug einer Vorahnung herauf.

»Seit eh und je, wie du weißt«, sagt Kilian. »Außerdem ist das Aufgebot schon bestellt. Engelchen ist mit von der Partie. Sie macht den ganzen organisatorischen Kram.«

Für zwei Zehntelsekunden befürchte ich, mein Verstand setze aus. Da ich aber in der Lage bin, eine solche Möglichkeit in Erwägung zu ziehen, scheint er noch einigermaßen zu funktionieren. Sicher bin ich mir allerdings nicht.

»Was hat meine Frau in diesem Film zu suchen?«, frage ich.

»Welcher Film?«, erkundigt sich Kilian scheißfreundlich.

Mir wird schwindelig wie nach einem Erdbeben der Stärke sechs Komma fünf auf der nach oben offenen Richterskala. Von einer bösen Ahnung befallen, greife ich nach Kilians Textbuch und durchstöbere es. Kein Fitzelchen Schichtarbeit oder Kinderkacke. Stattdessen Tindra und Arne. Rosen auf dem Weg vor der neuapostolischen Kirche. Von dem Stapel auf meinem Schreibtisch nehme ich ein weiteres Manuskript herunter, ein älteres, und blättere es durch. Dann eines nach dem anderen. Nichts und wieder nichts. Kein streichungswürdiger Einfall vom Matsch am Stiefel. Keine Korrekturzeichen. Absolut nichts, was ich zu monieren und der Crew aufs Butterbrot zu schmieren hätte, damit sie es sich zu Herzen nimmt.

»Ich muss dich jetzt bitten, diesen Platz zu räumen«, sagt Kilian da auch schon, als seien wir am Ende eines Spiels angelangt und nun auf dem Wege, wieder die ursprünglichen Positionen einzunehmen.

»Was soll das?«, plärre ich in einem letzten Akt der Verzweiflung.

Immerhin ist das mein Arbeitsplatz! Kilian feixt. Ich probiere ein Letztes und telefoniere mit der Chefetage, ganz oben, Taste 1 im Speicher. Kilian grinst noch immer. Der Oberguru fragt mich verblüfft, wieso ich von Kilians Apparat aus anrufe.

»Nun ist aber gut! Komm!«, sagt Kilian und macht eine Geste wie jemand, der einen anderen, dem die Sicherung durchgeknallt ist, mit mühsam zurückgehaltener Zanksucht einlädt, Leine zu ziehen.

Ich resigniere.

»Verrate mir bitte nur noch eins«, fordere ich ihn auf, während ich damit beginne, irgendwelchen Krimskrams zusammenzuräumen, den ich für den meinen halte, »wie bin ich auf den Redaktionsstuhl gelangt?!«

Jetzt lacht Kilian lauthals.

»Weißt du das nicht mehr?«, fragte er.

»Nein«, gestehe ich.

»Dann kann ich dir nicht helfen«, sagt Kilian

Allmählich geht mir ein Licht auf. Noch ehe ich die Türklinke in der Hand halte, okkupiert Kilian meinen Bürosessel.

»Und lass endlich Engelchen in Ruhe!«, ruft er hinter mir her.

Immer nachts schleichen sich die Klopfzeichen heran. Pretzsch dämmert dem Schlaf entgegen und hört ein Etwas in ihm gegen die Wandung seines Brustkorbs anpochen, als ob es von dort befreit sein wollte. Erst nur vage auf der Oberfläche des Blutes, gerade so, als ob Pretzsch sich ängstigte. Bald knöchelt es stark und in längeren Intervallen gegen das Gebein. Her-Aus! Her-Aus! Schließlich, wie wütend über den Widerstand des Körpers, trommeln die Zeichen rasch und rascher. Pretzsch hechelt einen Schrei, der sich ihm nicht entringt. Stöhnend springt Pretzsch auf, stürzt zum Mansardenfenster, schiebt, während ihm die Knie schlottern, den Kopf ins Freie und trocknet im Wind den kalten Schweiß und ist den Lebenden wieder näher, die in den Nachbarhäusern hinter den Jalousien ihr blaues Licht brennen.

Wie gewöhnlich ist Pretzsch mit dem Schichterbus hereingefahren. Ein Dienstauto hält er sich nicht - weniger aus der Überzeugung, er könne helfen, das Ozonloch zu flicken, als mehr, weil er nicht weiß, wie er sich gegenüber einem Chauffeur hätte verhalten sollen. Den Busfahrer, dessen Zerrbild auf der Frontscheibe zittert, nennt Pretzsch Fossil wegen des gleichsam versteinerten Gesichts. Jedes Mal wenn Pretzsch diese stille Statue absonderlicher Entrücktheit mustert und deren Hände, bespannt mit einer befremdend brüchigen Haut, die weder glänzt noch schwitzt, durchkraucht ihn dörrendes Unbehagen, auch heute wieder, und das Unbehagen gerät bis hinauf in die Stirn, wo es sich boshaft festnistet — ein noch milder Druck auf die Schläfen. Das Mistwetter, wahrscheinlich, tut sein Übriges. Zu lasch der Winter, die Bagger sacken im Morast weg. Im Vorbeirütteln erkennt er, wie am alten, klapprigen 68-er die Schütter verklebt sind und die klammen Erdbatzen in Klumpen zuhauf am Band haften. So an die zehn Männer mit Pickeln, Kohlegabeln und Schaufeln plagen sich, Kies und Asche zu schütten, zu stochern, zu stampfen, in der Absicht, das Zweitausendtonnenungetüm über sich im Schraghang festzubannen. Was für ein Wahnsinn! denkt Pretzsch. Wie soll man sich vor denen rechtfertigen?

Auf halbem Weg zum Kontrollturm hinauf, mitten in der drahtmaschengepolsterten Stahltreppe mit den dreihundertfünfundsechzig Stufen, hört er, wie unten in Richtung der Bunker ein Leerzug über die Geleise schrapt und die Bake vor einem der Bahnübergänge schnarrt. Ein Dämmern aus Bronze liegt über dem Flöz, hoffnungslos. Vom zweiten Podest aus, auf dem er verschnauft (Pretzsch schiebt seine Schwäche auf die anrollende Migräne), blickt er traurig über die kahlen Krater. Das alles ist sein Werk, Pretzschesche Hinterlassenschaft, die Nacktheit des Bodens, die Schründe, in denen pfeifend der Wind verwirbelt, das Grundwasser, dessen ewiger Teppich zu schimmeln beginnt, sein Werk. Ein riesiges Areal, das vor kurzem noch eine versumpfte Queckenwiese gewesen ist und sich an Queisig anschmiegte und das einmal krumiger, schwarzer Ackerboden gewesen ist und sich hinter Breitengrimma, immer am Hölzchen entlang, bis nach Pieskau hinzog, all das hat er erschlossen und all das hat er zerstört.

Schweigegeld taufte Pretzsch die dreihundert Millionen Mark, die ihm ausschließlich unter der einen Bedingung bewil-ligt worden waren, dass die Rentabilität in dem neuen Nordfeld höher liegen würde als anderswo, um mehr als das Doppelte. So was phantasiert sich leicht aus den Mündern der jungen Herren Planungsgenies mit den Krawattennadeln. Doch da ist ein Haken bei der Sache — die Quarzitbank. Seit mehr als einem Menschenleben sind die letzten der Kohlevorräte geortet, aber nicht einer hat sich an sie ran getraut seitdem; sie lagern zwischen dicken Schichten aus Quarziten. Wie bei den BigMacs, flachste eine von den Rotznasen, Rindshack im Weizenbrötchen. Schön wär's, gab Pretzsch zurück, hart wie Industriediamanten sind die Quarzite, nein, noch härter, härter als alles, was du kennst. Aha, meckerte derselbe eingeschnappt; er mutmaßte, Pretzsch litte unter mangelndem Selbstvertrauen.

Mein Selbstvertrauen, sagte Pretzsch, lässt die Steine kalt.

Jetzt erst, weil das Vorkommen in Pieskau zur Neige geht, machen sie den Nordfeldaufschluss dringlich. Hinter den lässigen Dreitagebärten knistert die schlecht verhohlene Furcht. Pretzsch erlaubt sich den Spaß und singt auf der Dienstbesprechung beim Chef den alten Kumpelreim: Feldspat, Quarz und Glimmer, Euch drei vergess' ich nimmer!

Die Neuen grinsen verlegen und schlucken die Spucke runter. Wenig später jedoch geschieht es, dass der 1503-er, bei dem jeder einzelne Eimer tausendsiebenhundert Liter Abraum fasst, mit dem Vorschneider in die Quarzitwand gerät, mitten in der Nachtschicht, und alle werden sie raus befohlen aus den Betten, um die Bescherung zu beäugen. Die Baggerbesatzung beharrte darauf, dass es die Fahrerkanzel zwei Meter in die Luft geschleudert hätte, was die so zusammenspintisieren; aber immerhin pendelte der Ausleger noch eine halbe Stunde nach dem Aufprall in schlingernden Amplituden über die Böschung. Die Steine hatten nicht nachgegeben, stattdessen waren die Baggereimer zerbeult. So ein Quarzit ist das. Und Pretzsch singt auf den Dienstbesprechungen nicht mehr.

Auf seinem Schreibtisch im Turm findet Pretzsch einen Haufen Papiers, Briefkuverts mit Zellophanfenstern. Lustlos fegt er den Kram in den Abfallkorb. Ein Schmerz strahlt von den Schläfen aus, fährt mit Spinnenfingern unter die Schädeldecke. Keiner sonst glaubt an eine bessere Technologie gegen den verfluchten Stein als die herkömmliche: Bohren, Sprengen, Zerkleinern. Jedoch alles ist ausprobiert, von den deutschen Handknäppern bis hin zum sibirischen Bären, dem Universalbagger — nichts hat getaugt. Der Fall tritt ein, das Pretzsch etwas für falsch hält und trotzdem in die Welt hinausposaunt, es sei die Offenbarung, bloß weil den Sesselpfurzern keine bessere Lösung einfällt. Alles funktioniert nur noch durch den Widerschein, den es macht. Pretzsch schüttelt sich. Er ist heraufgestiegen, weil er auf einen Anruf wartet. Die Neuen haben Handys. Er nicht. Pretzsch blickt aus dem

Panoramafenster hinab und herum und beugt und dreht seinen linken Arm, an dem er empfindungslose Stellen ertastet. Das Flöz liegt jetzt, als wäre es mit Kork überspannt. Die brüchige, rissige Haut erinnert ihn an die Hände des Busfahrers. Pretzsch will den blöden Gedanken wegmassieren, aber er reibt ihn genau auf die Wunde im Hirn. Wo bleibt Cwojdraks Anruf?

Etwas in Pretzsch hat einen Riss bekommen. Am Abend bei Erni, in der Kneipe von Milsen, schwadronierte der große Chef, sein Freund, wie oft jüngst von den heroischen Zeiten, wo sie beide, er und Pretzsch, als Abschmierer angefangen haben im Tagebau und wie sie sich seinerzeit aus alten Transportbändern Sohlen geschnitten und auf die Holzschuhe genagelt, und da mit einem Mal konnte Pretzsch nicht mehr mithalten, weder mit der Salbaderei noch mit dem Bier, und maulte: Wär'n teures Vergnügen heute bei sechshundert Mark pro Meter Band. Die Stimmung war hin. Irgendwie ist die Stimmung hin. Immer noch kein Anruf. Cwojdrak ist der Chef der Bohr- und Sprengabteilung. Seine Leute sollen dem Absetzer 1030 die letzten Meter frei schießen. Pretzsch ahnt, dass ihm nur noch eine einzige Chance bleibt. Längst hat er das Alter, von dem man neuerdings hört, es reiche hin. Sein letztes Aufgebot ist ein Verfahren, auch mit Hitze zu arbeiten, nicht nur mit Druck. Die Glut aus den Flammstrahlbohrern soll den Stein weichschmelzen. Aus Sachsen sind Spezialisten eingeflogen, ihren Krimskrams unterm Arm. Gleichzeitig wälzt sich, mit dem Abwurfband nach vorn, der Absetzer 1030 in den Sektor B, er kommt aus dem Tagebau »Einheit« auf einer Strosse, die vier Meter zu schmal ist, weswegen sich Pretzsch gezwungen sah, Anweisung zu geben, der Absetzer solle die Eimerkette in den Tagebau hineinragen lassen, frei über die Böschung. Hirnrissig!, denkt Pretzsch. Aber es muss doch weitergehen.

Noch einmal hat Pretzsch den Dreitagemilchbärten gezeigt, was 'ne Harke ist, den forschen An-Denkern, die ihm neuerdings Vorschriften darin machen, wie er die Konferenztische in seinem Büro zu stellen hätte, nämlich über Eck und ohne die gehäkelten Deckchen. Nur noch eine winzige Sprengung fehlt ihm, den Absetzer zurecht zu rücken. Das Telefon klingelt. Endlich! Pretzschs Arm hebelt sich in Schulter- und Ellenbogengelenk aus, die Hand mit den gestreckten Fingern fährt dem Plastegehäuse entgegen, die Masse Fleisch bewegt sich steif und schwerfällig wie der wuchtige Körper eines fremden Reptils. Cwojdrak, ein Glück. Pretzsch meldet sich mit Ja? Immer meldet er sich so, aus Sicherheitsgründen. Cwojdrak erkennt Pretzschs Stimme gleich. Er jappt nach Luft, als ob es ihm noch vor kurzem den Atem verschlagen gehabt hätte. Tut mir leid, alter Junge, ächzt er, schlechte Nachricht. Das Duplexkabel am Brecher ist im Arsch. Im Sektor B ist erst mal Essig mit Steinebrechen. Pretzsch bringt kein Wort heraus. Er wirft den Hörer zurück auf die Gabel, spürt wieder diese Angst wie sonst nur nachts, ein leises aber drängendes Klopfen des Blutes gegen die Wandung seines Brustkorbs. Der ockerfarbene Ton von Sand und Mergel rieselt vom Flöz her ins Turmzimmer. Für eine Weile glaubt Pretzsch an eine Halluzination. Dann begreift er, dass ihn die Zeit einzuholen beginnt. Er hievt sich hoch, wobei er mit den Kniekehlen den Schreibtischsessel umstößt, als ob da kein Platz mehr gewesen wäre für seine Gliedmaße. Während er die Treppe hinabdröhnt, die ockerfarben ist mit Stufen aus gestampftem Sand, spürt er, dass seine Gelenke ihm kaum mehr gehorchen.

Als Pretzsch im Sektor B unter Mühen die übersandete Außenkippe erklommen hat, von wo er freien Blick auf den Quarzitblock gewinnt, erschrickt er. Dort unten tapsen drei Geschöpfe in Druckluftskaphandern breitbeinig dem Monolith entgegen, Kosmonauten im Sumpfzypressen- und Mammutbaumwald, Zeitreisende ohne Zuhause. Pretzsch wundert sich über sich: Was lässt er da geschehen? Und wo geschieht es und wann? Unter ihren Achseln halten die Skaphanderkreaturen Stahldüsen. Fauchend schießen Flammen aus den konischen Rohren, schweifen ein metallisch flirrendes Tosen hinter sich her. Weiter hinten peitschen Erdbatzen auf, zerschleiern zu Staub, krachend reißen kleine Felsspalten auf — rot verfärbte Wunden des im Schmerz tobenden Steins. Pretzsch wartet nicht ab, wie das da ausgeht. Panik krallt ihn. Mit schwindelnd schleppendem Gang hält er auf die Bushaltestelle am D 1 zu. Unter den Füßen Kies. Auch die Fahrbahn ist voll davon; der Bus, als er in weitem Bogen dem Perron zustrebt, knirschelt mit den Reifen. Kein Windhauch.

Das Fossil fährt den Bus. Pretzsch bestaunt die Hand, die lässig locker um den Schalthebel muldet, begafft ungläubig die großporige, pergamentene Haut, die der eines Reptils ähnelt und der des Flözes, gegen Mittag vom Turm aus betrachtet. Schaukelnd auf dem Reusener Umgehungsring über den Abraumhalden und Schluchten, stiert Pretzsch durchs Fensterglas, das mit getrocknetem Schlamm besprenkelt ist, hinaus auf die rasch vorüber sensenden Böschungen, die bis an ihre morastige Sohle hinab, an die ovalen Grundwasserseen hinan ihre schwärenden Wunden vorzeigen: Gleich Fleisch vom Stück gerissene, weggeschürfte Erde, Schicht unter Schicht, eine baum- und strauchlose Öde, ein Dinoceratus, der sich furchteinflößend über die winzigen Ameisenmenschen im Tal buckelt. Mit einem Mal erscheint im Fensterglas dort, wo sich beim Durchfahren einer Kurve und unterm schräg hereinbrechenden Seitenlicht für wenige Zehntelsekunden Pretzschs Gesicht hätte widerspiegeln müssen, das Gesicht des Fossils. Hinterm Fensterglas spannt es die schmalen Strossenlippen aus Lehm — das Fossil lächelt. Eine Ungeheuerlichkeit! Das Fossil lächelt. Pretzsch stürzt. Niemand schreit. Die Töne alle hören auf. Alles hört auf. Weiter, denkt Pretzsch, es muss doch weitergehen. Aber alles hört auf. Es gibt keinen zweiten Weg. Geradeaus nach Pieskau. Wo sie nicht ankommen. Pretzsch sinkt der Reptilienkopf auf die tonnenschwere Brust. Weiter, denkt er in zähflüssigen Wortwellen, die erst Minuten später kraftlos seine Zehen erreichen werden, weiter, weiter!

Als Ben mich antelefonierte, war ich pleite, gestand es ihm aber nicht ein. Es wäre eine Niederlage gewesen zuzugeben, dass ich es ohne ihn nicht schaffe. Ich bin nicht begabt fürs Geschäftemachen. Leute bescheißen, darum geht's dabei, und das kann ich nicht. Entweder, du bescheißt selbst, oder du wirst beschissen. Ben hat mir gleich gesagt, dass ich es nicht schaffen werde, und er hat Recht behalten. Ben rief an und fragte, wie es mir gehe.

»Prächtig«, antwortete ich. »Von wo rufst du an?«

»Aus Vorpommern«, sagte er.

»Machst du Urlaub?«

»Ich lebe hier. Auf'm Vorwerk.«

Er war also wieder mal fein raus.

»Schmeiß alles hin«, sagte er, »und komm her!«

Ich wunderte mich, dass er überhaupt an mich gedacht hatte, und dann verlangte er gleich so was. Seit unserer Scheidung war es schon ein paar Jahre her, und in der Zwischenzeit sind wir uns aus dem Weg gegangen. Ich fragte:

»Warum rufst du an, ausgerechnet jetzt?«

»Warum nicht?«, fragte er zurück.

Wegen solcher Nicht-Antworten hab ich ihn verlassen. Das heißt, eigentlich war es wegen was anderem, aber dann kamen solche Nicht-Antworten hinzu.

»Ich habe mich geändert«, sagte er.

»Ist das 'n Grund, mich anzurufen?«, fragte ich und musste grinsen.

Wenn er sich wirklich geändert hätte, würde es sich nicht lohnen, zu ihm zu fahren.

»Sehnsucht vielleicht«, sagte er verschämt.

»Dass ich nicht lache«, sagte ich.

Aber ich lachte nicht.

»Du langweilst dich«, konstatierte ich.

»Nicht die Bohne«, sagte er.

»Auf dem Vorwerk?«

»Was denkst du! Es gibt viel zu tun, von früh bis spät. Was ist nun? Kommst du?«

»Mal seh'n«, sagte ich und legte den Hörer auf.

Nach unserer Trennung, als wir noch nicht geschieden waren, wollte ich nicht, dass sich unser Sohn mit Ben in dessen Wohnung trifft. Ich hatte immer Schiss, dass Ben ihn schnappt und mit ihm abhaut. Deshalb habe ich Ben klargemacht: Du kannst unser Kind sehen, aber nur auf neutralem Boden, bei meiner Mutter. Ich hätte nicht gedacht, dass er sich darauf einlässt, aber er hat es getan. Von da an hat er sich jedes Mal, wenn er bei meiner Mutter war, von einer Frau anrufen lassen. Die Anrufe kamen aus Vorpommern. Ich weiß es, weil meine Mutter sich irgendwann verplappert hat. Wahrscheinlich wollte Ben sogar, dass sie sich verplappert, auf diese Weise fiel es nicht auf ihn zurück, wenn ich eifersüchtig wurde. Vielleicht hatte Ben das Vorwerk von dieser Frau gekauft. Oder sie hatten es beide von jemand anderem gekauft. Dann wäre es ein starkes Stück gewesen, mich dahin einzuladen. Es war auch ohne das ein starkes Stück. Ich wusste überhaupt nicht, was der Kerl von mir wollte. Dann fiel mir ein, dass er vierzig wurde. Ich rief ihn an und fragte:

»Ist es, weil du vierzig wirst?«

Angeblich musste man ihn erst aus dem Stall holen. Ein junger Mann war vorher am Apparat gewesen, ein Gehilfe, ein Kumpel oder was weiß ich. Er machte den Eindruck, als ginge ihm mein Wunsch am Arsch vorbei, aber dann war er doch losgestiefelt. Ben druckste eine Weile herum.

»Man macht sich so seine Gedanken mit vierzig«, sagte er.

»Du?«, fragte ich. »Worüber genau?«

»Über das Leben.«

»Über deines oder über meines?«

»Über das Leben im Allgemeinen. Wann wirst du hier sein?«

Im Gegensatz zu sonst wirkte seine Stimme müde. Vielleicht lag das an der Arbeit im Stall. Da musste er bestimmt früh am Morgen raus. So was war er nicht gewöhnt. Ich wunderte mich sowieso, dass er im Stall arbeitete. Ich konnte nicht glauben, dass ihm das lag. Dass er es überhaupt wollte.

»Vorausgesetzt, ich komme«, sagte ich, »also nur mal angenommen, soll ich unserem Sohn Bescheid geben?«

»Nein«, sagte Ben und legte auf.

Eines Abends, als draußen aus irgendeinem Grund die Sirenen der Rettungswagen um die Wette jaulten, wählte ich wieder Bens Nummer.

»Also gut, ich komme«, sagte ich.

Am anderen Ende der Leitung rührte sich nichts.

Ich fragte: »Hast du mich verstanden?«

Nichts. Nur der Atem, von dem ich annahm, dass er Ben gehörte. Diesmal legte ich als erste auf. Es war sicher nicht falsch gewesen, mich von Ben zu trennen. Wäre es falsch gewesen, wäre es nicht geschehen. Alles was geschieht, geschieht notwendigerweise. Manchmal denke ich, mich von ihm zu trennen, war meine erste eigenständige Entscheidung.

Ich ging dann doch zum Supermarkt hinüber, um mir für die Reise das Nötigste zu besorgen. Ich mag es, wenn ich unterwegs andere Dinge benutze als Zuhause, klitzekleine Zahnpastatübchen, winzige Shampoodöschen, die gerade für die paar Tage reichen. An der Kasse am Ende des Bandes saß ein Mann in Bens Alter. Er blickte jedem schon von weitem ins Gesicht. Es sah aus, als schämte er sich, weil er ein Mann ist. Ich musste an den Ben von früher denken. Damals rauchte er Gras und trank harte Sachen, sehr harte, Absinth. Am Anfang fand ich nichts dabei. Ich dachte, er hat für alles die Verantwortung, auch für mich und das Kind, da braucht er was, um den Druck rauszunehmen. Aber von jetzt auf gleich drehte er durch. Ich sah es zuerst an seinem Blick. So einem starren Blick wie aus Glasaugen. Es war unheimlich. Er kreiselte mit den Schultern und sagte, das seien die Wellen des Todes. Er dürfe niemandem verraten, an wen er dabei denkt. Ein paar Minuten später pennte er ein, mitten in der Stube auf dem Fußboden. Ich legte den Zeigefinger über die Lippen, damit das Kind still blieb, und schloss die Tür von außen ab.

In den Norden fuhr ich mit meinem neuen Auto. Das heißt: Neu war es nicht. Vor kurzem gekauft, ja, ansonsten eine gebrauchte Schrottkiste. Zuerst hatte ich angenommen, sie sei billig, aber jetzt kostete sie mich ein Vermögen. Ich denke, man hat mich dabei genauso beschissen wie sonst im Leben. Im Gepäck hatte ich eine Pfeffermühle. Die sah wie ein Baseballschläger aus und war aus Buchenholz. Ich wollte sie Ben zum Geburtstag schenken. Er stand auf solche Sachen, wäre aber nie auf die Idee gekommen, sie sich selbst anzuschaffen. Das Vorwerk zu finden, war nicht schwierig. Jeder in der Gegend kannte es. Das Dach auf dem Haupthaus war ordentlich gedeckt, mit diesen glänzenden, roten Ziegeln, wie man sie jetzt überall hatte. Die Wände waren sauber verputzt. Nirgendwo Salpeterflecke oder Feuchtigkeit. Alles sah wie geleckt aus und nicht so, als ob das Gebäude zu einem Gutshof gehörte, auf dem gearbeitet wird. Ich war beeindruckt. Ben schulterte es eben immer wieder.

Ich parkte den Wagen mitten auf dem Hof und hupte, weil sich niemand blicken ließ. Es war Mittag, vielleicht saß man bei Tisch. Dann endlich kam Ben heraus. Er trug lederne Halbstiefel, Jeans und ein kariertes Baumwollhemd. Er sah aus wie ein Ranger. Mit einem Schlag fühlte ich mich heimisch. Er nahm mich in die Arme, als ob nie was gewesen wäre. Dann begutachtete er meine Klapperkiste an allen Ecken und Enden. Es fehlte nicht viel, und er wäre unters Fahrgestell gekrochen.

»Du lernst es nie!«, sagte er.

Er klang beinahe vergnügt.

»Weil ich sparen muss«, sagte ich. »Da gibt's nichts zu lernen.«

»Bei so was sparst du nicht«, sagte er, »da butterst du bloß zu.«

Ich hatte schon wieder ein schlechtes Gewissen, wie früher oft. Und wie früher blickte mich Ben selbstzufrieden an.

»Du kommst nicht klar ohne mich«, sagte er.

Um abzulenken, sagte ich: »Schön habt ihr's hier.«

Ich betonte das Ihr, aber Ben ging nicht drauf ein. Er zeigte mir das Anwesen. Ein riesiges Gelände mit Stallungen und Schuppen. Die Wege zwischen den Feldern waren mit Betonplatten ausgelegt. Eine Unmenge Vieh. Auch Katzen gab es. Ich liebe Katzen.

»Achthundert Hektar«, prahlte Ben.

»Kann ich mir nichts drunter vorstellen«, sagte ich. »Ist das viel?«

»Mehr als du ahnst!«, sagte er großspurig.

Mit Riesenschritten begann ich, einen der Feldraine abzumessen. Ben kriegte sich beinahe nicht wieder ein vor Lachen. Nach zwanzig Metern hörte ich auf.

»Wie schaffst du's, das zu bewirtschaften?«

Ben zuckte die Schultern.

»Geht schon«, sagte er.

Auf dem Anwesen erhob sich ein Hügel, der einzige weit und breit. Von ihm aus konnte man ziemlich weit ins Land blicken, das mit kleinen Tümpeln besprenkelt war. An den Abenden, wenn nicht gerade wieder die Kühe aus der Koppel ausgebrochen waren und eingefangen werden mussten, saßen wir dort oben mit einer Flasche Wein. Meistens schwiegen wir und beobachteten die geheimnisvollen Lichtkegel der Autos, die auf der Landstraße in Richtung des Dorfs fuhren. Es war angenehm zu schweigen. Tagsüber half ich, wo gerade Not am Mann war. Mal stand ich den ganzen Vormittag mit der Haushälterin in der Küche, um Kartoffeln zu schälen, mal mistete ich mit den anderen die Ställe aus. Diese anderen waren Typen, aus denen ich nicht schlau wurde. Für meine Begriffe sahen sie es nicht gern, wenn ich mich mit ihnen in den Ställen herumdrückte. Ben gegenüber benahmen sie sich nicht so, wie man erwartet, dass sich jemand seinem Chef gegenüber benehmen sollte. Einer von ihnen saß bei den Mahlzeiten an der Stirnseite des langen Tisches. Die Jungs waren nicht besonders gesprächig. Wenn sie redeten, dann nur über sich und über die bevorstehende Ernte. Auch von irgendwelchen Vorbereitungen zu Bens Geburtstag, der immer näher rückte, merkte ich nichts.

Einmal wollte Ben, dass ich helfe, die Kühe zu melken, von Hand, obwohl es eine Anlage gab. Ich hatte so was noch nie gemacht. Ben zeigte mir den Faustgriff. Dann verschwand er. Natürlich stellte ich mich an wie der erste Mensch. Es kam und kam keine Milch. Wahrscheinlich tat ich dem Tier mit meinen ungeübten Pfoten weh. Die Kuh begann, in ihrer Box hin und her zu trampeln. Dazu brüllte sie mit einem tiefen, röhrenden Ton, der mir einen Schauer über den Rücken jagte. Ich befürchtete, dass mich ihr massiger Körper gegen die Planken drücken könnte, und schrie um Hilfe. Eine halbe Ewigkeit verging. Endlich stürmte Ben herein. Er redete sanft auf die Kuh ein und tätschelte ihr die Flanken. Mich meckerte er an:

»Du machst ihr Stress!«

Ich war verzweifelt und erlöst zugleich.

»Sie kennt mich nicht. Sie hat Angst vor mir«, sagte ich und ärgerte mich darüber, dass meine Stimme so brüchig war.

»Ich hab' dir doch gezeigt, wie's geht!«, schalt Ben.

Beim Abendessen an dem langen Holztisch, an dem wir alle beisammensaßen, war mein Probemelken Gesprächsthema Nummer eins. Der Mann an der Stirnseite begann damit. Er stieß seinen Nachbarn mit dem Ellenbogen an. Darauf stießen sich auch alle anderen Männer mit den Ellenbogen an und grinsten. Sie blinzelten mir zu. Ben war obenauf und kümmerte sich überhaupt nicht darum, dass die anderen mir zublinzelten. Er hob sein Bierglas und prostete ihnen zu. Dann tranken sie, alle gleichzeitig. Ben wischte sich mit dem Handrücken den Schaum vom Mund. Als das Abendessen endlich vorbei war, fragte ich:

»Warum hast du deinen Leuten davon erzählt?«

Diesmal waren wir nicht auf den Hügel gestiegen, sondern saßen hinter dem Gutshaus auf der Gartenbank. Ben trank Schnaps, aber Absinth war es nicht. Ich schüttelte den Kopf, als er mir davon anbot.

»Wie: meine Leute?«, fragte Ben.

»Na, die da«, sagte ich und zeigte hinüber zum Gutshof. Ben schwieg. Es war ein anderes Schweigen als das vom Hügel. Es war nicht, wie wenn man mit dem anderen einverstanden ist. »Bring du doch selbst erst mal was auf die Reihe!«, sagte er, ohne mich anzusehen.

Am Morgen des nächsten Tages reiste ich ab. Die klitzekleinen Zahnpastatuben und die winzigen Shampoodöschen hatte ich gerade erst angerissen. Meine Schrottmühle war rasch bepackt mit den paar Klamotten, darunter ein Kleid, dass ich mir extra für die Geburtstagsfeier gekauft hatte. Von Ben verabschiedete ich mich nicht. Er war sowieso schon wieder auf dem Feld oder sonst wo. Unterwegs, ich war schätzungsweise zwei Stunden gefahren, machte mein Auto schlapp. Es blieb einfach stehen wie ein störrischer Esel. Am Benzin lag's nicht. Wahrscheinlich am Alter. Es hatte einfach das Fahren satt. Ich stieg aus, setzte mich an den Straßenrand in den Schotter, betrachtete meine klapprige Rostlaube mit den Blicken einer Verbündeten und lachte. Ich fand, dass alles richtig war, wie es war, denn wenn etwas geschieht, geschieht es notwendig. Und manchmal kann man darüber lachen.

ZAHLREICH DIE KRÄFTE DIE MICH HINDERN

Dabei wollte ich heute Früh nur eine Fahrkarte für die Deutsche Bahn Aktiengesellschaft erwerben, nichts weiter als eine läppische Fahrkarte, man sollte meinen, das sei die leichteste Übung von der Welt, aber denkste, zwar war, o Wunder!, sogar ein Schalter in Benutzung, was auf den paar verbliebenen Bahnhöfen Deutschlands weiß Gott nicht Usus ist, davor aber schlängelte sich eine schier endlose Prozession bepackter Maultiermenschen, in der ich nie und nimmer rechtzeitig nach vorne gelangt wäre, also vertraute ich mich in meiner Not einem dieser Automaten an, die nicht sprechen können und laufend unter irgendeiner neuen Software leiden wie unter Schnupfen, gegen den sie dann ihre Antikörper ausfahren, genau wie der in der Bahnhofsvorhalle, an dem ich mich, den nächsten Ticketanwärter im Nacken, hektisch durchs Menü klickte, natürlich ohne den korrekten Tarif zu finden, dabei wollte ich nicht einmal außer Landes, sondern nur sieben Stationen weit, doch dieser Rotzlöffel von Automat zeigte mir ein ums andere Mal den Preis von elf EURO fünfzig an im so genannten Intercityexpress [*bis ich diesen siebenköpfigen Wortdrachen ausgesprochen habe, bin ich nach Hause gewan-dert!*], wo ich doch genau wusste, dass die Fahrt sieben EURO kostet, und zwar in der Regionalbahn, und wenigstens die wird ja wohl noch nicht abgeschafft worden sein in den drei Tagen, die ich übers Wochenende hier eingesperrt war, in diesem Kaff, weil mir meine Seelenklempnerin, die — als ob alles nicht schon schlimm genug wäre — Veronika heißt, eine Auszeit verordnet hatte [*zugegeben, von drei Tagen war nicht die Rede gewesen, sondern von drei Wochen, aber am Abend des dritten Tages hatte ich die Schnauze gestrichen voll von dieser Kuhbläke, in der bei Einbruch der Dunkelheit, eigentlich schon bei Feierabend, die Gehsteige hochgeklappt werden*], und als mich dieser heimtückische Fahrkartenandroide zuletzt sogar aufforderte, einen Gutschein einzulösen, sagte ich mir, okay, Joschi, ES ist stärker als du, und ehe du ohne Billett

dastehst [jüngst hab ich nämlich vierzig EURO Strafe löhnen
müssen an diese kapitalistischen Straßenräuber, weil ich angeblich ohne gültigen Fahrschein unterwegs gewesen war, in Wirklichkeit besaß ich einen, hatte aber vergessen, ihn auf dem
Bahnsteig zu entwerten an einem dieser vollgerotzten einarmi-
gen Banditen, die man extra hinter der Fahrplananzeige versteckt hat, damit ich sie in der Eile übersehe, was die Hüter des
Eisenbahnrechts veranlasste, mich wie einen Heckenschützen
zu behandeln — das können sie dann, das müssen sie nicht
ihren Maschinen überlassen, da sind sie leibhaftig mit von der
Partie, um sich den Spaß nicht entgehen zu lassen, dabei wäre
es für die Deutschebahntussi mitm Uniformmützchen aufm
Dutt ein Leichtes gewesen, die Karte nachträglich zu entwerten,
mit einem Kugelschreiberstrich, oder dem Knipser, oder indem
sie das Papier einreißt mit einem Ratsch, aber nein, keine Rede
davon, denn als Bürger dieses Staates bist du ein potentieller
Verbrecher, schon wenn du am Morgen aus dem Bett aufstehst
und ein Bein auf die Matte stellst, egal welches, hast du deinen
ersten Gesetzesverstoß begangen [*ein Beispiel: laut Gerichts-*
beschluss darf in Gegenwart eines Kaninchens, das ein Zau-berer aus
seinem Hut zieht, neuerdings nicht mehr Beifall geklatscht werden],
darum habe ich dem Fahrscheinautomaten dann doch die Karte für elf
EURO fünfzig abgekauft, vorsichtshalber und entgegen meiner
Überzeugung, bloß pöbelte mich sofort mein Gewissen an,
dass ich ein Dämlack sei, weil ich mich von solch einem wider-
wärtigen, von tausenden Keimfingern betatschten Roboter
foppen lasse, der nicht mal ordentlich Deutsch kann, worauf
ich beschloss, mich bis an den Kopf der Menschenschlange
vorzudrängeln und unterm Ellenbogenhagel der Anderen die
Billeteuse hinterm Schalter zu belatschern, da pflaumt mich
diese Deutschebahntussi mitm Uniformmützchen aufm Dutt
an [*das heißt: nicht eigentlich mich, sondern ganz allgemein uns Zivilisten*
vor dem Schalter in unserer Eigenschaft als ungeordneter Haufen], rotzt
in die Runde, erst würden wir da draußen alles falsch machen,
und dann kämen wir zu ihr herein gewackelt, und sie müsste

unsere Scharten auswetzen, als ob sie nichts Besseres zu tun hätte, da war mein Kopf schon kurz vorm Platzen, indes brauchte ich die Billeteuse einigermaßen bei Laune, weswegen ich den Zerknirschten mimte und über meine Beckenbodenverspannung klagte, die mir das Laufen vergälle, worauf sie tatsächlich meine Fahrkarte zurücknahm und die elf EURO fünfzig rausrückte, jedoch - ich fasste es nicht! - statt mir gleich die korrekte Fahrkarte auszuhändigen, diejenige für sieben EURO, schickte sie mich [*das sei Vorschrift*] zurück an diese Kanaille von Automat, wo ich ein HOPPERTICKET lösen sollte, was mein Blut noch mehr in Wallung brachte, denn ich assoziierte, dass ich – für mein teures Geld! - mit dem Fahrschein im Hut die Geleise entlanghüpfen müsse wie ein Feldhase, zumal ich im Menü der Fahrkartendruckmaschine keine einzige Schaltfläche der Benennung HOPPERTICKET fand, sodass ich mich gezwungen sah, meine Abreise zu verschieben, was mich den zwar beamteten, aber hirnlosen Idioten vollends auslieferte, die mir eine solche Kreuzeslast aufbürden, mir immerzu, immerzu eine solche Kreuzeslast mit ihren Apparaten, hinter denen sie sich verschanzen, damit sie nicht mit mir sprechen müssen, was Unsereiner dann selbst erledigen muss, indem er vor sie hin tritt wie ein Bittsteller vor seine Fürsten, damit der blinde Schimmel vom Amt schnallt, dass wirklich du es bist, du selbst, der eigensinnig ein Ansinnen vorbringt, und dass es dein ureigenes Ansinnen ist und nicht das einer glatzköpfigen Weißrussin, die dich heiraten will, damit sie in unser schönes Land eingebürgert werden kann, denn erinnere: Alle Deutschen sind potentielle Spitzbuben und Betrügen ist ihr liebstes Geschäft noch vor dem Urinieren, kurzum: Notgedrungen vertagte ich meine Abreise und stiefelte zurück in das Kaff, das nichts anderes als ein potjomkinsches Dorf ist, vorne, wo sich rings um den Dom die Touristen räkeln, sind die Häuser trockengelegt und akkurat verputzt und ihr Fachwerk ist gebeizt, aber dahinter, in den engen Gassen, faulen die Ruinen vor sich hin wie meine Zahnstümpfe, und überall hängen

gigantische Transparente einer einheimischen Wohnungsgesell-
schaft an den verrotteten Wänden, darauf Hilfeschreie wie
»ICH WILL LEBEN!«, jaaa, den Häusern ist so was erlaubt,
und prompt fing's auch noch an zu jirschen, ich also 'nein in'n
Dom, den ich drei Tage lang gemieden hatte, weil ich nur
wieder geflennt hätte vor lauter weihevoller Stille ohne Telefon,
und tatsächlich sprangfluteten mir flugs die Tränen, und während ich die Stehpulte umkurvte, auf denen in Folie einge-
schweißte DIN-A-4-Blätter mit Exegesen zu den Glasfenstern
des Zugriffs harrten, erspähte ich, dass die Stifterskulpturen im
Westchor eingerüstet waren – all überall Maschinen, Apparate,
Automaten, durch Schläuche mit einem unsichtbaren Zentral-
hirn verknüppert wie Komapatienten im Aufwachraum, während an einer der Pinnwände verlautete, zwölf [sic!] Archäologen
pulkten den Statuen mit stecknadelkopfgroßen Kameras und
Röntgenstrahlern im Sandstein herum, um die Tricks des Bild-
hauers auszukundschaften [*WAS, bitte, geh'n die MICH an?*],
wobei man nicht müde wurde, den Künstler MEISTER zu
nennen [*wie die letzten HEIDEN, die ihren Obergötzen GEROVIT
anbeten*], aber sie fanden wohl nichts von dem, wonach sie
forschten [*da fragst du dich!*], was sie freilich nicht hinderte, die
Ballenstedter Uta mit dem Mantelkragen an der Wange nicht
original zu zeigen, sondern als Repro auf dem Monitor, billiger
Ersatz wie alles in diesem Scheißleben, worauf mich erneut die
Zweifel packten, ob ich überhaupt existiere, doch sind die
Kräfte, die mich hindern, das zu wissen, zahlreich, auch ist die
Frage verworren und mein Leben kurz und nirgends ein Befehl,
auf welche Weise das Leid zu tragen sei, da schnappte ich mir
ein paar der sonntäglich herrenlosen Werkzeuge, die den
Gerüsten zu Füßen schlummerten, ein Handy darunter [von
dem ich zu spät bemerkte, dass es mein eigenes war], und
schmetterte das Zeug gegen die Glasfenster des Westchors,
jene unschuldsvollen Horte institutioneller Makellosigkeit,
wobei ich, späteren Vorhaltungen zufolge, derer einige aus
ihren Bleiruten geschlagen haben soll, was mich letztendlich in

die Lage versetzte, meine Rückfahrt nun doch noch antreten zu können, wenngleich nicht auf direktem Wege und obendrein in strammer, wenn auch höflicher Begleitung [*zwar nicht von 'ner Deutschebahntussi mitm Dutt diesmal, doch von Uniformmützchen gleichwohl*], und ohne auch nur einen einzigen Penny dafür abdrücken zu müssen, so dass ich mich fragte ... aber stimmt es, dass ich mich fragte, denn was gäbe es angesichts dieses Schlamassels noch zu fragen, es sei denn nach dem größten aller Rätsel: Warum nur scheint die Sonne auf die Gerechten und Ungerechten gleichermaßen?

VERSPÄTUNG

Im Wartesaal ließ ich mich auf eine der Holzbänke nieder, legte die Umhängetasche in den Schoß, nahm aber den Tragriemen nicht von der Schulter. Ich versuchte, nicht an die Zeitschrift zu denken und an das, was ich vorhatte. Das Deckenlicht, das eingeschaltet war, obwohl es tagte, tat meinen Augen weh. Ich mochte meine Lider nicht schließen, weil ich fürchtete einzuschlafen und die Lautsprecherdurchsage zu verpassen, mit der die Einfahrt meiner Fähre angekündigt werden würde. Oder jemand könnte sich an meiner Tasche zu schaffen machen. Es brauchte niemand zu wissen, was ich darin mit mir herumschleppte. Ich blickte zur Glastür hinaus auf den Vorplatz, wo die Taxis warteten. Die Chauffeure lehnten gelangweilt an ihren Autos, rauchten Zigaretten und unterhielten sich. Es war nicht viel los um diese Zeit in diesem Kaff. Mag sein, dass ich mich deswegen so früh am Morgen auf die Socken gemacht hatte, weil sonst nicht viel los war.

Bei unserem jüngsten Telefonat hatte mir meine Mutter vorgejammert, dass sie bald sterben werde. Sie stirbt seit zwanzig Jahren, vorzugsweise an den Feiertagen. Zu diesem Zweck pflegt sie mich jedes Mal anzurufen, damit es Effekt macht. Wenn ich dann so blöd bin, aufs Festland überzusetzen, treffe ich sie meist in ihrem Liegesessel vor der Glotze an, in jener Zimmerecke, die von der Tür am weitesten entfernt ist. Sie bevorzugt Gerichtsshows. Den Ton stellt sie so laut, dass es mir unmöglich ist, mich mit ihr zu unterhalten. Mich zu begrüßen, macht sie niemals Anstalten. Sie nimmt nicht einmal die Beine herunter, um sich im Sessel aufzurichten. Einmal, als draußen minus fünfzehn Grad waren, habe ich sie angeschnauzt. Ob es ihr Spaß mache, mich durch den Winter zu scheuchen, für nichts und wieder nichts. Früher hätte ich mich so etwas nicht getraut. Da hätte es gleich geheißen, ich sei undankbar und liebe sie nicht. Das heißt es heute immer noch, aber mittlerweile ist mir egal, was meine Mutter von mir hält.

Die Glastür am Eingang schob sich auf. Nur ein leichtes Rauschen war zu hören. Suchenden Blicks traten ein paar Leute ein, denen von der See her eine frische Brise nachwehte. Zwei Frauen, eine meines Alters und eine jüngere, die gut ihre Tochter sein konnte, latschten müde auf mich zu und ließen sich auf die Bank fallen, die der meinen gegenüber stand. Sie trugen Hüte mit Schleiern und breiten Krempen. Natürlich hätte ich mich woanders hinsetzen können. Es gab eine leere Bank neben dem Drogeriemarkt. Aber ich wollte nicht unnötig auffallen. Die junge Frau, die kräftiger als die andere geschminkt war, hatte sich einen Zopfkranz geflochten. Sie trug ein altmodisches Kostüm mit einem engen Rock, der es ihr beinahe unmöglich machte, die Beine übereinanderzuschlagen. Unverhohlen musterte sie erst mich und dann meine Tasche, die ich unwillkürlich fester in den Schoß drückte. Ich sorgte mich wegen der Bilder aus der Zeitschrift, alten Schwarzweißfotos, auf Hochglanzpapier gedruckt. Natürlich ging es mir auch um die Luger 08. Die hat meinem Vater gehört, der vor dreißig Jahren gestorben ist. Nur die Pistole hat ihn überlebt, in einem Sarg aus geöltem Packpapier. Seine Dienstwaffe, wenn man so will, aus der Zeit vor dem Krieg. Als die junge Frau zu keinem Ergebnis kam mit ihrer Inspektion, widmete sie sich der Älteren.

»Ich mag den Set nicht«, sagte sie.

»Du wirst nicht dafür bezahlt, ob du ihn magst oder nicht«, erwiderte die Ältere.

»Mir wäre wohler, wenn ich wenigstens wüsste, worum es geht.«

Die Ältere grinste.

»Wozu?«, fragte sie

»Wozu, wozu ...«, stotterte die Jüngere hilflos.

»Es ist doch wurscht, worum es geht«, sagte die Ältere. »Wir sind Statisten. Das Große und Ganze interessiert sich nicht für uns.«

Während die Ältere an ihrem Hutschleier nestelte, fiel mir ein, dass meine Mutter nie mit mir ins Kino gegangen ist. In ihren Augen ist Kino eine Afterkunst. Einmal allerdings nahm sie mich ins Varieté mit, da war ich noch ganz klein. Dazu mussten wir mit der Straßenbahn bis in die Bezirksstadt fahren, und das am Abend, was mich wunderte, weil meine Mutter beharrlich behauptet, nachtblind zu sein. In dem Theater trat ein Humorist auf. Er machte einen Sketch mit einer Uhr. An den erinnere ich mich nicht, nur daran, wie der Mann das übergroße Pappmodell eines Zifferblatts hochhielt. Verrückt, dass meine Mutter Armbanduhren hortet. Keine Ahnung, ob seit dem Varietébesuch oder sowieso. Alte Uhren, bei denen die Aufzugsfedern zersprungen sind, und neue, deren Batterien irgendwann streiken. Einzig die Uhr an ihrem Handgelenk funktioniert, aber was sie anzeigt, kann meine Mutter nicht lesen, weil das Zifferblatt so winzig ist.

Die jüngere Frau kramte aus dem Sakko ihres Kostüms einen Flachmann hervor. Die andere taxierte sie missbilligend und sagte:

»Du machst uns zum Gespött der Leute.«

Provozierend blickte sich die Jüngere erst über die eine, dann über die andere Schulter um.

»Welcher Leute?«, fragte sie rotzig.

In der Tat war niemand in der Halle außer einem ausgemergelten Männlein schwer bestimmbaren Alters, das sich, während sein Atem die Verkäuferin in die Flucht schlug, an einem der Ständer vor dem Zeitungskiosk festkrallte. Die jüngere Frau seufzte dramatisch.

»So geht das beinahe jeden Tag«, sagte sie, indem sie sich wieder mir zuwandte. »Dabei ist sie sonst ganz locker drauf. Nur bei dem da rastet sie aus.«

Sie zeigte den Flachmann vor.

»Sie haben bestimmt keine Mutter mehr, Sie Glückliche.«

»O, doch«, sagte ich und erschrak.

»Wirklich? Ach, du heilige Scheiße!«, entfuhr es der jungen Frau. »Die muss doch steinalt sein.«

Ich nahm die Tasche und drückte sie in Brusthöhe fest an mich, bis mir die Arme schmerzten.

»Einundneunzig«, sagte ich.

Verzweifelt heftete ich meinen Blick auf den Zeitungsstand, wo das Männlein sich vergebens darin übte, ein Blatt im halb-rheinischen Format zusammenzufalten.

»Ist sie im Heim?«, bohrte die junge Frau.

»Nein«, sagte ich genervt.

»Mit einundneunzig?«

»Weil es niemand mit ihr aushält.«

Die junge Frau wechselte mit einiger Mühe Stütz- und Aufla-gebein.

»Sie auch nicht?«, fragte sie.

»Ich bitte dich!«, fuhr endlich die Mutter dazwischen. »Was geht's dich an?! Lass' die Dame in Ruhe!«

Die Tochter trank in kleinen, gierigen Schlucken aus dem Flachmann, wobei sie angesäuert das Gesicht verzog. Wie zum Trotz nahm ihre Mutter aus einem Lederbeutel eine Schachtel hervor und zündete sich mit einem Feuerzeug, das beim Öffnen die Melodie von Yankee Doodle spielte, ein Zigarillo an.

»'tschuldigung«, sagte ich, »hier ist Nichtraucher.«

Die Mutter pulkte sich teilnahmslos einen Tabakkrümel von der Unterlippe und dachte gar nicht daran, das Zigarillo auszu-drücken.

»Ich sage doch«, meckerte sie, »alles Prinzipienreiter, wohin du spuckst.«

Ich hasste mich dafür. Seit langem befürchtete ich, meiner Mutter immer ähnlicher zu werden, je mehr ich mich von ihr zu entfernen versuchte. Das Ganze hatte den Sog eines

Naturgesetzes. Alles mochte ich sein, nur keine Prinzipien-reiterin. Aber der Drill ist nicht so leicht herauszukriegen. Erst richtete meine Mutter mich ab, später, ersatzweise, ihre Siam-Katzen. Wir hatten ihr bedingungslos zu gehorchen. Niemand dankte es ihr. Die Katzen zerkratzten ihr die Tapeten, ich pinkelte ins Bett. Ein Arzt, der mir kleine, rosa Pillen verschrieb, prophezeite, dass sich meine Bettnässerei legen werde, sobald ich heirate. Er irrte.

»Wissen Sie, was eine Karbatsche ist?«, fragte ich die Junge.

Sie unterbrach das Beinwippen und starrte mich entgeistert an. Ihre Mutter blies mir den Zigarillorauch genüsslich in Kringeln entgegen. Dann rückte sie ihren Hut zurecht und ging hinüber zum Kiosk, wo sich der Besoffene immer noch am Zeitungsständer festhielt und Lalllaute von sich gab, die wohl Kommentare zu den Schlagzeilen vorstellten.

»Untersteh' dich!«, rief ihr die Tochter hinterher.

Es nützte nichts. Die Mutter sprach den Kerl so laut an, dass wir es hören konnten:

»Brauchen Sie Nachschub?«

Bejahend schwenkte der Zechbruder seinen freien Arm, geriet dabei aus dem Gleichgewicht und drehte eine Piroutte. Die Mutter wippte mit dem Kopf in unsere Richtung.

»Da hinten sitzt eine mit 'ner Batterie Schnapsflaschen.«

Die Tochter versteinerte.

»Du bist so was von gemein!«, zischte sie.

Nach einer Weile kam die Mutter mit einer Zeitschrift unterm Arm zurück. Das Zigarillo hielt sie noch immer zwischen den Lippen. Das nahm sie auch nicht heraus, als sie sagte:

»Der blöde Hund will nicht.«

Ihre Tochter wandte sich angewidert ab, steckte aber vorsichtshalber den Flachmann in die Sakkotasche. Die Zeitschrift war so eine, wie ich sie mir am Tag vorher besorgt hatte. Lustlos blätterte die Mutter die Seiten um. Bei dem Artikel mit den alten Schwarzweißfotos blieb sie hängen. Er war der Aufmacher. Sie betrachtete eines der Fotos lange aus allen erdenklichen Winkeln. Dann hob sie den Blick und sagte:

»Ich kann mir nicht helfen, aber die hier sieht Ihnen so was von ähnlich!«

Sie hielt die Zeitschrift mit dem Foto voran hoch.

»Finden Sie nicht auch?«

Ihr Zeigefinger tippte auf eine Frau in Uniform, ein Kostüm mit Schiffchenmütze.

»Klar, das sind Sie. Bloß halb so alt, schätz' ich. Was haben Sie gemacht mit fünfundzwanzig?«

»Mein Diplom«, sagte ich.

»Aber nicht in Uniform«, sagte sie.

»Natürlich nicht«, sagte ich.

»Waren Sie zu der Zeit überhaupt schon auf der Welt?«

Auch die Tochter beugte sich jetzt über die Zeitschrift.

»Sensationell!«, rief sie, nachdem sie erst das Foto und dann mich ungläubig beäugt hatte. »Wo ist das?«

»Schwarzenpfost«, sagte ich.

Die beiden stutzten.

»Woher können Sie das wissen?«

Zum Glück erschien die Zeitschrift montags, und wir hatten Mittwoch.

»Steht drunter. Ich hab' den Artikel schon gelesen«, sagte ich.

Das beruhigte die Frauen.

»Schwarzenpfost kenn' ich nicht«, sagte die Tochter. »Sie?«

Ich verneinte.

»Nur aus der Zeitung«, sagte ich.

Ihre Mutter entdeckte die Karbatsche, die meine Mutter in der Hand hielt.

»War's nicht das, wonach Sie vorhin gefragt haben?«

Im selben Augenblick schepperten die Lautsprecher. Meine Fähre, die sich verspätet hatte, legte an.

»Na, endlich«, seufzte die Tochter.

Sie erhob sich und zuppelte ihren Schlauchrock zurecht. Die Mutter rollte die Zeitschrift zusammen, behielt sie aber in der Hand. Die beiden erwarteten wohl, dass ich mich ebenfalls in Richtung der Mole in Bewegung setze. Als ich mich nicht rührte, nickte mir die Mutter im Weggehen zu.

Ein paar Minuten noch harrte ich auf der Holzbank aus. Als die beiden Frauen längst im Fußgängertunnel verschwunden waren, raffte ich mich auf, ging durch die Glastür nach draußen auf den Vorplatz und nahm mir eines der Taxis. Der Fahrer zeigte mir die glimmende Zigarette, die er zwischen Zeigefinger und Mittelfinger hielt, und fragte, ob er sie zu Ende rauchen dürfe. Ich sagte:

»Warum nicht?«

SCHÖNE WOHNUNG

Als ich in der Klinik eintreffe, liegt meine Mutter nicht mehr auf Station, sondern in einem kleinen, fensterlosen Raum, der weiß gekachelt ist. Sie ohne Schläuche und Sauerstoffmaske zu sehen, finde ich abwegig. Verlegen mustere ich die um den zahnlosen Mund eingesunkenen Wangen und die dunkelbraunen Flecken, die wie Unflat auf ihrem Körper ausgestreut sind. Mit einem Mal tut mir die alte Frau leid. Obwohl ich sie doch eigentlich hasse. Gehasst habe. Nein, hasse. Ich erinnere mich all der an den Hass verschwendeten Kraft. An die kläglichen Verhandlungen zum Zweck, dann und wann einen Waffenstillstand zu erwirken, dessen Regeln wir beide nicht beherrschten.

Anfänglich hatte ich Rückhalt in der Überzeugung gesucht, dass meine Mutter, sollte sie wider Erwarten noch einmal heraufdämmern aus dem Koma, dem Rat der Ärzte folgt statt meinem. Zu keiner Zeit hat sie meinen Rat geachtet, warum sollte sie es diesmal tun? In ihren Augen gehörte ich nicht zu denen, deren Rat man achtet, geschweige denn dass man ihn befolgt. Im Gegenteil hatte ich dem ihren zu folgen, schließlich war ich ihre Tochter. Vielleicht hätte ich genau das tun sollen, ihr gehorchen, wenigstens dieses eine Mal. Womöglich wäre uns dann einiges erspart geblieben.

Seit ihrer Kindheit hatte meine Mutter in einer Bauvereinswohnung aus den zwanziger Jahren gelebt, unweit des Militärflugplatzes und in der Nähe des Viertels, das im Volksmund immer noch der »Adlerhorst« heißt. Dort waren bis zum Ende des Weltkriegs die Mannschaftsunterkünfte der Wehrmacht gewesen, danach hatten sich mit ihren MiGs die Sieger eingenistet, von denen die Häuser nach und nach heruntergewirtschaftet wurden, bis sie unbewohnbar waren. Auf der Suche nach intakten Quartieren für die Offiziere fiel Jahre später die Wahl der Besatzer auf das Bauvereinsviertel, das inzwischen unter kommunaler Verwaltung stand. Der Rat der Stadt knickte notgedrungen ein und stellte den deutschen Bewohnern anheim, umzusiedeln oder zu bleiben. Die Nachricht davon schaffte es sogar bis in den Deutschlandfunk. Natürlich mochte kaum jemand außer den linientreuesten Kommunisten unter lauter Sowjets wohnen, von denen nach wie vor oder schon wieder die abenteuerlichsten Gruselgeschichten in Umlauf waren. Meine Mutter, die im Reich eine der ranghöchsten Jugendführerinnen des Gaus gewesen war (meinen scheinbar unverfänglichen Vornamen Jutta habe ich von der letzten Reichsreferentin des Bundes Deutscher Mädel), kuschte als erste vor den Einheitspartei-Bonzen und ließ sich noch vor den anderen ins Rosenthal verpflanzen, in eines der gerade erst aufgestellten WBS-70-Plattenhäuser, das in der Nähe des Schlossgartens stand, dem barocken Kleinod der Garnisonsstadt. Obwohl ich lieber in der Meba-Siedlung geblieben wäre, weil ich dort meine Freundinnen hatte und ein kleines Wäldchen mit einem Hügel, von dem ich mir Lehm holte, um Skulpturen daraus zu formen, war ich gezwungen, mit ihr umzuziehen, in ein Viertel, in dem ich, die vom Adlerhorst, geächtet war wie eine Aussätzige.

Von da an lebte meine Mutter dreißig Jahre lang im Rosenthal, erst gemeinsam mit mir und ihrer Siamkatze, einem angeblich reinrassigen Tier namens Zitha vom Selkehof mit wasserblauen Menschenaugen, dann, nachdem ich endlich ausgezogen und studieren gegangen war, nur noch mit ihrer Katze. Ihr Mann, mein Vater, lebte schon lange nicht mehr. Er war ein winziges Kerlchen aus der Buchhaltung des Ziegelwerks gewesen, wo sich die beiden kurz nach dem Krieg in die Arme gelaufen waren. Ein alter Herr, der den Krieg überlebt hatte, weil er u. k. geschrieben gewesen war, und den meine Kindergartenkumpels hartnäckig für meinen Großvater hielten.

Während meiner Flegeljahre im Rosenthal war ich ganz bestimmt nicht liebenswert. Aus irgendeinem Grund glaubte meine Mutter, über mich eine Art Generalvollmacht in der

Verfügungsgewalt zu besitzen und nicht nur jeden Schritt kontrollieren zu dürfen, den ich nach draußen vor die Tür setzte, sondern auch den Tonfall aller Reden, die ich an sie richtete. Meistens klang ich ihr nicht gehorsam genug. Sie war sehr misstrauisch und pflegte messerscharfe Blicke um sich zu werfen, denn sie fühlte sich fortwährend angegriffen. Als ich ihr mitteilte, dass ich in die Bezirksstadt ziehen wolle, um Journalistik zu studieren, wurde sie tagelang von Schreikrämpfen geschüttelt, wie wenn sie ohne mich hilflos und dem Verderben preisgegeben zurückbliebe. Auch später, als ich längst mein Diplom in der Tasche hatte, änderte sich daran nichts. Ich erinnere mich nicht, dass auch nur ein einziger meiner Pflichtbesuche bei ihr ohne Dressurgebrüll abgelaufen wäre, wobei sich manchmal nicht hatte unterscheiden lassen, wem es galt, mir oder der Katze.

Bis zum Schluss hatten wir es nicht geschafft, ihre Plattenbau-Wohnung zu renovieren. Sobald ich meiner Mutter vorschlug, es zu tun, wimmelte sie mich ab. Einmal hatte ich mir ein Wochenende frei genommen, was nicht einfach gewesen war, denn ich arbeite als Redakteurin einer Provinzzeitung und habe ständig irgendwelche Termine. Wenigstens die Wände des Kinderzimmers wollte ich streichen. In der Wohnung gab es nämlich ein so genanntes Kinderzimmer, das mir vorbehalten war für den Fall, dass ich einmal dort hätte übernachten wollen, was aber nur zwei- oder dreimal vorgekommen ist in all den Jahren. Im Grunde stellte es die Offerte dar, wieder ganz zu meiner Mutter zu ziehen. Ich hatte sie gebeten, die üblichen Vorbereitungen zu treffen, die Blumenbänke herauszuschaffen, die Schränke abzudecken und was dergleichen mehr gewesen wäre. Als ich ankam, bepackt mit den Malerutensilien, war nichts erledigt. Meine Mutter redete sich mit irgendeinem Gebrechen heraus. Von denen hatte sie mehrere zur Auswahl. Ich erinnere mich nicht mehr, was es diesmal gewesen war, Migräne vielleicht. Jedenfalls hatte sie trotz allem Mittagessen gekocht und Abendbrot vorbereitet, und für das Frühstück war auch gesorgt. Wahrscheinlich für weitere acht Frühstücke. Es war ihr nicht wichtig, ob ich die Wohnung anpinselte. Wichtig war nur, dass sie meine Nähe spürte. Aber ich mochte es nicht, in ihrer Nähe zu sein.

Nach dreißig Jahren im Rosenthal wurde meine Mutter gezwungen, auch diese Wohnung aufzugeben. Da waren die Tapeten längst bräunlich nachgedunkelt wie die in den alten Arbeiterkneipen am Chemiewerk und immer, wenn ich die Stube betrat, hatte ich das Gefühl, in eine Gruft hinabzusteigen. Diesmal war nicht die Garnison die treibende Kraft. Die Sowjets waren schon vor etlichen Jahren abgezogen. Vielmehr mangelte es der Gegend an Mietern. Es rentierte sich nicht länger, das Haus zu betreiben, darum sollte es abgerissen werden, »zurückgebaut«, wie es in dieser neuen deutschen Beamtensprache hieß. Meine Mutter barmte: Sie wolle nicht woandershin und wenn doch, dann in genauso eine Wohnung wie diese. Wohl weniger aus Gründen meiner Abneigung gegen die Betonarchitektur, als mehr um mich endlich einmal gegen sie durchzusetzen, beschloss ich, ihren Wunsch in den Wind zu schlagen und ihr eine schöne, große Altbauwohnung in ruhiger Lage zu besorgen, eine mit hohen Decken und dicken Wänden aus Ziegeln. Um fruchtlose Grundsatzdiskussionen zu vermeiden, stellte ich sie vor vollendete Tatsachen, indem ich in einem Haus aus der Gründerzeit, das unweit des Stadtparks steht, eine Erdgeschosswohnung anmietete und eine Umzugsfirma beauftragte. Als sie, krummbuckelig gestützt auf den Rollator, mit gespielter Mühe die Türschwelle überschritt, war ihr die Enttäuschung von den Mundwinkeln abzulesen.

»Ich habe gesagt, dass ich wieder in genauso eine Wohnung will, wie ich sie vorher hatte!«, fertigte sie mich ab.

Dann fiel sie in ein anklagendes Schweigen, schob ihren Fernsehsessel in die entlegenste Ecke der Stube und verschanzte sich in ihm, um ihn nur noch zu verlassen, wenn sie aufs Klo musste, und manchmal nicht einmal dann.

Eine Weile wurmte mich diese Abfuhr. Weil ich mich der Billigkeit meiner Entscheidung versichern wollte, streunte ich durch das Rosenthal-Viertel und fühlte mich in meiner Entscheidung bestätigt. Tatsächlich fläzten die Penner im Unterhemd neben ihren vollbepackten Einkaufswagen auf den Umfassungen der Hochbeete. Und wenn ich in der Zeitung von Verbrechen las, waren sie nirgendwo anders geschehen, als im Rosenthal, wo gerade ein Plattenbau nach dem anderen geschleift wurde.

»Was findest du nur an diesen hässlichen Betonklötzen?«, fragte ich meine Mutter während einer unserer strapaziösen Debatten. »Dagegen deine neue Wohnung mit den Stuckdecken!«

»Wozu brauche ich Stuckdecken?«, motzte meine Mutter von ihrem stinkenden Thron aus.

Erbittert versohlte sie der Siamkatze den Arsch, wenn sie mit Sägespänen an den Pfoten schuldbewusst über den Teppich schlich.

In mir wuchs der Verdacht, dass sich meine Mutter gar nicht nach der alten Wohnung sehnte, sondern nach der Zeit, die sie darin zugebracht hatte. Sie heulte viel und übergangslos, auch am Telefon. Ich war überzeugt davon, dass sie mir damit ein schlechtes Gewissen machen wollte. Zuletzt hörte sie mit dem Jammern und Wimmern gar nicht mehr auf, so dass ihre Nachbarn den Pflegedienst alarmierten. Der lieferte sie in die Geschlossene ein, wo es ihr bald besser zu gehen schien. Ich vermute, der tiefere Grund dafür war, dass in der Klapse sämtliche Türen nach draußen verschlossen blieben.

Allerdings war der Zustand relativer Besserung nicht von Dauer. Wie man mir besorgt mitteilte, begann meine Mutter, sich stundenweise in ihr Bett zurückziehen, zwischen den Mahlzeiten, von denen es täglich vier gab, die nachmittägliche Kaffeezeit mit Kuchen und Keksen eingerechnet. Bald blieb sie von früh bis spät in ihrer Betthöhle liegen und machte keinerlei Anstalten, daran je wieder etwas zu ändern. Keine gute Idee, wenn man wie sie fast neunzig Jahre alt ist. Nach einer Woche erreichte mich die Nachricht, sie habe sich eine Lungenentzündung eingefangen und man schaffe sie auf die Intensivstation der Universitätsklinik in der Heide, in jener Stadt, in der ich lebe.

Die Heide ist eigentlich keine Heide, sondern ein Wald. Dort kann man gut einsam sein. Immer wenn ich meine Mutter in der Universitätsklinik besuchte, und das war beinahe täglich, nahm ich das Fahrrad oder ging zu Fuß den Kolkturmring entlang, weil ich auf diese Weise länger brauchte als mit Straßenbahn oder Bus durch die Stadt. Dann konnte ich unterwegs in aller Ruhe das Für und Wider der einen gegen die andere Entscheidung abwägen, denn kaum dass meine Mutter auf die Intensivstation verlegt worden war, hatte mich das Amtsgericht mit sanftem Nachdruck zur Herrin über die Apparate bestallt, an denen sie hing. Ich konnte schlecht nein sagen, denn hätte ich mich nicht bereiterklärt, wäre man auf einen wildfremden Betreuer verfallen. So oblag es mir nun, darüber zu entscheiden, ob die Maschinen abgeschaltet werden oder nicht. Eine Weile sonnte ich mich in dem Bewusstsein, über so viel Macht zu verfügen, meine Mutter entweder hierhin zu schicken oder dorthin, je nachdem, quasi mit einem Fingerschnipsen. Doch auf meinen Streifzügen durch die Heide wollte sich die Leichtigkeit des Fingerschnipsens nicht einstellen. Mehr und mehr wurde mir klar: Egal wie ich mich entschiede, ich stünde vor mir selbst als Mörderin da. Sowieso wenn ich die Apparate abstellen ließe, aber auch wenn ich verlangte, es nicht zu tun, denn dann würde meine Mutter irgendwann am Schleim ersticken.

Sobald ich, drapiert mit einem grünen Kittel und mit dünnen grünen Plastebeuteln über Scheitel und Füßen, vor dem Siechenbett stand, brachte ich kein Wort heraus. Meine Mutter hätte mir ohnehin nicht antworten können, denn wie eine fette Spinne hockte eine Silikonmaske auf ihrem Gesicht, über die sie Sauerstoff eingeflößt bekam. Manchmal hatte es den Anschein, als öffnete meine Mutter zwischen zwei schnarrenden Atemzügen ihre Augenschlitze kurz, für Bruchteile einer Sekunde, und schlösse sie gleich wieder, ohne dass erkennbar gewesen wäre, ob sie mich wahrgenommen hatte.

Ich nahm meine Aufgabe ernst und ließ mir nach und nach alles genau erklären. Danach kannte ich den Namen des Beatmungsgeräts, wusste wie es funktionierte und hatte eine vage Ahnung von der Wirkung der letzten Medikamente, die, sobald ich eine Entscheidung getroffen hätte, eingesetzt werden würden, um meiner Mutter die Luftangst zu nehmen, wie es hieß. Da rief mich eines Nachmittags die Oberärztin in ihr Zimmer und behauptete etwas Unglaubliches. Meine Mutter habe ihr in einem ihrer wenigen wachen Momente zu verstehen gegeben, dass sie selbst verfügen wolle, ob sie intubiert werden möchte oder nicht. Sie brauche keine Betreuerin. Für den ersten Moment war ich erleichtert. Doch schon wenig später krampfte sich mir der Magen zusammen wie früher oft, wenn ich absichtlich falsch verstanden worden war. Falls die Oberärztin die Wahrheit gesagt und nicht nur den Versuch unternommen hatte, mir mit einer Notlüge eine goldene Brücke zu bauen, weil sie genauso wie ich eine Rechtfertigung brauchte, blieb immer noch ein Problem: Wie kommt es, dass eine Frau wie meine Mutter plötzlich alle Schuld auf sich lädt?

Nun also ist sie mir zuvorgekommen und gestorben, bevor ich mich hätte entscheiden müssen. Die Vorstellung, ihr dafür dankbar sein zu müssen, widert mich an. Während ich in dem winzigen, fensterlosen Raum neben der Metallbahre stehe und behutsam meine Hand auf den kalten, von Kanülen durchstochenen und vom Wasser aufgedunsenen Arm lege, glaube ich, auf den Lippen der Toten ein Lächeln zu entdecken. Eher ein hämisches Grinsen, wie ich finde. Ich möchte es nicht haben. Ich will, dass es weggeht. Aber es geht nicht weg.

Thea fragt mich nicht mal. Dabei ist das noch nie vorgekommen, dass ich wochenlang nicht in der Mehlhose
war. Wahrscheinlich hat sie hinter meinem Rücken schon den
Lumich ausgehorcht. Dann weiß sie, dass ich blank bin wie
eine Kellerratte. Aber das erklärt nicht alles. Es ist auch, weil
die meisten Stammgäste von früher nicht mehr herkommen,
da weiß ich nicht, mit wem ich reden soll. Seit es unter uns
so eine Art von Auslese gegeben hat, eine natürliche und eine
unnatürliche, ist es verdammt leer geworden in der Kneipe. Die
unnatürliche Auslese war, dass nach der Wende einer um den
anderen in den Westen ging. Die dachten alle, dort wird ihnen die
Arbeit nachgeschmissen, die man ihnen bei uns weggenommen
hat. Bevor die große Völkerwanderung eingesetzt hat, waren
wir eine bunt zusammengewürfelte Truppe von Leuten mit
allen möglichen Jobs, vom Kulissenschieber bis zum Univer-
sitätsprofessor, wirklich, alles war vertreten und alle vertrugen
sich prächtig, von den harmlosen Kloppereien, wie man sie
eben hat in so einer Kneipe, mal abgesehen. Nehmen wir die
Bilder, die unter der Zimmerdecke hängen. Keine billigen
Drucke, sondern echte Gemälde mit Öl. Paar Aquarelle und
Grafiken sind auch dabei. Alles Geschenke von Künstlern, die
hier mal ein und aus gingen. Über unserem Stammtisch hängt
eines davon. Ich kenne keinen, der je herausgekriegt hat, was
auf ihm zu sehen ist. Zum Glück hat man es nur im Blick,
wenn man den Kopf ins Genick legt. Obwohl die Schinken
unter dem Glas allmählich braune Flecken ansetzen von dem
ewigen Tabakqualm, haben sie doch ein Gutes. Manchmal
verirren sich wildfremde Menschen in Anzügen zu uns, nur
um die gesammelten Werke von irgendwem zu betrachten,
dessen Bilder sonst nirgendwo zu sehen sind. Die lassen dann
gewöhnlich ein paar Kröten in Theas Kasse, weil wir keine
Galerie zum Gaffen sind, sondern eine Kneipe mit Bewirtung.
Kaufen können sie die Bilder nicht. Die sind unverkäuflich,

da bleiben wir eisern. Wir haben zwar nicht den blassesten Schimmer von Kunst, aber wir geben sie nicht her. Es ist wohl gar nicht so sehr wegen der Bilder, sondern mehr wegen der Maler, weil sie welche von uns sind. Der von dem Bild überm Stammtisch zum Beispiel hat Murrkäcker gesammelt, was Laubfrösche sind. Man spricht davon, dass er als Kind beim Flösseln in der Wilden Saale Froscheier verschluckt hat, und seitdem sammelt er Murrkäcker. Aber jetzt ist er nach Thüringen gezogen, weil es seine Frau mit der Lunge hat und Waldluft braucht. Das ist also einer von der unnatürlichen Auslese und deshalb können wir ihn leider nicht mehr fragen, was auf seinem Bild zu sehen ist.

Dass wir mal so eine verschworene Truppe waren, hat wahrscheinlich die Mischung gemacht, wie zu DDR-Zeiten in den Plattenbausiedlungen, sagen wir auf der Silberhöhe. Damals war in so einem Elfgeschosser alles vertreten, vom Industriearbeiter bis zum Arzt. Zum Glück, denn dadurch haben wir mal meinem Sohn, als er noch ganz klein war wie Däumelinchen, das Leben gerettet, weil der Kinderarzt gleich über uns wohnte und es bis in die Stadt eine Tortur gewesen wäre bei den öffentlichen Verkehrsmitteln und quasi ohne Taxi. Es lief, glaube ich, ganz gut damals, wegen der Mischung. Heute wohnen in den Hochhäusern nur noch die, die man sonst nirgendwo duldet oder die nicht genug Knete haben für was Besseres, wobei das eine das andere meist einschließt. Im Grunde gehöre ich dorthin, ins Getto, zusammen mit dem Lumich.

Neben den unnatürlichen Fällen von Auslese gibt es noch die natürlichen. Was ich meine, wird klar, wenn ich sage, dass die Mehlhose einen Sterbetisch hat. Einen runden Tisch in der Ecke gleich neben der Eingangstür. Es ist der einzige Tisch, dem ich mich verweigere, auch wenn sonst alles besetzt ist. Ich bin nämlich abergläubisch. An allen anderen Tischen habe ich schon gesessen, an dem noch nie. Wer dort seinen Stammplatz hat, stirbt innerhalb kurzer Frist, darauf kann er einen lassen. An diesem Tisch ist Speiseröhrenkrebs im Angebot, Herzinfarkt und Gehirnblutung. Angeblich auch Altersschwäche, aber ich kann mich nicht erinnern, wann das zum letzten Mal vorgekommen ist. Oft gehen dem Tod Warnzeichen voraus. Das haben wir bei uns in der Gegend oft, zum Beispiel im Dom, wenn es da in der Mitternacht wie mit Fäusten auf einen Domherrnstuhl pocht, dann muss der, dem der Stuhl gehört, drei Wochen später für immer abtreten. Der Musiker hätte es also wissen können. Er saß Tag für Tag am Sterbetisch und sah in aller Seelenruhe zu, wie das Blut nicht mehr durch seinen rechten Arm floss. Am Schluss waren seine Finger schon ganz schwarz. Dann musste ihm der Arm amputiert werden. Zum Glück ist er Linkshänder, aber Saxophon spielen kann er nun trotzdem nicht mehr. Man könnte meinen, wenn man das weiß, setzt man sich halt nicht dorthin an den Sterbetisch. Schlag mich einer. Sie tun's trotzdem. Sie glauben nicht, dass das Schicksal sie mit seinem schwarzen Pfeil trifft. Sie glauben es so lange nicht, bis sie der schwarze Pfeil dann doch trifft, aus heiterem Himmel, mitten in die Brust. Außer dem Musiker hat nur noch ein anderer den Pfeil überlebt, der Dilpsch. Vor ein paar Jahren haben wir ihm den Arsch gerettet, als er schon nach dem siebten Schnaps zu zittern anfing und sein einer Mundwinkel plötzlich schief nach unten hing und aus ihm literweise der Speichel raussuppte. Hätte der Dilpsch nicht in der Kneipe rumgehangen, sondern brav zu Hause, wie es ihm sein Arzt befohlen hatte, wäre er jetzt tot. So viel zur Bedeutung der Kneipen. Seit er wieder raus ist aus der Klinik, sitzt er prophylaktisch am Rentnertisch. Der Dilpsch ist gerne für sich allein, was alle zu achten wissen, nur die Laufkundschaft nicht, die sich zu ihm an den Rentnertisch setzt und dann wundert, dass der Mensch mit der schiefen Fresse die ganze Zeit herumnörgelt und sie loswerden will und die Wirtin nichts dagegen unternimmt. Jetzt hat er, wie immer, ein Teelicht vor sich, und daneben liegt griffbereit, als wäre sie ein Notfallinstrument, die Fernbedienung für die

Glotze. Die hat Theas Lebensabschnittsgerhard kurz unterhalb der Zimmerdecke auf einem Metallrahmen montiert, der so wacklig ist, dass sich freiwillig niemand darunter setzt außer eben die Ahnungslosen von der Laufkundschaft. Meistens ist die Glotze aus. Wir brauchen sie nur zu Fußballspielen oder wenn einer von uns aus Versehen bei einer Straßenumfrage des Stadtfernsehens abgefilmt worden ist, und dann lachen wir uns scheckig.

Das ich mich ausgerechnet heute in die Mehlhose aufgemacht habe, liegt am Lumich. Mein Macker ist auf dem Sozialgericht wegen seiner Hunde, und mich interessiert, wie die Sache ausgeht, obwohl ich schätze, dass der Lumich seine Viecher mehr liebt als mich, falls er mich überhaupt liebt. Letzteres lässt sich schwer herausfinden, weil wir uns so selten sehen. Fortwährend ist er irgendwo unterwegs, um Geschäfte zu machen. Reich ist er davon nicht geworden, eher ich ärmer. Die paar Moneten, die bei ihm hängen bleiben, steckt er in die Hundehaltung. Irgendein adliges Gesocks. Thea, was die Wirtin ist, das hatte ich vergessen zu erwähnen, will von mir wissen, wo der Lumich bleibt, als ob ich seine Sekretärin bin, oder ihre. Ich verrate es ihr trotzdem, aber sie fragt, ob ich sie veräppeln will, weil sie sich nicht vorstellen kann, dass einer wegen seiner Hunde aufs Sozialgericht muss. Da schiebt der Dilpsch auf dem Rentnertisch das Teelicht beiseite und sagt, er versteht was nicht und ob ich ihm helfen kann. Ich soll ihm sagen, warum die Leute mit dem wenigsten Geld immer die größten Hünde haben. Er sagt zu Hunden Hünde, keine Ahnung warum, in unserer Sprache ist so was eigentlich nicht vorgesehen. Ich antworte dem Dilpsch, dass ich ihm leider nicht helfen kann. Dem Lumich habe ich den Vorwurf schon so oft gemacht. So oft! Warum musst du dir so teure Hunde halten, meckere ich ihn an, wenn wir kaum einen müden Cent im Strumpf haben? Da lacht er nur und sagt, dass ich das nicht verstehe. Stimmt, ich verstehe's nicht. Mit seinen Hunden, sagt er, wird er noch mal groß rauskommen und einen Haufen

Knete machen. Ich sage ihm: Solche wie wir machen keine Knete, nie. Und groß raus kommen sie gleich gar nicht. Ich soll lernen, positiv zu denken, sagt er dann. Keine Ahnung, von wem er diesen gequirlten Quark hat, von mir jedenfalls nicht.

Ich finde, der erste Schluck vom ersten Glas Bier schmeckt immer am meisten nach Bier. Der Lumich mag nicht, wenn ich Bier trinke. Er sagt, Frauen mit Bierglas in der Hand sehen scheiße aus. Was das nun wieder soll. Bin ich ihm nicht mädchenhaft genug. Thea ist es so was von wurscht, was ich trinke, Hauptsache ich lasse nicht anschreiben. Der Lumich hat schon immer so einen Drall. Man merkt's an den Hunden. In Wirklichkeit ist er ein Blindgänger. Ein liebenswerter zwar, aber eben doch. Ein paar Tage vor der Währungsunion hat das Genie im Westen eine Lastwagenladung voller Dosen mit eingeweckter Ananas aufgekauft. Bei denen war das Verfallsdatum überschritten, deswegen hat man sie ihm billig abgetreten. Die Dosen wollte er hier im Osten verkloppen. Bei uns kostete das Zeug von drüben nämlich immer noch das Vierfache. Zumindest war das so, als er von hier mit dem Zug losfuhr. Der Lumich hatte dann diverse Probleme, sich drüben einen Wagen zu organisieren, darum verzögerte sich die Anlieferung. Als er endlich mit seiner Fuhre zu Hause eintrudelte, hatten wir die Währungsunion und über Nacht waren die Preise gefallen. Inzwischen gab es bei uns alles, was es im Westen auch gab, sogar frische Ananas. So dämlich wie den Lumich habe ich seitdem nie wieder einen freien Unternehmer aus der Wäsche gucken sehen. Mutter Thea erbarmte sich seiner und kaufte ihm die Konserven ab. Natürlich noch mal für weniger, als er sie eingekauft hatte. Ein halbes Jahr lang hat die Mehlhose danach von den Blechbüchsen gelebt, bis uns allen die Ananas zum Halse raushing, gewürfelt und in Ringen.

Ich soll nicht so unschuldig tun, sagt Thea, als sie mich eine Grimasse schneiden sieht. Dabei muss ich nur die Augenlider schmal kneifen, weil sie mir vom Zigarettenrauch brennen. Es gehört zu den Gesetzmäßigkeiten des Kneipenlebens, dass es den Qualm immer zu den Nichtrauchern treibt. Thea zieht im Spülbecken die Gläser über die Bürsten und mustert mich, als wäre ich eine Spionin vom Gesundheitsamt. Der Lumich ist ihr lieb wie ein eigener Sohn. Wenn er mal nicht da ist, wird sofort hinter ihm her telefoniert, wo er sich herumtreibt. Außerdem gibt sie ihm immer Recht. Mit mir macht sie nicht halb so viel Menkenke. Kein Anruf, als ich in den letzten Wochen gefehlt habe. Offensichtlich bin ich eher ein Störfaktor und jetzt gerade Schuld daran, dass das Gericht so lange braucht.

Die Mehlhose ist wieder so gut wie leer. Früh ein paar Bauarbeiter, die in der Nähe irgendwas abreißen und vorher belegte Brötchen verdrücken und Theas Kaffee türkisch, bevor sie sich bis zum nächsten Morgen verabschieden, danach nur noch Stammgäste, vereinzelt wie streunende Straßenkatzen. Der Labsch meint, daran wären wir selbst schuld. Wir hätten nach dem Umsturz nicht alle Wessis wegekeln sollen. Er rückt am Rentnertisch dem Dilpsch auf den Pelz und hebelt sein Glas mit dem heißgeliebten Schwarzbier hoch, mit links, weil rechts streikt, seit er in Dollichau beim Verputzen vom Gerüst gefallen ist und sich dabei die Schulter geprellt hat, was er aber dem Arbeitsamt nicht melden kann. Jedes Mal, wenn er nach seinen konspirativen Ausflügen in die Berufswelt zerschrammt und zerbeult in der Mehlhose auftaucht, ist was anderes an ihm kaputt, so ähnlich wie bei dem Ritter aus dem Monty-Python-Film, der im Zweikampf nach und nach seine Gliedmaßen verliert, erst den einen Arm und das eine Bein, dann den anderen Arm und das andere Bein, bis nichts mehr übrig ist außer dem Kopf.

Thea nervt und will immer wieder wissen, was das für eine Sache mit dem Gericht ist. Ich sage, ich weiß nur so viel, dass man dem Lumich die Stütze kürzen will, weil seine eine Hündin Junge geworfen hat. Dann wische ich mit dem Handballen über den Glasrand, weil ich weiß, dass sie das nicht leiden kann, wegen der schrillen Töne, aber noch mehr wegen der Bakterien. Sie zeigt mir den Vogel und sagt, sie glaubt, dass ich vorher schon bei der Schmidten am Kiosk war. Stimmt aber nicht. Bei der Schmidten am Kiosk muss ich beim Trinken stehen. Manchmal denke ich, Thea ist eifersüchtig auf mich, so wie eine Mutter auf die Schwiegertochter. Dabei ist der Lumich gar nicht ihr Sohn. Wahrscheinlich hätte sie gerne einen Sohn gehabt. So einen, der das Geschäft weiterführt, wenn sie mal nicht mehr kann. Die Jüngste ist sie nicht mehr, ihr Lebensabschnittsgerhard sowieso nicht, und jetzt wo so viele wegbleiben, muss sie sich ganz schön nach der Decke strecken, da gibt's kein freies Wochenende und an Urlaub ist gleich gar nicht zu denken. Manchmal sagt sie: Das haben wir nun davon. Aber sie hätte sich nichts vorzuwerfen, weil sie neunundachtzig nicht auf der Straße war. Die anderen doch auch nicht, sinniere ich dann. Der Dilpsch, als er noch gut zu Fuß war und in der Lage, in seinem Gesicht ein paar Muskeln zu bewegen, hat damals im wilden Oktober Plakate gepinselt, an Astgabeln genagelt und hoch gehalten, allerdings niedrig genug, damit sie sein Gesicht verdeckten, weil er nicht ins Fernsehen kommen wollte. Vierzig Jahre Kraut und Rüben und nun auch noch Kohl von drüben. Das stand auf der Pappe. Dann ist er in Richtung Markt losmarschiert, wo sich die halbe Stadt versammelte, und regelmäßig auf halbem Weg bei Thea in der Mehlhose eingekehrt, um sich Mut anzutrinken. Er brauchte immer mächtig viel Mut für den Protestmarsch. Ich weiß von keiner einzigen Demo, bei der er je angelangt wäre.

Jemand trampelt die Treppe hoch wie ein sibirischer Braunbär und tritt gegen die Tür. Die holt, als sie nach hinten schlägt, beinahe den Monatskalender mit den nackten Ludern vom Haken. Ich muss gar nicht hinsehen, um zu wissen, dass das der Lumich ist. Er lacht grimmig und kippt gleich an der Theke einen Weißen, damit er den Weg bis zum Stammtisch nicht ohne Krücke zurücklegen muss. Wo er jetzt herkommt, verhört ihn Thea, als ob das Gespräch mit mir nie stattgefunden hätte. Sie glaubt mir nicht. Sie glaubt mir nie was. Ich schütte den Rest Bier hinunter, weil ich sowieso schlucken muss, und sage zum Lumich: Du siehst nicht aus, als ob du gewonnen hättest. Er legt ein Blatt Papier mit dem Briefkopf des Gerichts neben meinen zermatschten Bierdeckel. Das wäre unter Garantie alles ganz anders gelaufen, sagt er und bestellt sich bei Thea schon den zweiten Weißen, wenn die Zitha keinen Stammbaum hätte. Wegen dem Stammbaum sind die Welpen adlig. Weil die Welpen adlig sind, lassen sie sich mit Gewinn verkloppen, jedenfalls theoretisch. Der Lumich sagt, das Gericht hat ausgerechnet, dass Zitha vom Selketal noch gut fünf Jahre gebärfähig ist, das macht bis zu zehn Würfe mit jedes Mal fünf Welpen. Den Gewinn von fünfzig Welpen hat die Richterin, oder wer immer es war, Pi mal Daumen geschätzt und gegen Lumichs Stütze aufgerechnet mit dem Resultat, dass mein Macker schon pleite ist, bevor das Urteil rechtskräftig wird. Der Dilpsch lacht höhnisch. Wir kümmern uns nicht drum. Der Dilpsch lacht öfter mal. Der Lumich bestellt noch einen Weißen und für den Dilpsch und den Labsch eine Runde. Thea sagt, während sie die Gläser füllt, das Beste wäre, wenn der Lumich sein Hundeviehzeug sterilisieren lässt, oder abmurkst. Da sagt mein Macker, das würde sie sich so schön ausmalen in ihrem jugendlichen Leichtsinn. Von wegen, wenn er das jetzt täte, würden sie ihn erst recht dran kriegen, wegen Betrugs. Die Anwälte nennen so was »sich nachträglich einen vermögenszuerkennenden Vorteil erschleichen«. Gebildet ist er, mein Lumich, dagegen kann man nichts sagen, bloß genützt hat es ihm nicht viel in seinem Leben. Mir übrigens auch nicht in meinem. Auf einmal beugt sich der Lumich zu mir herüber und flüstert: Da ist noch 'ne winzige Kleinigkeit. Ich rechne mit dem Schlimmsten. Genauso kommt es dann auch. Man hat den Lumich dazu verdonnert, die Kosten des Verfahrens aus eigener Tasche zu blechen. Ich kenne sein so genanntes Bankkonto wie mein eigenes und muss wieder schlucken, und zwar einen Viertelliter. Es ist schon das vierte oder fünfte Bier, darum schmeckt es nicht. Ich nehme es nur noch, um den Pegel zu halten. Wehe, der sackt ab. Dann werde ich unausstehlich.

Dann schmeiß' ich mit Gläsern. Darum ist es jetzt ungeheuer wichtig für mich, den Pegel zu halten. Daneben verblasst erst mal alles andere, zum Beispiel die Hünde. Die Hunde. Das ist überhaupt das Allerwichtigste im Leben, finde ich: den Pegel halten.

ANMERKUNGEN

Bandreißer
Karlex — Ein von der Deutschen Reichsbahn (DDR) in Görlitz
gebauter dieselhydraulischer Schnelltriebzug, der in den 80-er
Jahren unter diesem Namen nach Karlsbad verkehrte.
Nationale Volksarmee — Wehrpflichtigenarmee der DDR
Büro für Rationalisierung und Neuererwesen — Büro zur
Kontrolle und Koordinierung der so genannten Neuererbewe-
gung, des betrieblichen Vorschlagswesens in der DDR.

Regenbogen
Pelzer (von »Pfälzer« und »pelzen« i. S. v. ranklotzen) nannte man
die Leuna-Werker. Die Anlage war 1916 mit Unterstützung des
Mutterbetrieb im pfälzischen Ludwigshafen errichtet worden.

Schneckenhaus
Der Titel der Erzählung bezieht sich auf Barlach. In einem
Brief an Caritas Lindemann vom 24.2.1910 schreibt er,
seinen Umzug nach Güstrow betreffend: »Ich habe mein
Schneckenhaus wieder nach Norden gezogen, diesmal mit
Sack und Pack.«
Das Telefongespräch im Atelierhaus ist frei zitiert nach
Constanze Treuber, Eine Steppenfahrt, in: Freie Welt (DDR),
Heft 18/1988, S. 30 ff., und ergänzt durch eine Polemik von
H. Lübeß in der Schweriner Zeitung vom Januar 1934 (die
im Wesentlichen die Adaption eines Artikels von Alfred
Rosenberg im Völkischen Beobachter, 1933, ist). Zitiert nach:
E. Piper: Barlach und die nationalsozialistische Kunstpolitik.
Eine dokumentarische Darstellung zur »entarteten Kunst«.
München / Zürich (Piper) 1983, S.98 f.

Kleiner Grenzverkehr
»Zlyhanie« ist Slowakisch und heißt auf Deutsch »Versager«

Wie ich die Revolution hassen lernte
Trapo — Abkürzung für Transportpolizei.
Bückware — So nannte man in der DDR jene Produkte, die

rar waren und deshalb »unter dem Ladentisch« hinweg verkauft
wurden, so dass man sich ihretwegen bücken musste.

»FF-Dabei« — DDR-Fernsehzeitschrift

Palastquasselbude — Die Volkskammer tagte im mittlerweile
abgerissenen »Palast der Republik« in Berlin.

Blockflöten — Die in der Volkskammer vertretenen Parteien,
die in Wirklichkeit von der allgegenwärtigen SED abhängig
und auf sie eingeschworen waren.

INHALT

1951 in Merseburg geboren, lebt in Halle (Saale). Nach Abitur und einer Berufsausbildung zur Chemiefacharbeiterin Anlagenfahrerin in der Sauerstofffabrik der Leuna-Werke. 1971 bis 1975 Studium der Germanistik und Musik an der Martin-Luther-Universität Halle-Wittenberg. Dort bis 1978 Forschungsstudentin im Wissenschaftsbereich Literatursoziologie. Mitglied der Arbeitsgemeinschaft Junger Autoren, Kandidatin des Schriftstellerverbandes der DDR. Von 1978 bis 1991 freiberufliche Schriftstellerin und Journalistin. Leiterin verschiedener Zirkel und Arbeitsgruppen in Halle, Merseburg, Hohenmölsen und Profen. Als Sängerin zehn Jahre lang Mitglied bei den Hallenser Madrigalisten. Von 1980 bis 2001 künstlerische Leiterin des Kammerchores Leuna. Zwischenzeitlich 1989 Zeitungsverkäuferin bei der Deutschen Post. Gründete 1991 eine Wochenzeitschrift, den »Merseburger Anzeiger«, und stand ihr als Chefredakteurin vor. Von 1994 bis 1997 Leiterin für Öffentlichkeitsarbeit am Künstlerhaus in Halle (Saale). 1999/2000 in derselben Funktion beim Verein zur Förderung von Frauen in Sachsen-Anhalt e. V. Mitbegründerin und Geschäftsführerin mit Prokura der projekte verlag 188 GmbH. 1997 Endrundenteilnehmerin beim Literaturwettbewerb des Mitteldeutschen Rundfunks (mdr). Von 1998 bis 2014 Mitglied im Förderkreis der Schriftsteller in Sachsen-Anhalt. 2002/2003 Stadtschreiberin von Halle (Saale). Seit 2005 Mitglied des Verbandes deutscher Schriftsteller in der Gewerkschaft ver.di (BR Deutschland). 2006 Gründerin der Galgenbergschen Literaturkanzlei e. K. 2008 Arbeitsstipendium der Kunststiftung Sachsen-Anhalt. Im selben Jahr zweite Preisträgerin beim Landespreis für Volkstheaterstücke Baden-Württemberg. 2013 Gründungsmitglied des Kulturwerks deutscher Schriftsteller Sachsen-Anhalt.